STACEY MARIE BROWN

CAINDO NA LOUCURA

Traduzido por Janine Bürger de Assis e Marta Fagundes

1ª Edição

2021

Direção Editorial:	**Revisão final:**
Anastacia Cabo	Equipe The Gift Box
Gerente Editorial:	**Arte de capa:**
Solange Arten	Jay Aheer
Tradução:	**Adaptação de capa:**
Janine Bürger de Assis	Bianca Santana
Marta Fagundes	**Diagramação:**
Preparação de texto:	Carol Dias
Ana Lopes	

Copyright © Stacey Marie Brown, 2019
Copyright © The Gift Box, 2021
Todos os direitos reservados.

Nenhuma parte do conteúdo desse livro poderá ser reproduzida em qualquer meio ou forma – impresso, digital, áudio ou visual – sem a expressa autorização da editora sob penas criminais e ações civis.

Esta é uma obra de ficção. Nomes, personagens, lugares e acontecimentos descritos são produtos da imaginação da autora. Qualquer semelhança com nomes, datas ou acontecimentos reais é mera coincidência.

Este livro segue as regras da Nova Ortografia da Língua Portuguesa.

CIP-BRASIL. CATALOGAÇÃO NA PUBLICAÇÃO
SINDICATO NACIONAL DOS EDITORES DE LIVROS, RJ
Leandra Felix da Cruz Candido - Bibliotecária - CRB-7/6135

B897c

Brown, Stacey Marie
    Caindo na loucura / Stacey Marie Brown ; tradução Janine Bürger de Assis, Marta Fagundes. - 1. ed. - Rio de Janeiro : The Gift Box, 2021.
    260 p.

    Tradução de: Descending into madness
    ISBN 978-65-5636-059-1

    1. Romance americano. I. Assis, Janine Bürger de. II. Fagundes, Marta. III. Título.

21-71311   CDD: 813
                   CDU: 82-31(73)

GLOSSÁRIO

Alice Liddell – Alice no País das Maravilhas.
Dinah Liddell – Alice no País das Maravilhas. Originalmente, a gata, mas na história é a irmã mais nova.
Rudolph – Rena do Papai Noel (Rodolfo).
Frosty – Frosty: O boneco de neve.
Penguin – Pinguim.
Hare – Lebre.
Dum-Puck – Elfo do Papai Noel.
Dee-Puck – Elfo do Papai Noel, irmã gêmea de Dum.
Scrooge – Um conto de Natal – Charles Dickens.
Mrs. Claus / Jessica Winters – Sra. Noel / Mamãe Noel.
Blitzen – Rena do Papai Noel (Relâmpago).
Grinch – Como o Grinch Roubou o Natal (Dr. Seuss).
Gremlins – Gremlins, o filme.
Striped – Listrado, líder dos Gremlins.
Espírito dos Natais Passados
Espírito do Natal Presente
Espírito dos Natais Futuros
As nove renas do Papai Noel são: Rudolph, Dasher, Dancer, Prancer, Vixen, Comet, Cupid, Donner e Blitzen. Em português, essas renas chamam-se: Rodolfo, Corredora, Dançarina, Empinadora, Raposa, Cometa, Cupido, Trovão e Relâmpago.
Silent Night – Noite Feliz
Santa Claus is coming to town – Vem chegando o Natal
Up on the Housetop – Não tem versão em português
Mount Crumpit – Monte Crumpet (Grinch)

Holly jingle bells – Santo panetone

Holly tinsel – Santa guirlanda

Holy-fuckin'-silent-night – Santa-noite-feliz-do-caralho (Em português, a Música Silent Night é conhecida como Noite Feliz)

Crap on mistletoe – Azevinho do cacete!

Tinsel shit – guirlanda do céu

Off with their heads - Cortem-lhes as cabeças

Um pequeno aviso ao leitor.
Todos somos travessos aqui.
Você vai se encaixar perfeitamente.

CAPÍTULO 1

Um pesado suspiro escapou de meus lábios assim que me recostei à cadeira, cruzando as pernas listradas em vermelho e branco do enfeite na lareira. Os sinos presos nas minhas botas verdes curvadas tilintaram. A humilhação da minha situação atual me deixou com as bochechas tão vermelhas quanto os detalhes na fantasia de elfo completamente inapropriada que eu usava. Eu ajudava a colocar crianças no colo do Papai Noel, enquanto pais encaravam meu decote e cobiçavam minhas pernas, devido ao comprimento mínimo da saia que eu usava. Meu chefe era um canalha, e eu não tinha dúvidas de que a escolha por essas fantasias era proposital. E era engraçado a quantidade de pais que traziam seus filhos aqui para tirar uma foto com o Papai Noel... várias vezes.

Aos vinte e cinco anos, achei que minha vida já teria passado desta fase. A vida riu da minha cara com os meus sonhos grandiosos: ser uma designer de chapéus com a minha própria loja, ter um namorado sexy e pelo menos dinheiro suficiente para comprar uma quitinete na cidade.

Meu último emprego foi como a assistente de um executivo com trinta e cinco anos, com quem eu, estupidamente, dormi. Então ele decidiu que a nova funcionária com vinte e um anos era mais do seu gosto. Ele determinou que a melhor maneira de terminar nosso relacionamento era me demitindo. Ah, desculpa, a secretária dele me demitiu. Ele não teve nem a coragem de me falar cara a cara.

Desempregada e sem ter como bancar o aluguel ou até mesmo comprar comida, vim para casa com o rabo entre as pernas. Voltei para a casa dos meus pais para as festas de fim de ano, o que me deu tempo para decidir o melhor jeito de me reerguer. Dinah, minha irmã oito anos mais nova, conseguiu este trabalho temporário para mim, o que me deixou ainda mais mortificada. Ela sempre teve a cabeça no lugar. Racional e sábia para sua idade, enquanto eu era a sonhadora. Dinah tinha um namorado sério e carinhoso e trabalhava para juntar dinheiro para a faculdade e para pagar seu carro usado, que eu estava usando.

Eu não tinha nada disso. Nunca pensei nos passos necessários para conseguir o que eu queria. Eu me jogava e pronto. Portanto, essa era a razão de eu estar vestida como um elfo vulgar, ajudando um Papai Noel doidão, além de já ter sido brindada com vômito duas vezes hoje.

— Alice! — Uma voz ríspida gritou meu nome, me fazendo virar a cabeça. A falsa barba branca de Gabe estava abaixo de seu queixo. A fantasia de Papai Noel estava folgada no seu corpo, e um baseado apagado preso em sua boca. — Vou tirar meu intervalo. — Ele apontou com a cabeça para a porta traseira.

Acenei com a cabeça, sacudindo os dedos para ele. Enrolei meu cabelo longo e castanho-escuro em volta do meu dedo e retornei para o livro aberto no meu colo. O movimento estava extremamente fraco hoje, mas nós não podíamos nem pensar em ir embora por pelo menos mais duas horas. Nós não estávamos localizados convenientemente em um shopping com aquecimento bacana. Não, nós ficávamos próximos a uma grande fazenda de plantação de pinheiros para o Natal, nas redondezas da cidade – New Britain, Connecticut. A neve caía intensamente hoje à noite. As pessoas que vinham até aqui esperavam que a casa do Papai Noel estivesse aberta com cidra e chocolate quente e um elfo feliz para receber suas crianças.

Grunhindo, esfreguei a cabeça, desejando ter condições de me levantar e sair pela porta. O pagamento era meramente aceitável, mas era constante, e eu não podia torcer o nariz para ele.

Levantei os braços, me espreguiçando, tentando me manter acordada. As propagandas da faculdade da cidade, que minha mãe enfiou na minha bolsa, escorregaram do meu colo, notas adesivas destacando a sessão de negócios. Também caindo no chão estava o livro de fantasia ao qual eu me encontrava bem mais atraída do que descobrir turmas para o próximo semestre.

Qualquer um que visse meus designs dizia que eu tinha um dom, um talento natural para criar e fabricar chapéus. Eu nem sabia dizer o que me atraiu para o meu amor por chapéus. Eu sempre os adorei, o visual e como eles podiam mudar uma roupa ou sua perspectiva. Desde chapéus extravagantes que mulheres amavam usar, até clássicos e algo simples como boinas, eu passava horas desenhando diferentes modelos, transformando antigos conceitos em algo novo.

O problema? Eu não possuía experiência em negócios e nem educação além do ensino médio, o que todo mundo dizia que poderia ser um empecilho. Eu entendia, mas, ainda assim, não tinha a menor vontade de cursar uma faculdade. Eu queria criar. Sonhar. Todas as vezes que alguém dizia "aula de Negócios", eu sentia uma parte minha morrer. A maioria das pessoas fazia questão de me dizer que meu sonho era impossível, mas nunca deixei de acreditar no inalcançável.

Recostando-me à cadeira, peguei o livro no chão e abri na última página lida. O vento gelado passava pelas frestas da porta e janelas, me fazendo sentir ainda mais isolada no pequeno chalé. Era como se o Natal tivesse vomitado em tudo, e então completou ao cagar os enfeites. Tudo muito adorável e aconchegante, mas eu tinha chegado no meu limite para músicas natalinas e festivas.

— Por que eles não têm chocolate quente ou quentão aqui? Nem chocolate quente batizado — resmunguei, colocando as pernas perto da lareira para me manter aquecida. — Ninguém deveria ter que lidar com isso sóbrio. — Esfreguei os olhos, cansada. Eu estava trabalhando dobrado na última semana, tentando ganhar o máximo de dinheiro possível, e já podia sentir as horas acumuladas pressionando meus ombros e pálpebras. Apoiando o livro nos joelhos, entrei novamente no mundo sombrio de Fae e bestas sensuais, onde tudo parecia como um paraíso para mim. Não era à toa que fantasia era meu gênero favorito de livros, onde eu desejava muito mais os caras maus do que os mocinhos bonzinhos. Deixei-me levar pela história, pretendendo viver no reino da fantasia e outros mundos.

Um barulho abafado do lado de fora da janela me fez levantar a cabeça. Pelo canto do olho, uma pequena luz vermelha piscou perto da janela, junto com a silhueta de um homem passando por ali. Entrecerrei as pálpebras e um estranho arrepio percorreu minha coluna enquanto eu observava a figura passar pela próxima janela. Seus ombros fortes e altura acima da média garantiam que não era o Gabe, já que o último era apenas uns cinco centímetros mais alto que meus um metro e setenta e cinco e nem um pouco musculoso.

A casa do Papai Noel ficava distante o suficiente do lote de pinheiros à venda, com pouquíssimo tráfego, a não ser pelas famílias e pessoas procurando por bebidas quentes que se aventuravam até aqui, especialmente nesse tempo frio e coberto de neve. Mesmo assim, não era impossível.

Intrigada, eu me levantei. Como um ímã, aproximei-me da janela, sentindo um burburinho inexplicável zumbindo em meu peito enquanto meu olhar investigava a escuridão da noite. O homem se moveu rapidamente, apressando-se em direção à fazenda de pinheiros. A luz vermelha que ele carregava atravessava a neblina. Ele parecia estar vestindo nada mais do que uma calça cargo marrom. *Que porra é essa? Está menos de zero graus lá fora.*

Curiosidade disparou em mim, e a atração para segui-lo começou a formigar os meus músculos. O que ele estava fazendo? Onde estava indo? Eu sempre fui uma pessoa curiosa, e, às vezes, isso era péssimo. Este era um destes momentos. O homem estava a alguns metros das árvores, e quando ele entrasse lá, eu sabia que nunca saberia o que ele fazia ali.

Sem pensar, corri para a porta, com medo de perdê-lo. O vento gelado me atingiu em cheio, deixando minha pele toda arrepiada. Comecei a tremer e me arrependi de não ter parado um segundo para pegar o casaco. Arrastando-me pela neve gelada, minhas botas de elfo esmagaram a neve fofa enquanto eu corria ao redor do chalé com o vapor da minha respiração à frente. Cheguei à lateral procurando a luz vermelha. As nuvens que cobriam o céu não permitiam a passagem da luz do luar, e levou um momento para perceber que nenhuma luz estava acesa no lote de árvores como geralmente ficava. Um toque alarmante se alojou na garganta, fazendo meu peito subir e descer mais rápido.

O homem sumiu. *Merda.* No entanto, outra inquietação me dominava.

— Gabe? — chamei. Geralmente ele saía para fumar e, depois de algumas tragadas, ele entrava reclamando que estava congelando. Só que ele não estava em nenhum lugar aqui atrás. — Gabe?

Silêncio ecoava à volta, as músicas natalinas que geralmente tocavam nos alto-falantes espalhados pelo lote estavam desligadas. Assim como as luzes.

Curioso.

O que estava acontecendo? A luz acabou? Olhei para o chalé e percebi que as luzes ainda estavam acesas lá dentro.

Muito curioso.

Pelo canto do olho, avistei um feixe de luz vermelha ondulando pela plantação de pinheiros, o que me fez virar a cabeça e perder o fôlego.

Rápido. Corra. Siga-o. A voz em minha cabeça pôs meu corpo em movimento, me impulsionando em direção à luz. Desacelerei quando cheguei nas árvores, a pesada névoa se agarrando nas árvores e no chão. Senti-me enclausurada, como se um manto espesso me cobrisse diante da solidão súbita que me causava arrepios.

Onde está todo mundo? O dono da fazenda tinha cinco filhos adultos que

CAINDO NA LOUCURA

11

estavam sempre andando por aqui, garantindo que tudo estava certo. Sem luz. Sem pessoas. *Que porra estava acontecendo?*

Parada no mesmo lugar, meus dentes batendo, o medo laçava meu estômago e o amarrava em um nó. Algo estava muito errado. A noite escura caía como um peso sobre os meus ombros, criando uma sombra peculiar nas árvores, pairando e escorrendo dos galhos. Ramos estalavam contra o vento, sacudindo o pó branco, amplificando a sensação de isolamento.

À minha frente, o vermelho brilhou através da escuridão, e eu disparei na direção dele. Dormente e tremendo, não consegui conter o impulso de adentrar mais ainda pela floresta ao invés de me virar e voltar para o chalé aquecido. Minha curiosidade era maior que a sanidade ou lógica.

Seguindo em frente, perambulei por entre as árvores, correndo atrás da luz vermelha como se ela fosse um farol.

A silhueta do homem ficou mais clara à medida que eu me aproximava. Ele estava, definitivamente, sem camisa. E, Santo Panetone, ele era musculoso. Suas costas eram trincadas de músculos. Ele tinha mais de um metro e oitenta, com cabelo castanho curto e ondulado, que mais se assemelhava a pelos. Meu olhar manteve-se fixo na lateral de sua cabeça – algo pontudo e se agitando como se estive escutando algum som.

Aquilo era... um par de orelhas? Essa noite estava se tornando cada vez mais estranha. *Ele estava fantasiado ou algo do gênero? Quem usava orelhas de cervo, mas nenhuma blusa? Na neve?*

Ele progrediu rapidamente, contornando uma árvore, sumindo da minha vista por um momento.

— Ei! — gritei para ele. — Espere! — Fiz uma curva, vendo-o parar e se virar em minha direção. Suspirei de leve e tropecei para trás. *Que porra é essa?* Será que de alguma forma eu fiquei doidona com o baseado do Gabe?

O homem era bonito, mas seu nariz era maior do que o de um humano, a ponta preta, as sobrancelhas, olhos e lábios finos da mesma cor que seu nariz. Galhadas cresciam atrás de suas longas orelhas.

— Atrasado — ele murmurou. — Estou muito atrasado.

— Puta merda. — Pisquei, boquiaberta.

Ele arregalou os olhos, com medo, e então correu, desaparecendo na floresta que cercava os fundos da fazenda de plantação de pinheiros. Grunhindo, obriguei-me a seguir em frente, atrás da luz vermelha que era meu único guia em meio à escuridão. Ele se movia com uma calma precisão. Como um fantasma.

— Ei, Senhor Homem-cervo, me espere! — gritei, meus pulmões doendo com o ar gélido. Afundei os pés na neve fofa e ouvi os guizos presos às minhas botas enquanto o perseguia. O brilho vermelho surgiu por entre os galhos torcidos e as folhagens cobertas com neve. — Pare!

Ele virou e me encarou novamente antes de adentrar ainda mais a floresta, pulando sobre um tronco como se tivesse molas nos pés. Não pensei em mais nada e acelerei meus passos, desesperada em perdê-lo de vista. Corri em ziguezague, pensando ter visto a luz vermelha, mas a cada árvore que eu rodeava, não via sinal do homem-cervo.

— Merda. — Esmurrei minhas coxas, frustrada. Girei em círculos, procurando na escuridão pelo brilho da luz. A floresta parecia ter ganhado vida, pairando acima de mim e se curvando na minha direção. A sensação de dúzias de olhos me observando gelou minha coluna e me fez perder o fôlego.

Alice, volte. O que você está fazendo? Caia fora daqui. Uma voz no fundo da minha cabeça alertou. *Esqueça que você viu qualquer coisa.*

Esfreguei meus braços expostos, sem sair do lugar, tentando decidir o que fazer, até que vi outra vez a luz vermelha por trás do bosque. Eu deveria fingir não ter visto. Deveria ter virado para o outro lado e esquecido tudo que pensei ter imaginado; mas como sempre, minha curiosidade venceu.

Correndo em direção à luz, avistei o homem caminhar até as imensas raízes de uma larga árvore e, em um piscar de olhos, ele desapareceu. Que porra é essa?

Com o coração acelerado, e o medo percorrendo meu corpo, corri e parei perto da árvore. Para onde ele havia ido? Que merda estava acontecendo? Toquei o tronco da árvore, necessitando sentir a casca áspera com as pontas dos dedos.

Então tudo mudou.

O mundo sumiu sob os meus pés. Um grito ficou preso na garganta quando despenquei, caindo em um buraco escuro.

CAINDO NA LOUCURA

CAPÍTULO 2

Meu corpo parecia feito de pedra. Desordenado, meus membros esticados, tentando segurar qualquer coisa na escuridão, um grito saindo da minha garganta. Eu virei e revirei no ar, meus dentes cerrando no que eu esperava pelo impacto.

Uma luz fraca na parte de baixo começou a romper a escuridão, e percebi que lá era onde meus ossos iriam se partir em pequenos pedaços. Engraçado o que passa pela sua cabeça no último minuto. Eu sabia o quão transtornada minha família ficaria sem nunca saber o que havia acontecido comigo, mas o que ressaltou mais foi o pensamento descabido de que eu nunca descobriria onde o homem-cervo foi ou por que motivo ele estava atrasado. Ele era de verdade? Eu estava alucinando? E a curiosidade realmente me matou no final.

O chão chegou como um trem-bala, e eu fechei os olhos, sabendo que esses eram meus segundos finais. Meu coração martelava no peito, um soluço escapulindo dos meus lábios. Então, como se o mundo tivesse virado, minha fantasia de elfo funcionou como um paraquedas, desacelerando minha queda. Como se fosse uma pluma, meu peso se nivelou ao ar e flutuou até os meus pés tocarem o chão, em uma aterrissagem sutil.

Coloquei a palma da mão sobre o peito, sentindo as batidas do meu coração. Inspirei fundo, abismada. *Estou viva. Estou viva.* Apalpei meu corpo, respirando fundo novamente, sentindo a garganta seca e dolorida. Olhei à minha volta e pisquei. Então, pisquei mais uma vez.

Santa guirlanda! Onde eu estava?

O cômodo era quadrado, com uma altura equivalente a dois andares. As paredes marrons decadentes estavam em ruínas, como se ninguém tivesse estado aqui em anos, mas o cheiro de algo doce pairava no ar. O telhado pontiagudo pendia para um dos lados, como se estivesse prestes a desmoronar a qualquer momento. O que se assemelhava a material de colagem mantinha os lados grudados, como se a intenção fosse manter o lugar de pé. O tempo ressecou o adesivo, o tornando tão frágil quanto as paredes. Eu não podia ver portas ou janelas, mas havia uma única lanterna em uma pequena mesa ao lado e iluminava o cômodo com sombras arrepiantes.

Eu me aproximei das paredes, passando a mão pela textura, vendo as migalhas que caíam na minha palma. O cheiro de especiarias flutuou para o meu nariz. Respirando fundo, eu as segurei perto do meu rosto.

Biscoito de gengibre.

— Santa-noite-feliz-do-caralho — murmurei, olhando mais de perto a pasta branca perto de mim.

Glacê.

Eu estava numa porra duma casa feita de biscoito de gengibre.

— O que é esse lugar? Onde estou? — Pânico se espalhou pelo meu peito, não vendo como sair desse cômodo. — Acorde, Alice. Acorde! — Fechei os olhos com força, beliscando meu braço, tentando me tirar desse sonho bizarro, mas quando os abri outra vez, as paredes de biscoito ainda estavam à minha volta, uma ameaça pairando sobre mim.

Sem portas. Sem janelas. Sem saída.

Presa.

O que aconteceu com o Sr. Rudolph Humano? Ele não veio nessa direção? Ele conhecia uma saída secreta?

Andei pelo perímetro, passando as mãos pelas paredes secas e quebradiças, tentando achar alguma saída escondida. Esse lugar parecia prestes a desabar a qualquer momento. Eu era extremamente atrapalhada e muito curiosa, mas nunca imaginei que meu fim seria morrer por causa de uma casa de biscoito de gengibre. Se eu empurrasse as paredes, a casa poderia desabar em cima de mim. Normalmente, eu até gostaria da ideia de estar coberta em biscoito de gengibre, mas somente se tivesse chocolate quente batizado para mergulhar o biscoito.

Ah! Isso parecia gostoso. Eu precisava de uma bebida neste momento. Talvez assim algo faria sentido.

Suspirando, olhei ao redor, tentando achar qualquer coisa que pudesse me tirar daqui. Meu olhar pousou na mesa, um novo objeto chamando a minha atenção, e me fazendo ofegar em espanto.

— Santa-noite-do-cacete. — Minha atenção se prendeu numa caneca

CAINDO NA LOUCURA

fumegante agora ali presente. Arrepios cobriram minha pele, já que eu sabia que ela não estava ali um momento atrás. Minha pulsação batia nos meus ouvidos à medida que eu me aproximava, pé ante pé, olhando de um lado ao outro, esperando que alguma coisa pulasse em cima de mim. A caneca era listrada em verde e vermelho com algo escrito na lateral. Encarei o líquido escuro, sentindo o cheiro de uma mistura de licor de menta e chocolate.

Chocolate quente batizado!

Tentei manter a respiração constante, ciente de que eu havia desejado isso um momento atrás e agora estava na mesa, como se eu o tivesse invocado. Minha boca salivou com o cheiro, minha garganta seca ansiando pelo líquido. Devagar, peguei a caneca, virando-a um pouco para ler o que havia escrito ao lado.

— *Beba-me*. — Eu li as palavras que se curvavam pela caneca arredondada. Um pequeno alarme soou na minha cabeça, me dizendo para não seguir as instruções. Eu não tinha ideia do que a bebida continha. Veneno? Um remédio para dormir?

Olhando em volta do cômodo, um pedaço de biscoito do alto da parede caiu no chão. Dei um pulo, sobressaltada, derrubando um pouco da bebida quente. O biscoito quebrou em pequenos pedaços parecidos com madeira, fazendo um corte na minha bochecha.

— Ai! — Meus dedos foram para o meu rosto. Sangue cobria minha mão. — Merda. — Olhei para as paredes, percebendo que eu corria mais perigo do que pensei. Isso era real. Você não sente dor em sonhos. A ardência e o sangue me diziam que qualquer que seja o mundo em que agora me encontrava, poderia me matar.

Um gemido crepitante soou, e um pedaço do tamanho de uma mesa de centro caiu no chão, estilhaçando pelo espaço. Os detritos rasgaram minha meia-calça, ferindo minhas pernas.

— Merda! — gritei. — Okay, eu estava brincando quando disse que morreria por causa de um biscoito de gengibre. — Eu podia sentir pânico revirar meu estômago.

Crash!

Uma porção do tamanho de um pequeno carro acertou o chão perto de mim, me arremessando no ar, arrancando a caneca da minha mão. O conteúdo espirrou por todo lado, enquanto minha coluna se chocava ao chão. Grunhi diante da dor imediata.

"Essa é a maneira que o biscoito se esfarela" estava ganhando um novo significado.

Eu precisava sair daqui. Aquela situação não era muito diferente do que uma casa desabando, logo, o biscoito de gengibre iria me matar. Não havia nenhum outro lugar onde eu pudesse me esconder, além da pequena mesa.

Mova-se, Alice!

Sentindo dor pelo corpo, fiz um esforço imenso para me arrastar à medida que pequenos pedaços caíam à minha volta. Eu me enfiei embaixo da mesa no mesmo instante em que outro pedaço desabou, caindo em cima dela; as lascas afiadas cortaram minha pele exposta e a pequena estrutura acima da minha cabeça rangeu sob o peso. Ela não aguentaria por muito tempo.

— Pense, Alice — eu me repreendi. Dinah era boa em resolver problemas e descobrir como sair de enrascadas. Eu pensava em coisas loucas, mas não nos passos que deveria tomar para concretizá-las. Meus pais sempre diziam que eu era uma pessoa de ideias grandiosas, enquanto a Dinah era a analítica. Basicamente, minha cabeça estava nas nuvens e eu amava viver no meu mundo de fantasia. Mas nesse momento eu desejava ser mais parecida com a minha irmã.

Uma névoa subia dos destroços, se agarrando à minha garganta, cobrindo a minha língua com biscoito de gengibre velho. A parede interna parecia estar desabando, me deixando sem saída.

Um barulho alto ecoou de cima, o telhado balançando a estrutura decrépita. Terror deu um nó na minha garganta, meu corpo pulsando com a adrenalina. Eu precisava de um jeito para sair daqui, agora, e ser forte o suficiente para passar pelas paredes sem ser pulverizada.

Espiei por baixo da mesa enquanto chovia granizo em forma de pedaços de biscoito gigantes. Os farelos cobriam o chão como se fossem pedras e pedregulhos. Olhei ao redor, concentrando-me em algo ao lado da minha mão, e franzi o cenho.

Um homem de biscoito de gengibre, completamente decorado, estava ao lado do meu dedão, e as palavras *"Coma-me"* estavam escritas em seu casaco listrado em verde e vermelho.

Novamente, olhei em volta, sabendo que isso não estava aqui antes, mas também não vi ninguém o colocar ali. Ele apareceu, como mágica. Li sobre reinos mágicos e feras lendárias, e sempre os preferia do que a vida real, mas eu entendia completamente a diferença entre livros e realidade. Nesse momento, a verdade deste lugar estava revirando meu estômago e me paralisando de medo. Realidade não possuía mágica dessa forma. Mas eu não podia pensar em nenhuma outra explicação. A bebida e o biscoito apareceram do nada.

Bum! Crash! A mesa que servia como cobertura se partiu ao meio, somente um pedaço de madeira a segurando no lugar.

CAINDO NA LOUCURA

— Merda! — gritei, cobrindo a nuca e a cabeça. Eu não fazia ideia do que aconteceria se eu comesse o biscoito, mas estava com poucas opções. Ele deveria estar ali por algum motivo. A casa de gengibre ia despencar como um castelo de cartas, me achatando sob ela de qualquer maneira.

— Foda-se. — Peguei o doce. Ainda estava morno, o glacê perfeito no homenzinho, seu rosto pintado com um sorriso, seus olhinhos escuros me encarando. — Se você gritar ou ganhar vida, eu juro...

Fechei os olhos, mordendo a guloseima com especiarias.

— Aaaaimeudeus — gemi assim que o doce quentinho cobriu minha língua. Eu nunca comi um biscoito de gengibre tão gostoso. E esse nem era meu tipo preferido de biscoito. — Merda, pode valer a pena ser esmagada por isso.

Assim que as palavras saíram da minha boca, a mesa rangeu, fragmentos rasgando o último pedaço que a segurava no lugar, quebrando ao meio e me expondo. Terror me dominou quando me agachei mais perto do chão, procurando por um lugar para me esconder. Corri de um lado para o outro enquanto pedaços choviam. Eu sentia como se estivesse em uma versão distorcida de uma zona de guerra.

O chão tremeu e paralisei no lugar. A parede inteira na minha frente se moveu, prestes a cair. Eu não tinha outro lugar para ir, então seria esmagada por ela.

Um barulho alto reverberou pelo espaço no segundo em que a parede se soltou do glacê, o pedaço inteiro caindo na minha direção. Um grito subiu pela minha garganta, e caí de joelhos me cobrindo, esperando, minha mente aos berros, meus pensamentos torcendo por uma alternativa para sair daqui. Energia vibrava à minha volta, cobrindo a minha pele.

Fechei os olhos e me enrolei em uma bola. Esperei e esperei, escutando o chão gemer à minha volta. Ele tremeu quando a parede caiu, mas nada tocou minha pele.

Hã?

Levantando a cabeça, demorou um momento para registrar o que ocorreu. A larga parede estava em pedaços à minha volta, mas eu permanecia intocada. Eu podia ver uma corrente elétrica, como um campo de força, vibrando ao meu redor. Isso me protegeu, despedaçando a parede grossa como se fosse papel, despejando pedaços ao meu lado.

Curioso, muito curioso.

Levantei do chão, devagar, e espanei a sujeira do meu corpo com as mãos, observando a eletricidade vibrar uns trinta centímetros em volta do meu corpo.

— Que porra havia naquele biscoito? — Olhei para a mesa despedaçada. Se o resto do biscoito ainda estivesse lá, estaria enterrado bem debaixo dos escombros. Fragmentos ainda caíam de uma das paredes que faltava desmoronar. Nada me tocava, escorregando pela bolha protetora em que eu estava. — Okay, isso é muito massa.

O piar de um pássaro afastou minha atenção da casa destruída. Avistei o que parecia ser uma fazenda de árvores de Natal, mas as árvores eram sombrias e retorcidas, como se algo maligno se enrolasse em seus galhos.

A luz do luar passava pelas árvores, iluminando um caminho. Escalando os escombros, notei várias jujubas no chão. Elas eram altas o suficiente para alcançar minha cintura e largas o suficiente para serem um sofá de dois lugares. Ressecadas, descoloridas e enrugadas como se estivessem ali por anos. Olhei para trás, vendo o que havia restado da casa; a última parede mal se aguentando de pé. Então ela gemeu, tombou para frente e quase estourou meus tímpanos quando se chocou com o chão, gerando nuvens de glacê, biscoito, neve e sujeira. Dei um pulo para trás, cobrindo o rosto, mas novamente nada me tocou. Ao invés disso, tudo atingiu a bolha mágica onde eu me encontrava, caindo no chão ou passando por cima.

— Azevinho do cacete! — Sacudi a cabeça, ainda sem conseguir entender o que estava acontecendo.

O barulho de passos me fez virar. Prestando atenção, meus batimentos aceleraram no peito. Uma luz vermelha brilhou na floresta escura, e um soluço escapou pela minha boca. O homem-cervo estava em pé a uns dez metros de mim, se movendo na mata.

— Espera! — gritei, forçando minhas pernas a me levarem até ele. — Senhor Homem-cervo, espera!

Ele olhou por sobre o ombro, seus olhos pretos passando sobre mim.

— Muito atrasado. — Sua voz grossa respondeu antes de ir embora. Em um piscar de olhos, seu corpo se transformou de um homem descamisado para um cervo de quatro patas, a luz vermelha que ele segurava se transformando no seu nariz.

— Guirlanda do céu! — Parei, minha boca entreabrindo, enquanto eu observava o cervo correr pela floresta, a luz vermelha gradualmente sumindo na escuridão. — Santo. Natal. Branco. Ele é realmente o Rudolph.

Casas de gengibre. Mágica. Rudolph.

Eu estava certa de que não estava mais no meu mundo. Estava em alguma versão distorcida de um reino de Natal.

CAINDO NA LOUCURA

CAPÍTULO 3

O barulho de galhos e espinhos raspando entre si me fez olhar para trás, meus olhos encarando a árvore ao meu lado. Elas eram, claramente, do mesmo tipo de árvores de Natal que tínhamos em nossa propriedade, mas essas eram enormes, ascendendo no céu escuro como sequoias.

No alto do tronco do pinheiro, dois olhos amarelos me encaravam. A árvore se inclinou para a frente, a casca se partindo e esfarelando assim que ela se curvou, e um galho veio na minha direção como uma mão.

— Ahhhh! — gritei, recuando quando outra árvore ganhou vida. Seus olhos dourados entrecerraram, e um galho esticou.

— Você não pertence a este lugar — uma voz grave e crepitante explodiu da árvore, e uma boca abriu onde um grande nó se formava no tronco, me fazendo tropeçar, aterrorizada. — Você veio nos cortar? É por isso que está aqui? Nos matar e então nos encostar num canto e nos decorar como vadias?

— N-N-Nãoooo. — Sacudi a cabeça, minha mente tentando entender o fato de que uma árvore imensa estava falando comigo. As árvores estão vivas. Realmente vivas para cacete.

— Claro — outra voz explodiu de um abeto vermelho, atrás do Douglas. — Isso é o que todos dizem. Aposto que ela tem um machado. Olha como ela está vestida. Já desafiando as leis. — Mais rápido do que eu podia me mover, um galho beliscou a parte de baixo da minha fantasia de elfo, a levantando. A árvore espichou os imensos olhos cor de mel, me inspecionando.

— Ei! — Estapeei os gravetos que ela usava como dedos. — Você não pode levantar a saia de uma garota assim.

— Quem disse? — o abeto de Douglas perguntou.

— É! Quem disse? — o abeto vermelho remedou.

— As leis.

— Você é boba. Não existem leis assim. — Balsâmico tentou me alcançar novamente.

— Então, eu estou dizendo. — Bati na árvore quando ela tentou segurar meu longo cabelo escuro, tentando espiar por baixo dele.

— E quem é *vocêeeee*? — O Douglas puxou o tule debaixo da minha fantasia de elfo. — Você não é a Rainha. Então... Quem é você para dizer algo?

— Pare! — Bati no Douglas, e o Balsâmico puxou meu cabelo novamente. — Parem, vocês dois! — Recuei alguns passos, ciente de que ainda não estava fora do alcance deles.

— Por que nós deveríamos escutar você? Quem. É. Você?

— Ninguém importante — Vermelho interpelou, se inclinando no meio das outras duas árvores para tentar me agarrar.

Olhei para o meu corpo e vi que a energia que estava em volta de mim mais cedo havia desaparecido. Ela estava ali, certo? Eu não sonhei isso...? Eu estava provavelmente imaginando a coisa toda.

— Acorde — ordenei a mim mesma, batendo na minha cabeça. — Agora! — Me retorci e me movi, e as árvores continuaram me agarrando, mas o pesadelo não se alterou. Eu me virei para voltar em direção à casa de gengibre, mas ela não estava mais lá. As árvores me rodeavam. Olhos amarelos ardentes e galhos esticavam em minha direção.

Como isso aconteceu? Não fazia sentido. Eu não havia me afastado mais do que alguns metros de distância da casa.

— Pare! — esbravejei e passei à força por entre os galhos, ouvindo ramos se partindo e gritos ecoando das árvores. Corri em frente, abaixando e desviando quando mais e mais árvores ganharam vida, agarrando minha fantasia e meu cabelo comprido. Os sinos nos meus sapatos tilintavam à medida que tocavam o chão. Minha respiração formava vapores à minha frente, e a neve cobria o solo, mas eu não sentia frio. Minha pele exposta não estava nem quente nem fria, como se o clima não significasse nada aqui, mesmo com neve por todos os lados.

Muito curioso.

Chegando ao fim da floresta, fiz uma breve pausa para recuperar o fôlego. Com as mãos nos joelhos, eu me inclinei, respirando fundo.

— Esse lugar é louco — murmurei para mim mesma.

— Talvez você seja a louca — uma voz respondeu, me fazendo endireitar o corpo com um grito. Minha boca abriu e os olhos arregalaram. Diante de mim, havia um boneco de neve muito alto e com três camadas.

CAINDO NA LOUCURA

Olhos e boca de carvão, um largo botão como nariz, um cachecol e cartola, e um cachimbo de espiga de milho, seus braços feitos de galhos estavam cruzados. Ele encontrava-se apoiado em uma planta bico-de-papagaio monstruosa, mais alta que sua cabeça. — O que te faz louca talvez seja normal. E normal talvez seja louco.

Frosty? Frosty, o boneco de neve, estava falando comigo neste momento? Eu devo estar ficando louca... ou talvez já esteja. *Por favor, me diga que estou dormindo e que esse é algum sonho estranho do qual irei acordar.* Encarei minha meia-calça e fantasia rasgadas, sangue seco manchando a meia com um vermelho mais escuro. Infelizmente, isso parecia real demais.

— Claramente, você é a louca por estar usando esse tipo de roupa. — A voz de Frosty atraiu minha atenção de volta, sua boca de carvão curvada num imenso sorriso sinistro. — Somente os insanos vão contra a Rainha.

— A Rainha? — As árvores também a mencionaram. Quem era essa Rainha?

— Sim, a governante de nossa terra. A mais louca de todos aqui. — O sorriso do Frosty se curvou no canto, como o rabo de uma cobra. — O Natal não é permitido aqui, não é permitido faz tempo. — Ele acenou com a cabeça para a minha fantasia. — Srta...?

— Alice.

— Saudações, Srta. Alice. — Ele inclinou a cartola para mim, fazendo-me sentir como se precisasse fazer reverência ou algo do gênero.

— O que você quer dizer com o Natal não é permitido aqui? — bufei, encarando um dos símbolos da época. — Você está brincando, né?

— Doidos não precisam brincar, porque nós estamos loucos. Os sãos que brincam para se sentirem insanos, e os insanos brincam para se sentirem sãos. Ou é ao contrário? — Ele se ajeitou e saiu de perto da árvore, aproximando-se. Ele não tinha pernas, mas parecia rolar sobre a neve.

— Você não faz o mínimo sentido.

— Quem diz? — Ele se inclinou até o rosto estar no mesmo nível que o meu. — Você?

— Sim.

— E quem é você para dizer isso? Acha que é a chefe dessa terra? Agora quem de nós é maluco? Eu não posso confiar numa pessoa louca.

— Minha cabeça dói. — Eu não conseguia acompanhá-lo. Essa noite toda. Por que não fiquei no chalé aquecido ao invés de seguir o Rudolph? Merda de curiosidade. — Por favor, me diga como cair fora daqui.

— Isso depende do que você quer dizer com *fora daqui*.

— Fora daqui. — Gesticulei em volta. — Fora desse lugar. Para casa! — Senti minha irritação crescendo. Eu já estava cansada dessa noite ridícula.

— Mas casa significa coisas diferentes para as pessoas.

— Minha casa.

— Como eu saberia? Eu já fui à sua casa?

— Não.

— Então como eu saberia como chegar lá? Você não deveria saber? — Ele fez um som de desaprovação. — Sério, garota, acho que você é a mais louca de todos.

— Chega. — Sacudi a cabeça, saindo de perto dele. Notei que de cada lado do bico-de-papagaio havia se dividido em caminhos. — Para que lado eu vou?

— Depende de para onde você quer ir. — Frosty veio em minha direção, seu sorriso de carvão maior ainda. Merda, ele era sinistro. — Aventura é um estado de espírito. Não o caminho.

— Quer saber? — Entrecerrei os dentes. — Eu vou me dar muito melhor sem a sua ajuda. — Continuei no caminho em que estava. — Obrigada pela ajuda, Boneco de Neve.

— O prazer foi meu — ele respondeu com sinceridade.

Eu me virei para encará-lo. O lugar estava vazio, como se ele tivesse sumido... ou derretido. Olhei adiante, aprumando os ombros. Parecia que não havia outra escolha, a não ser continuar em frente.

— Vamos lá, Alice. — Acelerei pelo caminho, tentando fingir que não estava nervosa sobre o que viria à frente. — Vamos para casa.

CAPÍTULO 4

A luz do luar refletindo na neve era a única iluminação me guiando na trilha. Espessos arbustos de visco ladeavam o caminho de paralelepípedos. Pisca-piscas quebrados e enferrujados escorriam nos arbustos como glacê derretido. Nenhuma dúvida de que não haviam sido usados há anos.

A estrada se dividiu em um labirinto, caminhos passando em volta das árvores, levando a lugar nenhum, mudando num piscar de olhos. Demorou três vezes, horas andando em círculos, para perceber que eu estava em um labirinto perverso que me levava de volta ao ponto onde comecei. Um labirinto feito para perder a cabeça.

— Cacete! — Cerrei os dentes, me virando para retornar de onde vim, só para achar um caminho sem saída. — Isso não faz sentido. Estava aberto agora há pouco.

Esfreguei a cabeça, meu estômago roncando, pés doendo. Para alguém que amava fantasia, eu estava ansiando por lógica, por algo que segue as regras.

— Como saio daqui, se nada se mantém o mesmo ou faz algum sentido? — Eu me sentei na estrada de paralelepípedos, enfiando a cabeça nos braços, desejando nunca ter seguido o estúpido cervo com a deliciosa barriga de tanquinho. Quer dizer, a culpa era dele. Ele era tão gostoso. Qual o problema de ele ter chifres? Depois do meu último relacionamento e de tentar namorar outros caras na cidade, um homem se transformando em um cervo seria considerado um passo acima. Ele seria ótimo para sair (eu sempre teria um cabide de casacos) ... bem, exceto em aniversários infantis. Ele talvez se tornasse uma almofada de alfinetes, o que confundiria as crianças tentando pregar o rabo no burro.

— Uau. — Bufei e ri de mim mesma por seriamente contemplar um namoro com um cervo. Okay, eu talvez tenha descido mais baixo do que nunca. Suspirei, enfiando a cabeça mais ainda entre meus braços.

Tão suavemente que pensei estar imaginando, música ressoou pelo ar, e minha cabeça se levantou, então a virei na direção do som. A harmonia evoluiu como se estivesse me chamando para ela.

— Curioso. — Levantando-me devagar, limpei a neve da bunda, indo em direção à canção.

Frosty disse que o Natal não era mais permitido aqui. Mas eu conhecia a música se enrolando em volta dos meus tímpanos. Com cada passo, a música familiar se tornava mais alta, como se estivesse do outro lado do arbusto. O som de *"Vem chegando o Natal"* me atraiu para cada vez mais perto. Eu fiz a volta num caminho que não estava ali antes. Virando a esquina, parei, inspirando fundo e prendendo o fôlego ao contemplar e absorver a cena na minha frente.

Uma mesa longa e bamba, com capacidade para pelo menos doze pessoas, situava-se abaixo de uma inclinada pérgula de biscoito de gengibre. Azevinho e opacas luzes multicoloridas enrolavam-se e pendiam da estrutura. Um imenso lustre de cristal estava suspenso no meio, e parecia que a corrente que o sustentava poderia se partir a qualquer momento. Metade das lâmpadas dos fios de luz e do lustre estavam apagadas, mas o pequeno jardim ainda brilhava com um clima festivo. Imensos pirulitos de bengala esfarelando e jujubas apodrecendo ladeavam o caminho para a mesa, repleta de biscoitos decorados e bolos, fumegantes chaleiras com algum tipo de líquido, e xícaras e pratos de Natal trincados. O doce cheiro de biscoitos amanteigados e chocolate quente encheu meu nariz, fazendo meu estômago roncar. Mas quem se sentava à mesa chamou mais minha atenção do que as decorações ou comidas.

Os dois no meio, com mais ou menos uns noventa centímetros, um menino e uma menina, vestiam-se como elfo natalino, muito mais significativos do que minha fantasia de Elfo sensual. Eles viravam xícaras de chocolate em seus biscoitos, líquido esparramando por toda a mesa e pingando na neve branca. Os dois pareciam gêmeos, com olhos e cabelos castanhos, orelhas pontudas e bochechas rosadas. E cantavam a canção natalina fora do ritmo como se estivessem bêbados, esbarrando-se um ao outro como se isso fosse mantê-los no ritmo. Eles jorraram mais líquido de suas xícaras.

Em frente aos dois, havia uma lebre branca do tamanho de uma criança, que parecia mais uma pessoa do que um coelho de verdade. Meio que cochilando, ele trajava um horrendo casaco natalino. Acompanhando a música com a voz arrastada, ele mordeu um pedaço do biscoito e jogou o resto por cima do ombro antes de pegar outro. Em cima da mesa, estava um rechonchudo pinguim que parecia um desenho animado, do tamanho de uma criança pequena, bamboleando de um lado ao outro da mesa, chutando louças e doces, cantando e batendo suas asas contra a lateral de seu corpo.

O fato de que a presença de um pinguim cantor, elfos e um coelho não era o que mais chamava atenção na mesa, devia ter me deixado preocupada. Mas todos eles viraram pano de fundo quando meu olhar aterrissou no homem sentado em uma poltrona na cabeceira da mesa, sem participar da folia.

Santa guirlanda, me abana...

Vivendo em Nova York, eu via minha cota de modelos e atores. Até meu ex-chefe/amante foi chamado para trabalhar em filmes. Mas nada – e digo, *nada* – poderia descrever o homem à minha frente. Meras palavras não podiam conter sua presença, seus traços, sua existência. Ele era gostoso demais, mas era mais do que isso. Eu podia concretamente sentir sua aura me envolver; as muitas camadas encharcadas de mistério e um apelo sensual brutal eram pesadas, e me cutucavam para desembrulhar cada uma dessas camadas e me jogar dentro.

Musculoso e extremamente em forma, eu podia dizer que ele era alto, mesmo estando sentado. Pelo menos um metro e noventa, cabelo preto, uma barba curta sexy, pele morena e olhos azuis que brilhavam como se estivessem ligados como luzes de Natal. Ele parecia ter por volta de trinta e poucos anos e estava vestido em um longo casaco de couro vinho, uma camisa social branca justa no peito, calça preta e uma cartola. Ele parecia ter acabado de sair do estúdio de um filme de época, mas era nítido que desafiava a clássica vestimenta. Algo nele parecia selvagem e rústico. Feral. Um animal selvagem preso em uma jaula.

Com um dedo em sua têmpora, ele se apoiava no cotovelo, uma perna cruzada sobre a outra, olhando para o nada, sobrancelhas franzidas. Ele parecia não ligar para a comoção acontecendo à sua volta. Perdido em pensamentos, uma severa expressão cruzava seu rosto, o tornando bem intimidante. Assustador.

Mas...

Puta que pariu.

Ele era sensual para cacete, e eu não podia negar uma estranha atração, não importava o quão intocável parecesse.

Dei um passo, a necessidade de tocá-lo, ver se era real, me dominando.

Pare! Estaquei em meus passos e me repreendi. *Pense pelo menos uma vez, Alice. Você não faz ideia no que está se enfiando. Quem eles são.*

— Trocar! Trocar! — A menina-elfo cantarolou. Só o irmão dela reagiu, pulando da cadeira e subindo no assento vago ao lado, enquanto ela subia no dele. O pinguim continuou a bambolear em volta, cantando *"Little Drummer Boy"*, chutando mais coisas para fora da mesa. A lebre não se moveu, bebendo direto da chaleira, seus olhos a meio-mastro, um soluço sacudindo seu corpo.

Isso tudo era tão bizarro.

— Vocês estão sendo rudes. — A voz grave fez com que minhas coxas tensionassem na mesma hora, como se o homem tivesse apertado um botão. Ele direcionou o olhar para os amigos, mas senti certo temor percorrer minha coluna, como se a fera estivesse presa somente por um pedaço de corrente corroída. — Nós temos um *convidado*.

Devagar, o olhar dele pousou em mim, me penetrando através da escuridão e dos arbustos. Senti seus olhos penetrando minha alma, me puxando para a frente, me movendo das sombras.

— Nós temos companhia. — O pinguim pulou para cima e para baixo na mesa, batendo as asas. — Rápido, rápido, abram espaço — ele piou para os outros. A lebre nem olhou para cima, balançando em sua cadeira quando os elfos gêmeos pularam, correndo em volta da mesa, chocando-se um ao outro, ambos caindo no chão. Eles levantaram como se tivessem molas nos pés e continuaram em volta da mesa como se suas bundas estivessem pegando fogo.

— Abram espaço! Abram espaço — ele choramingou, agindo como se a mesa estivesse lotada de pessoas quando quase todos os assentos estavam disponíveis. — Todos fiquem de pé! Abram espaço! — Eles continuaram a correr freneticamente em volta da mesa, sem fazer nada. Ou esses dois estavam mais do que bêbados ou tinham alguns parafusos a menos.

O pinguim os ignorou e pulou da mesa, cambaleando em minha direção, suas asas me convidando a aproximar. Quanto mais perto eu chegava, mais notava as cicatrizes profundas em sua pele. Em circunstâncias normais, eu assumiria que ele foi atacado por um tubarão. A não ser que o Natal tivesse mudado, não existia nenhum destes nas festas de final de ano, mas eu não me surpreenderia com nada nessa terra estranha.

— Venha! Venha! Nós não temos um visitante em nossas festividades há tanto tempo. Você trouxe presentes? — O pinguim me encarava com seus olhos pretos enquanto dançava, balançando levemente, como se também estivesse embriagado. Ele estava tentando me levar para mais perto da mesa. De relance, vi o homem reagir quando me movi para um local mais iluminado, seus olhos arregalando em uma fração de segundos.

— Não. — Sacudi a cabeça em resposta à pergunta do pinguim.

— Você veio para uma festa de mãos vazias?

— Eu não sabia que estava vindo para uma festa.

— Mas como isso pode ser uma festa de Natal sem presentes? Saber ou não saber não irá desculpar a sua indelicadeza.

— Me desculpe.

— Te desculpar por quê?

— Por não trazer um presente.

— Mas se você não sabia da festa, como você saberia que deveria trazer um? — O pinguim esfregou a cabeça. — Você está falando sandices.

— É, *eu* que estou falando sandices — murmurei e segui o animal.

— Tenho certeza de que podemos achar um lugar para você. Por favor, venha se juntar a nós. — Pinguim retornou à mesa, sacudindo a cabeça para os assentos vazios, puxando uma cadeira e a colocando de volta no lugar. Ele fez isso várias vezes, andando ao redor. Os elfos se dirigiram para seus novos assentos, derramando bebida em seus biscoitos e chupando o líquido, como se tivessem esquecido completamente de mim.

— Aqui. Aqui. Se enfie aqui! — Pinguim puxou a poltrona de espaldar alto no canto oposto ao do homem.

— Obrigada. — Eu me sentei, acenando com a cabeça.

Como raios queimando a minha pele, eu podia sentir o olhar focado em mim, vindo do outro lado da mesa. Deliberadamente, retribuí o olhar. Foi como um soco no estômago, que me fez perder o fôlego na mesma hora. Ele era ainda mais sensual do que pensei, o tipo de homem que você não podia acreditar que realmente existia. No entanto, não havia nada acolhedor a respeito dele.

— Oh, céus! Oh, céus! — Pinguim se balançou. — Você é tão bela, Senhorita. Você vê, senhor? Ela não é *deslumbrante*? — Ele elogiava, falando mais rápido do que eu era capaz de entender. — Uau, nós não temos uma convidada tão bonita há muito tempo. Há quanto tempo, senhor?

— Pinguim, cale a boca — o homem rosnou, atraindo minha atenção. A expressão solene se transformou. Raiva e repulsa irradiavam dele, sua mão agarrando a cadeira até que os dedos ficaram brancos. Seu olhar implacável mais se assemelhava a uma broca, espiralando, interrompendo a passagem de ar para os meus pulmões. Ele me encarava como se não quisesse nada mais do que pular por sobre a mesa e acabar comigo. Quieto e imóvel, eu sentia a fera arranhando no interior. Sua aparência era perfeita para seduzir, enquanto ele enfiava uma adaga em suas costas. Todas as camadas misteriosas que senti antes, se juntaram, virando uma só.

Hostilidade.

Inspirei, engolindo seu desprezo.

Ele inclinou a cabeça.

— Quem é você?

— Alice. — Engoli em seco, seu timbre retumbando sob a minha pele.

— De onde você vem, *Alice*? — ele proferiu cada palavra com precisão, em um tom mais ameaçador do que inquisitivo.

— De nenhum lugar por aqui.

Seus lábios franziram, os olhos flamejando.

— Você é uma espiã?

— Uma espiã? — Soltei uma risada seca. — Não... é claro que não. Mas se eu fosse, iria te dizer?

— Não. — Ele semicerrou as pálpebras e recostou-se à cadeira, me observando por intensos segundos. A mesa estava silenciosa, à espera do que o mestre falaria: — Ou você é uma agente da Rainha bem astuta ou a garota mais idiota da face da Terra. — Seu olhar percorreu minha vestimenta, pausando em minha fantasia reveladora. — Estou pensando que é a segunda opção.

— O quê? — Indignação irradiou pelo meu corpo, me fazendo levantar.

— Fala sério, Senhor Scrooge. É uma festa! — Pinguim bamboleou na minha direção, como se estivesse tentando me proteger. — Nós não temos uma há tempos.

— Scrooge? — Cobri a boca com a mão. — Sério?

— Nós somos profundamente sérios — o garoto-elfo disse, rindo com histeria. Quando me aproximei, vi cicatrizes parecidas com a do pinguim em seu rosto e mãos. Uma etiqueta de identificação costurada na blusa verde declarava que o nome dele era *Dum-Puck*. Disfarcei uma risada, tossindo para encobri-la. Nome inoportuno. — Nós somos severos e sérios sobre festas. Saúde! — Ele levantou o biscoito, esmagando contra o da irmã, e farelos empapados voaram pela mesa. A identificação dela dizia *Dee-Puck*, e estando tão perto, vi que metade de seu rosto também estava desfigurado.

Meu olhar passou pela lebre largada na cadeira, em um sono profundo.

CAINDO NA LOUCURA

Seus braços balançavam ao lado, as pernas chutando como se estivesse sonhando. Foi aí que percebi que um de seus pés faltava. Um cotoco anormal terminava em uma junta, como se tivesse sido cortado. Será que alguém tinha um pé de coelho da sorte? Merda. Esse lugar não era uma terra de Natal feliz.

— Por favor. Sente-se. — Pinguim gesticulou para a cadeira. — Você está com fome? Ou prefere uma bebida quente? Bolo? — Ele apontou para a mesa.

— Não. — A palavra reverberou quando o homem chamado Scrooge pulou na mesa, me dando um sobressalto. Eu desabei na cadeira, sentindo meu coração martelar no peito. Ele rondava pela mesa como um tigre em uma caçada, me fuzilando com os olhos. — Nós não desperdiçamos nossos suprimentos com adversários. — Ele parou à beira da mesa, obrigando-me a inclinar a cabeça para trás para poder encará-lo. Devagar, o homem agachou, sua supremacia e poder me empurrando para baixo cada vez mais.

Scrooge esticou o braço, e seus dedos seguraram meu queixo, atraindo minha atenção para o seu rosto. No instante em que sua pele roçou a minha, faíscas circularam pelos meus nervos, sacudindo o meu corpo como se eu tivesse sido eletrocutada. Ele se retraiu, mordendo o lábio, mas segurou meu queixo com mais força ainda. O choque e a pontada de seu toque me derreteram com puro calor e prazer, e ele exalou com dificuldade. Seu peito subiu e desceu em sucessivas incursões, antes de ele afastar a mão do meu rosto, o queixo erguido, como se eu o tivesse ofendido.

Santa guirlanda. Que porra foi essa?

— Quem é você? — rosnou.

— Eu te disse. Alice — sussurrei.

— Eu sei essa parte. — Ele curvou o lábio em desgosto. — Mas. *Quem. É. Você?*

— Por que todo mundo aqui continua me perguntando isso? — Eu me endireitei, socando os braços da cadeira. — Alice. Eu sou Alice Liddell. Essa é quem sou.

— Esse é o seu nome. Não quem você é. — Ele pairou a meros centímetros do meu rosto. Seu movimento repentino e proximidade me fez perder o fôlego, e retesei o corpo na mesma hora. Seus olhos azuis gélidos vasculharam os meus, o calor de sua boca tocando minha pele e enviando arrepios por toda a parte. Violência vibrava na superfície. — Quem é você, Srta. Liddell?

Engoli em seco, meu olhar pousando em sua boca, para subir até os seus olhos outra vez.

— Eu não sou seu inimigo. E-Eu nem sou daqui.

Ele me encarou por mais alguns segundos, uma tensão intensa crescendo e sendo tecida entre nós. Hostilidade e ferocidade ronronavam como um leão dormindo. A qualquer momento ele poderia acordar e atacar.

Um sorriso malicioso curvou seus lábios, e ele se levantou bruscamente, abrindo os braços.

— Por que você não disse? — Seu humor mudou o suficiente para me deixar extremamente inquieta. — Ora, Sr. Pinguim, você não ofereceu uma refeição para a nossa convidada? — Ele virou para os outros com uma risada mecânica. *Merda.* Outra pessoa aqui que era louca pra cacete. — Essa é uma festa de Natal ou não? — Ele abriu os braços como um apresentador de circo.

— Sim! — os gêmeos gritaram, pulando em suas cadeiras, esmagando os bolos em suas mãos, enquanto a lebre continuava a dormir. — Um super Feliz não-Natal para você!

Pinguim serviu um líquido marrom fumegante na minha xícara. Hesitei, mas ele empurrou a xícara até os meus lábios. Dei um gole e engasguei, sentindo meus olhos e garganta queimando. A bebida era quase uísque puro, do tipo caseiro. Com apenas uma pequena quantidade de canela e mel, o álcool fez minha cabeça girar.

— Trocar! Trocar! — Os elfos pularam de seus assentos. Eles eram os únicos participando da brincadeira. Eles correram como se estivessem brincando de dança das cadeiras antes de voltar para seus respectivos lugares, repetidamente cantando: — *Esse é um super Feliz não-Natal para você. Para mim? Não, para você!*

Eu estava num manicômio. A animação dos elfos não acalmava os meus nervos. Meu olhar pousou novamente no tal Scrooge, agora de costas para mim à medida que ele rodeava a mesa. Ele se sentou e colocou as pernas sobre a mesa, os olhos nunca me deixando, me observando como se eu fosse um inseto. Sua expressão tornou-se ríspida novamente, como se a diversão de um momento atrás fosse uma farsa. Tudo sobre ele me fazia sentir como se estivesse andando sobre uma falha geológica, a terra se partindo e quebrando sob os meus pés.

No meu mundo, Scrooge era um velho cruel, durão e rabugento. Aqui? Bem, eu podia, definitivamente, dizer que esse homem era durão. Literalmente. E ele se vestia como se estivesse numa história de Dickens. Eu amava especialmente a cartola. Mas todo o resto dele era viril e áspero e nada como o personagem retratado nos filmes que já assisti.

CAINDO NA LOUCURA

— Coma! Coma! — Pinguim enfiou um prato de biscoitos natalinos decorados, caramelo, pudim e bolo na minha cara. Encarei o prato, meu olhar intercalando entre o Scrooge e o Pinguim. No meio daquele tanto de doces assados, havia um pequeno frasco, com as palavras *"Beba-me"* escritas em uma etiqueta anexada a ele.

— Tem algo errado? — Pinguim perguntou, franzindo a testa.

— Você colocou isso aqui? — Apontei para o item.

— Coloquei o quê? O Rocambole? — Pinguim olhou para o local indicado. *Ele não via o frasco?* — Eu mesmo que fiz. Eu sei que não é tão bom quanto o da Lebre, mas de quem é? — O pinguim apontou para o coelho, que quicava as pernas distraidamente enquanto chupava uma de suas longas orelhas brancas como uma chupeta. — Ninguém cozinha como ele. Ele era um dos maiores confeiteiros dessa terra.

— Pinguim! — Scrooge ladrou, fazendo-o se calar com rispidez. — Feche o bico. Você não aprendeu?

— Ele acha que eu falo demais — Pinguim sussurrou para mim.

— Você fala — Scrooge resmungou, tomando um longo gole de sua xícara.

— Por favor, pegue um doce, antes que ele fique ranzinza e mesquinho e acabe com a nossa festa. — A ave enfiou o prato no meu rosto.

— Você quer dizer que ele não é agora? — Minhas sobrancelhas se levantaram.

— Ah, não, Srta. Alice. Esse é o bom humor dele. Você não tem ideia. — Pinguim olhou em volta como se estivesse esperando alguém aparecer do nada, e então se inclinou para perto de mim: — Nós estamos tomando partido.

— Contra?

— Pinguim! Cala a boca. — Scrooge se sentou, fazendo cara feia.

— A que tirou a alegria desta terra — Pinguim disse, rápido. — A Rainha vermelho-sangue.

— Pinguim, fica quieto. — Scrooge ficou de pé, estufando o peito.

Eu estava escutando bastante sobre essa rainha. Todo mundo parecia ter medo dela e odiá-la.

— Frosty me contou algo sobre o Natal não ser mais permitido aqui...

— Frosty? — Scrooge se virou, terror e fúria rodopiando nessa única palavra como uma tempestade de neve.

— Ah, não. Ah, não. — Pinguim saiu bamboleando, suas asas agitadas.

— Você viu o homem de neve? — A atitude tensa de Scrooge chamou minha atenção, seus olhos rasgando minha pele.

— S-s-sim. — Ansiedade percorria o meu corpo assim que saí em minha defesa. — Por quê?

— Onde? — Scrooge marchou na minha direção como um touro, me fazendo tropeçar para trás, sua proximidade me enchendo de emoções conflitantes, o calor de seu corpo cobrindo minha pele. — Quando?

— Um pouco antes do labirinto. Logo depois, eu os encontrei aqui.

— Merda. — O maxilar do Scrooge contraiu, em tensão. Ele apertou o osso do nariz antes de se virar. — Lebre! Acorde.

Preguiçosamente, as pálpebras se abriram, e então fecharam outra vez. Ele murmurou, baixinho, dobrando as orelhas sobre os olhos.

— Agora! Eles logo chegarão aqui! — Scrooge gritou, fazendo os gêmeos gritarem, pulando de suas cadeiras. Os dois começaram a rodear a mesa em um frenesi, cantando:

— *Vem chegando o Natal.*

No entanto, dessa vez, a melodia soava assombrosa ao invés de alegre.

O fofo, belo coelho branco, adorável em seu horrível casaco de Natal, abriu os olhos, olhou em volta e franziu a boca.

— Bom, pooooorra.

CAINDO NA LOUCURA

CAPÍTULO 5

Como se eu estivesse sendo sacudida em um globo de neve, tudo se agitou à minha volta, deixando meus nervos em frangalhos. Scrooge passou o braço pela mesa, enviando pratos, bebidas e comidas para o mato, em uma tentativa de esconder as evidências. O pinguim desligou os pisca-piscas, deixando o lustre iluminando o pequeno jardim. Os elfos não fizeram nada além de correr sem direção, chocando-se um ao outro.

— O que está acontecendo? — Segui o Scrooge, alarmada pela sua preocupação. — Quem está vindo?

— Os soldados dela. Talvez ela. — Ele pisoteou um biscoito, o esmagando sob a bota. — Sem dúvida, eu a irritei o suficiente para ela mesma vir até aqui.

— Quem? Essa rainha?

— Lebre. Levante o rabo daí! — Ele me ignorou, gritando com seu amigo.

— Ah, vá se foder, Scrooge. — A lebre gemeu, mas se levantou do lugar, pulando em uma perna só. — Não esquente a cabeça.

Um coelho bem ranzinza.

— Está bem. Na próxima, eu a deixo levar você — Scrooge respondeu, seu olhar focado no pé da lebre. — Para que possa arrancar o outro, dessa vez.

A lebre revirou os olhos, mas não disse nada, tirando o casaco e o jogando nos arbustos.

— Me diga o que está acontecendo. — Estiquei a mão, tocando o braço do homem, sentindo as mesmas faíscas me percorrendo. Ele se afastou do meu toque, virando-se para mim e encarando minhas mãos como se fossem cobras. Ele também sentiu?

— Que porra você está vestindo? — rosnou, olhando meu corpo de cima a baixo.

— Minha roupa de trabalho.

— Trabalho? O que exatamente um elfo vulgar faz para viver?

— Como é, babaca? — Cruzei os braços. — Você está me chamando de vagabunda por causa da minha roupa? Você não é esse tipo de homem, é?

— De que tipo você está falando, Srta. Liddell? — Um sorriso malicioso curvou o canto de sua boca quando ele se aproximou, nivelando nossos corpos.

Santas castanhas. Apesar de nada dele ser pequeno o suficiente para assar numa fogueira, eu o senti atear fogo em mim. Tudo nele me deixava baratinada.

— Você que veio para esse lugar vestida desse jeito. Você quer ser morta?

— Morta? — Arregalei os olhos, empurrando-o para longe por causa do medo. — Eu não vim para cá de propósito.

— Você sabe o que acontece com garotas que se vestem como você?

— Você está falando sério? — Cheguei perto dele e cutuquei seu peito. — Eu ficaria bem feliz de dar o fora daqui com minha fantasia de elfo vulgar. Estar em casa com uma taça de vinho, sentada perto da lareira, pensando que isso foi tudo um sonho. Não presa aqui, nesta terra bizarra onde personagens de Natal querem te matar como se fossem bonecos Chucky. Então... enfie o seu pensamento alfa machista no rabo.

Ele me encarou. Fúria se acumulava nos seus ombros, o corpo tenso enquanto ele pairava sobre mim.

Medo. Desejo. Ódio. As emoções me fizeram perder o fôlego por um momento, espalhando um frio pela barriga. Em todos os lugares que o corpo dele tocava o meu, parecia incendiar. O mundo à nossa volta pareceu embaçar, nossos olhos conectados em um duelo.

Eu era sempre impulsiva e agia sem pensar. Eu me joguei em vários relacionamentos ruins por causa disso. Mas, no fundo, eu sempre soube que não tinha nada a ver com eles, e, sim, com a emoção de algo novo. A caçada. Metade do tempo, eu nem gostava deles.

Jurei a mim mesma, depois que meu ex-chefe, Martin, me demitiu e me substituiu por outro brinquedinho, que nunca mais me jogaria de cabeça em algo.

Esse homem na minha frente era estupidamente sensual, mas eu não

CAINDO NA LOUCURA

35

me deixaria ficar vulnerável novamente. Quaisquer sentimentos que causavam aquela sensação no meu ventre, não eram reais. Eu as afastei para longe, franzindo meus lábios.

Seus olhos brilharam, o olhar fixo em minha boca quando ele umedeceu os lábios, me fazendo esquecer minhas promessas.

— Scrooge! — a lebre gritou, estourando a bolha onde estávamos. A comoção e os barulhos voltaram com tudo, como se alguém tivesse ligado o volume de uma televisão. Um tambor próximo a nós, retumbava em meu ouvido como um chocalho da morte.

— Caralho. — Scrooge agarrou a minha mão e se virou para o outro lado, me puxando de volta para a mesa.

— Que porra há de errado com você? — Lebre franziu a testa para o amigo.

— Nada — ele respondeu.

— Ceeeeeeerto. — Lebre bufou, sacudindo a cabeça. — Eu pensei que a minha espécie eram os bastardos tarados. Mas já era em tempo para você.

— Cala a boca, Lebre, e faça o seu trabalho — Scrooge rosnou.

O barulho de tambores e os gritos de comando soavam logo depois dos arbustos.

— Sem problemas. — A lebre empurrou a mesa bamba, a derrubando para fazer uma barreira, enviando os últimos pedaços de comida e louças sobre a neve.

— Puta merda! — A exclamação saiu da minha boca, ao arregalar os olhos quando avistei os objetos presos sob a mesa. Levei um segundo para entender que os largos pirulitos de bengalas não eram guloseimas escondidas. Algumas foram afiadas como lâminas, a ponta tão cortante que passariam direto em você. Outra parecia estar oca, como se fosse um rifle. Vários doces em forma de espadas, facas, revólveres e o que parecia ser um revólver de água estavam presos à madeira.

Os elfos e o pinguim correram, se juntando a nós, todos pegando uma arma. Dee pegou o revólver de água, enfiando neve e pedras na câmara e a engatilhando como uma pistola. Ela subiu numa cadeira para poder enxergar por cima da mesa, apontando a arma para a entrada do jardim, o lado desfigurado do rosto virado para mim. Ela parecia um guerreiro-elfo durão. O irmão se juntou a ela, amarrando um suporte de bolas de neves em volta dos quadris. Pinguim pegou uma pequena bengala oca, carregando o interior com pedaços de carvão. Toda a bobeira de antes desapareceu.

— Pegue uma arma. — Scrooge me cutucou, se esticando para pegar uma bolsa de carvão com o Pinguim. — Você agora é parte disso, querendo ou não.

— Ah, não. Não é a minha luta. — Meu olhar continuava indo para a entrada, o som de pés marchando se aproximando cada vez mais. O que estava vindo para ele? Eu poderia morrer aqui? Eu não podia levantar os braços e declarar que era a Suíça? Esse nem era o meu mundo.

Scrooge bufou, seu olhar acalorado mais uma vez me encarando de cima a baixo.

— Agora é. — Ele sorriu, agachando-se atrás da mesa, apontando a bengala carregada para a entrada e passando a bolsa para Lebre.

— Nessa roupa, você além de ser parte disso, está basicamente pedindo por confusão, querida. — Lebre pulou em um pé só, saltando numa cadeira como os outros para ver sobre a mesa. Ele carregou a arma, enfiando uma espada de doce em um coldre.

— Esse mundo está preso em crenças machistas ultrapassadas? — Uma risada estranha veio de Scrooge com a minha declaração; Lebre revirou os olhos. — Ou são só vocês dois? Talvez eu esteja do lado errado. Vocês podem ser os caras maus. Talvez eu devesse estar com o outro lado.

— Não tem nenhuma relação com você ser uma mulher, mas, faça o favor. — Scrooge acenou para eu sair, nenhuma emoção refletida em sua voz. — Uma coisa que você aprenderá rapidamente aqui, Srta. Liddell, é que não existe bem ou mal. Certo ou Errado. Acima ou abaixo. Nada é o que parece ser. Incluindo você. Entender isso é o único jeito de você sobreviver.

Um tambor alto soou, parecendo estar a metros de distância, fazendo o meu coração quase saltar pela garganta. Peguei um pirulito de bengala e, sem falar nada, Scrooge me passou a bolsa com pedaços de carvão. Nosso olhar se encontrou por um breve instante.

De todas as coisas loucas que vi aqui até agora, por alguma razão eu sentia que ele não somente era o mais perigoso, mas o mais insano.

Eu não sabia o que esperava aparecer na curva, mas soldadinhos de madeira não estavam na minha lista, o que olhando para trás, era estúpido. Isso deveria ter sido o mais óbvio.

Idênticos, com bochechas rosadas e cabelos escuros curtos, a maioria era pintada com as clássicas calças azuis, jaqueta azul com detalhes dourados, e um alto chapéu preto com um protetor de queixo e mais detalhes dourados. No lado direito do peito havia um coração preto, e cada um segurava um rifle fino, que parecia ter uma adaga no formato de espadas anexada. O que estava na frente vestia-se de forma diferente: calça vermelha, jaqueta azul e dourada, um chapéu preto e dourado, mas com uma pena vermelha e um largo coração dourado, o identificando como o general.

Eles se alinharam do lado de fora da entrada do jardim, em fileiras tão meticulosas que não dava para decifrar nenhum soldado atrás do primeiro, assim que se alinhavam ao da frente. Eu tinha que admitir que era uma excelente estratégia de batalha. Era impossível saber quantos estavam ali para lutar.

— Sr. Scrooge! — o general gritou, seu rosto de madeira inexpressivo, os lábios pintados movendo-se como um antigo desenho animado. Sua voz ressoava como se ele estivesse falando para uma plateia de centenas, não apenas nós seis. — Você é acusado de fazer uma festa de Natal, uma acusação de alta traição contra a lealdade à Coroa. Pelo presente, você é requisitado a comparecer à alta corte e pode ser julgado por rebelião. Se considerado culpado, você será executado na guilhotina.

Executado? Guilhotina? Santa rabanada! Esse lugar não estava de brincadeira.

— *Se?* Claro, como se eu acreditasse nisso. Porra, aquele merda de madeira — Lebre murmurou, pigarreando e gritando: — Ei, graveto, você pode dizer para a Vossa Majestade enfiar a exigência dela no rabo!

Scrooge grunhiu, encarando o falador.

— O quê? — Lebre deu de ombros. — Você ia voltar e se tornar o soldadinho dela novamente?

Scrooge fez um barulho na garganta, sacudindo a cabeça.

— Voltar? — A pergunta saiu antes que eu pudesse pensar.

— Você acha que o seu garoto aqui sempre foi um rebelde?

— *Lebre* — Scrooge rugiu em advertência.

— Ele teve que me conhecer para enxergar a luz.

— Lebre, cala a sua boca — Scrooge rosnou, tirando a cartola. — Você está ficando pior que o Pinguim.

— Ei. — Pinguim nos encarou, suas asas abrindo num movimento de "que merda é essa". — Eu não falo tanto assim.

— Ou tão pouco assim — Lebre retrucou.

— Todos vocês, fiquem quietos de uma vez. — Scrooge ajustou a arma, olhando pela mira da bengala. — E não se engane, Lebre. Eu nunca pertenci a ela.

Lebre sorriu, mostrando os dentes salientes. Devia existir mais coisa nessa história, mas agora não era hora de cismar com isso.

— Vamos lá, seu covarde! — o general berrou. — Junto com os seus co-conspiradores: Sr. Lebre, Sr. Pinguim e os Gêmeos Puck.

Dee e Dum riram insanamente como se estivessem encontrando tremenda alegria nisso e não prestes a serem presos por traição.

— Me desculpe, valete, mas a Rainha não pintou suas orelhas? — Lebre se ajeitou na cadeira. — Ou preciso te mostrar pessoalmente o que fazer com a requisição daquela vaca?

Uma onda de ofegos ondulou pelas linhas de soldados.

— Insubordinação — o general sibilou, dando passos para trás. — Como você se atreve a chamar Sua Majestade disso? Ela é sua Rainha e exige respeito.

— Ela *não* é minha Rainha, e nem *ganhou* o meu respeito. — A voz da Lebre se tornou mais séria, os ombros eretos. — Agora retorne para a *sua* rainha, como os meninos bonzinhos de madeira que vocês são, ou vá direto ao assunto. Estou cansado da cara de vocês. E acho que vocês precisam parar de frequentar o mesmo estilista.

— Formação! — O general deu ordens para seus soldados, levantando o braço. Os soldados seguiram os passos daqueles à frente até a trincheira os esconder. Eles levantaram as armas. — Ao meu sinal.

— Puta merda! — Encarei a Lebre, boquiaberta. — Que porra é essa? Por favor, me diga que essas armas também são de brinquedo.

— Não. — Lebre lambeu os dentes da frente, seu rabinho de algodão sacudindo em excitação. Ele era muito fofo para ser tão rabugento.

— Deixe-me te avisar. — Scrooge apoiou a ponta da arma sobre a mesa, seu dedo no gatilho. — Balas de carvão matam tão bem quanto as de metal que vocês usam no reino da Terra.

— Você já esteve na Terra? — perguntei, mantendo os olhos fixos nas tropas prestes a nos atacar. Ele era o único até agora que parecia mais "humano" neste lugar louco, mas, até onde sei, ele podia se transformar numa meia de Natal carnívora a qualquer momento.

Scrooge se virou, ignorando a minha pergunta.

— Atire até suas balas acabarem, Srta. Liddell.

Lambi os lábios após a declaração, meu estômago embrulhando.

— Chefe, nós estamos com você até o fim. — Dee acenou com a cabeça para o Scrooge. Metade do rosto dela estava sorrindo, a parte desfigurada repuxava os lábios para baixo, o que criava uma imagem desconcertante.

— Até o fim — Dum repetiu. Pinguim e Lebre murmuraram o mesmo.

— Preparar. Apontar. — O general fez a contagem regressiva.

Meu coração batia contra as costelas. Se eu morresse aqui, eu realmente morreria, ou iria acordar na casa do Papai Noel para descobrir que tudo não passou de um sonho? Por alguma razão, senti que, provavelmente, não acordaria outra vez, caso morresse aqui. Esse lugar, de repente, parecia mais real do que minha vida na Terra jamais pareceu. Cada visão e cheiro assumiram uma enorme proporção, fazendo com que eu me sentisse mais viva do que nunca.

— Atacar! — O general abaixou o braço, sinalizando para que seus soldados atirassem.

Foi aí que tudo foi para o inferno.

CAPÍTULO 6

— Deixe-os se alinhar e os derrube. Como se eles estivessem numa esteira rolante — Lebre cantarolou, suas orelhas tremendo de alegria. — Continuem vindo, paspalhos!

Balas de carvão e balas duras de menta passavam zunindo por mim, algumas quebrando contra a fina mesa de madeira e sacudindo o lustre sobre a minha cabeça. Bolas de neve recheadas de pedra disparavam pelo ar enquanto Dee e Dum continuavam a rir e bater um no outro. Parecia hora da brincadeira no parque. Algumas atingiram os alvos, derrubando soldados no chão. Pedaços de madeira se soltavam dos soldados atingidos, seus corpos caindo.

Quando um pedaço de bala de menta atingiu minha testa e sangue escorreu do ferimento, percebi o quão real isso era.

Eu era uma garota independente e durona, mas quando você é colocado no meio de uma zona de guerra obscura, você não se sente como o Rambo, como imaginou que seria. Minhas mãos tremiam à medida que eu atirava com a arma de doce. Eu geralmente era contra armas de fogo, mas sendo uma garota solteira que vivia em Nova York, aprendi como atirar. Meu pai me levou junto com Dinah para nos ensinar. Então, eu me garantia.

Nossa posição era boa, para dizer a verdade. A entrada era estreita, e somente alguns soldados por vez podiam entrar no jardim. Eles eram derrubados rapidamente, abrindo espaço para a fila infinita de soldados de brinquedo que vinha atrás.

— São quantos? — gritei para o Scrooge ao ver que mais e mais surgiam. Meu olhar foi para a bolsa de carvão esvaziando.

— Milhares. — Ele sorriu para mim. — A Rainha pode fazer infinitos fantoches.

— O quê? — Fiquei boquiaberta. — Milhares? Como poderemos lutar contra tantos? Nós só temos um bocado de balas restando.

Scrooge deu de ombros, um brilho divertido em seus olhos.

— No entanto, com certeza, é divertido morrer desta maneira. Leve quantos puder junto com você.

Eu me sentei, entendendo que a declaração deles de "até o fim" não era hipotética.

— Mas qual o sentido disso, se a Rainha pode fazer mais? Sua morte aqui será real, certo? — Talvez eu não estivesse entendendo algo.

— Sim. Cabeças perdidas aqui são tão perdidas quanto seriam em qualquer outro reino. — Scrooge piscou para mim. — Mas qual a graça nisso? Melhor morrer fazendo algo que você gosta.

— Vocês *todos* são realmente insanos. — Fiquei boquiaberta, olhando em volta para todos eles.

— Não. Você que é — Scrooge respondeu, recarregando a arma. — Não existe liberdade na vida se você está *meramente* vivendo.

— O quê? — Exclamei, minha cabeça cansada de tentar entender esse lugar e suas charadas.

Um barulho atingiu uma lâmpada acima de mim e fez vidro chover na minha cabeça, atraindo minha atenção para o alto.

— Melhor voltar a usar isso. — Scrooge acenou com a cabeça para a minha arma. — Você tem um dom para esse jogo, Srta. Liddell.

— Adoro ver como você pensa que isso é um jogo. — Apontei a bengala para o novo grupo de soldados entrando no jardim.

— Por que eu não deveria? A vida é um jogo. Você só precisa saber como jogá-lo para sobreviver.

Eu não podia discutir.

— Estou fora. — Lebre se sentou na cadeira, a cabeça e ombros cedendo, como se ele fosse o primeiro pego num jogo de pique-esconde.

Scrooge atirou, a bala passando por outro brinquedo. Os corpos estavam criando uma parede para eles se esconderem atrás.

— Eu também. — Ele limpou a testa, sentando-se nos calcanhares.

Olhei para os gêmeos. Eles ainda estavam atirando bolas de neves, mas as pedras já tinham acabado faz tempo. Pinguim estava sentado no chão, brincando na neve, cantando músicas de Natal, enquanto pegava pedaços de balas de menta usadas para nos atacar e as mastigava fazendo barulho. Ele parecia indiferente à violenta luta acorrendo ao redor.

Pavor embrulhou meu estômago. Nós estávamos perdidos. Além de não termos chance nenhuma, todos estávamos sem munição... e, no caso do Pinguim, capacidade de atenção.

Restava-me apenas uma bala.

— Ninguém tem um isqueiro ou algo do gênero, certo? — Virei-me para o Lebre e Scrooge.

— Fogo é ilegal — Scrooge respondeu dando de ombros. — Ordens da Rainha. Eu acho que ela tem medo de seus soldados virarem lenha para uma grande fogueira.

Merda. Eu estava ficando sem ideias e perdendo a esperança.

— O que acontece se nos entregarmos?

— Nós seremos levados à Rainha, julgados, e então, executados. — Lebre se sentou, cruzando os braços, emburrado.

— Executados? Qual o sentido do julgamento?

— Agora você está entendendo. — Lebre riu, apontando para mim com uma piscadela. — Bem-vinda a Winterland[1].

A mesa rachou assim que mais balas atingiram a superfície, algumas passando direto, perto do meu quadril. Nós não tínhamos muito tempo restando.

Massas de soldados tiraram seus companheiros mortos do caminho, avançando contra nós. Olhei para o lustre rangendo precariamente pendurado na pérgola e notei a decoração no alto.

— Que se danem esses pica-paus! — grunhi, pegando a espada de doce com uma mão e minha arma com a outra.

— O que você está fazendo? — Scrooge segurou meu braço, me puxando para baixo, os olhos entrecerrados.

— Eu não vou ficar sentada aqui como sobremesa numa bandeja, pronta para ser comida por brinquedos.

— Eu gosto dela. — Lebre cutucou Scrooge, acenando com a cabeça para mim.

O plano que se formou na minha cabeça era, no mínimo, débil, mas isso não pareceu me impedir. Eu era impulsiva. Com sorte, dessa vez, iria funcionar.

— Quando eu mandar, quebre aquele poste. — Acenei com a cabeça para as vigas de biscoito de gengibre, e Scrooge seguiu meu olhar até o topo. No alto da pérgola havia um biscoito apodrecido no formato de anjo,

---

1 Winterland é um trocadilho com Wonderland, o nome original de Alice no País das Maravilhas.

CAINDO NA LOUCURA

do tamanho de um carrinho de golfe. O rosto estava derretido, e uma das asas já estava quebrada. Era grotesco e absolutamente perfeito.

A sobrancelha escura de Scrooge arqueou quando ele colocou a cartola de volta na cabeça, um sorriso malicioso no rosto.

— Parece *divino*, Srta. Liddell. Bem celestial.

Uma pequena risada escapou dos meus lábios. Ele não fazia ideia de que eu queria mais do que esmagar os soldados. Eu os transformaria em lenha.

— Absolutamente. — Eu sorri. Nossos olhares se conectaram, meu interior vibrando.

Balas passaram pela mesa entre mim e Scrooge, arregalando meus olhos.

— Agora! — gritei, pulei, e bati minha espada no poste mais perto de mim, vendo Lebre e Scrooge fazendo o mesmo. Um rangido alto da estrutura tremeu o chão em um lamento no céu noturno, fazendo com que os soldados parassem em seus lugares. Por um momento eles olharam para cima, observando o anjo balançar, e o biscoito velho, que provavelmente tinha a consistência de um tijolo, inclinou para a frente.

O barulho zumbiu nos meus ouvidos, preenchendo o silêncio chocante enquanto todos olhávamos para a treliça desmoronando. Esperei por um momento, a última bala no meu revólver.

— Recuar! — o general gritou, mas já era tarde demais.

O lustre despencou no chão, no exato instante que meu dedo apertou o gatilho.

Boom!

A bala zuniu pelo vidro, atingindo a fiação elétrica, o pedaço de carvão acendendo ao entrar em contato com a eletricidade que percorria os fios. Vidro e fogo explodiram na direção dos nossos oponentes, produzindo gritos agudos assim que as chamas encontraram seus alvos. A pérgola despencou em cima da linha de frente, os enterrando em destroços e fogo.

— Puta que pariu! — Lebre virou a cabeça para mim, boquiaberto. — Porraaaa... Eu acho que você e eu precisamos conversar.

— Talvez depois de cairmos fora daqui. — Derrubei a arma, virando para os fundos do jardim. — Nós precisamos ir.

— Vamos lá! — Scrooge apontou para as cercas-vivas ao redor do jardim, azevinhos subindo alto no céu. Lebre, Pinguim e os gêmeos passaram rápido pela cerca, seus pequenos corpos desaparecendo facilmente.

— Nhamiii... Essa aí parece deliciosa. Chegue mais perto, garota. — Uma voz veio de dentro da moita.

Pisquei, olhando mais de perto para o azevinho. Não era um azevinho normal. As folhas serrilhadas brilhavam à luz do luar como milhares de lâminas; pontos pretos e frutos vermelhos me encaravam como olhos.

Cacete! O azevinho estava vivo. Não sei como isso me surpreendeu.

— Você está de sacanagem comigo? — Eu me soltei do Scrooge. — Vocês não têm moitas normais aqui?

— O que você considera normal, Srta. Liddell? Normal pode ser anormal, e anormal pode ser bem ordinário.

— Azevinho vampiro é normal aqui. Maravilha.

— Nós não temos tempo. — Scrooge apontou para algo às minhas costas. As chamas engolindo os soldados estava vindo em nossa direção, já consumindo a mesa assim que o fogo incendiou a treliça. — Rápido.

Dei um passo e algo fez barulho, me obrigando a olhar para baixo. O frasco com *"Beba-me"* estava aos meus pés. Madeira retorcia e rangia atrás de mim, as chamas lambendo minhas costas. Rapidamente, eu me abaixei, pegando o frasco em minha mão e o enfiando no bolso.

— Alice! — Scrooge gritou, se esticando para tocar os meus dedos. Sua mão larga e quente segurou a minha, e eu pulei.

Um grito saiu da minha garganta à medida que nos movíamos mais para dentro da cerca-viva, folhas afiadas e serrilhadas cortando minha pele.

— Essa aqui tem um gosto diferente.

— Ah, eu quero mais. Volta aqui, garota.

— Sangue vermelho e suculento.

Um galho se esticou, me dando um corte profundo.

— Merda! Ai! — Bati no galho com a mão, mas não adiantava. Eles me pressionavam por todos os lados, agarrando minhas pernas e braços.

— Caiam fora, seus sugadores de sangue — Scrooge grunhiu, me puxando mais rápido pelos arbustos. O quão larga era essa cerca?

— Você sabe as regras, Sr. Scrooge. Tem uma taxa para passar por aqui — eles disseram em uníssono.

Para um lugar tão sem sentido, claramente era cheio de regras.

— Além disso, o gosto dela é como o seu antigamente. — Os olhos pretos nos frutos vermelhos nos observavam, sangue escorrendo das folhas. — Mas você ficou desagradável e com o sangue ralo e pobre como todo o resto daqui.

— Cale a boca antes que eu queime todos vocês — Scrooge rosnou.

Um murmúrio coletivo saiu dos arbustos.

— Mas isso é ilegal.

— Eu conheço as leis.

— Seu corpo irá perder a cabeça se fizer isso. Você não teria coragem.

— Experimentem. — Ele encarou o azevinho carnívoro por sob meu ombro. — Agora vocês já tiraram muita coisa da Srta. Liddell como pagamento. Se você a ferir novamente, vou te quebrar em pequenos pedacinhos e esmagar seus olhinhos embaixo da minha bota.

— Mas ela é tããããooo gostosa. Vamos lá. Nós estamos famintos. Faz tanto tempo que degustamos o tipo de doçura dela. Nós talvez morramos antes da próxima vez que alguém passar por aqui — eles choramingaram juntos.

— Então faça isso e diminua a população extra de ervas daninhas como vocês. — Scrooge agarrou o meu cotovelo e me puxou para andar rápido, empurrando através do grosso arbusto.

— Ervas daninhas! — eles gritaram, indignados. — Nós não somos ervas daninhas.

Eu podia sentir a raiva deles fumegando. Galhos e folhagens cresceram, se entrelaçando e apertando o espaço à nossa volta. Scrooge me puxou bruscamente, acelerando nossos passos.

— Pegue-os! — Irritados, eles nos cortavam e beliscavam com vingança renovada. Gritei ao sentir suas mordidas se movendo para cima e para baixo nos meus membros, facilmente mastigando através da minha meia-calça fina. Nós continuamos a correr através deles, meus braços levando a pior enquanto eu tentava proteger meu rosto e pescoço.

Em um momento, comecei a alucinar quando vi uma clareira acima do ombro do Scrooge, mas nós continuávamos no meio do labirinto de arbustos, curvando e ziguezagueando pelo que se pareceram horas. Minha cabeça rodava à medida que o sangue era drenado de mim, minhas pernas tropeçando em raízes no chão. Scrooge desacelerou bastante, seus pés cambaleando como os meus. Nós dois perdemos muito sangue ali dentro.

— Não dessa vez — escutei o Scrooge murmurar, sua respiração ofegante.

Pisquei, vendo o luar brilhando num pedaço de neve adiante. Uma saída. Uma escapatória.

— Não deixem que passem! — o azevinho gritou.

— Nãoooo! — Scrooge explodiu. Seus ombros curvaram para a frente, seus músculos contraindo sob a jaqueta. Parecendo um touro, ele avançou, mas os galhos se juntaram, bloqueando nossa saída.

— Ah, não. — Sacudi a cabeça. O pensamento de ficar mais tempo aqui fazia com que meu coração acelerasse, minha essência escapando mais rápido. A saída reduziu para quase nada. Minhas pernas tremiam, meu corpo cedendo. Eu nunca pensei em mim mesma como uma perdedora do jeito que minha família pensava; era mais como se eu perdesse o interesse nas coisas. Eu sabia que quando coisas realmente importantes estivessem em jogo, eu lutaria. Com um grito de guerra, disparei para frente, batendo e empurrando os galhos que vinham na nossa direção. Meus dedos rasgavam galhos entrelaçados, partindo-os com um ruído alto, como pequenos ossos.

— Vá! — Scrooge me empurrou pelo pequeno espaço que criamos; longas incisões cortavam minha pele. Gritei, caindo para a frente, saindo da mata cerrada. Meus joelhos se chocaram contra a neve, meu sangue espalhando nitidamente na pura substância branca.

Eu consegui. Estava livre. No entanto, quando não ouvi Scrooge atrás de mim, virei a cabeça para olhar para a vegetação cerrada. O rosto dele desaparecia por entre a folhagem como se o consumisse como uma boca gigantesca.

— Não! — Saltei. Com energia que não sabia de onde adquiri, pisei nos galhos mais baixos e, com toda a minha força, puxei para cima. As folhas cortaram minhas palmas, mas os gritos de dor delas encheram meus ouvidos. Com um grunhido ensurdecedor, Scrooge empurrou contra a folhagem maligna, se chocando contra mim.

Nós tombamos, caindo na neve, o corpo dele cobrindo o meu. Ficamos deitados por um momento, sentindo dificuldade para respirar.

— Você está bem, Srta. Liddell? — A voz dele era baixa e estrondosa, me fazendo completamente ciente do corpo forte que pressionava o meu.

— S-s-sim. — Minha cabeça ainda rodava, e eu queria fechar os olhos e dormir pelo próximo mês. — Eu acho que sim.

Scrooge me encarou com intensidade, mas as emoções eram ilegíveis.

— Que foi? — sussurrei, tentando ignorar o quão bom era senti-lo contra o meu corpo. Seu calor e dureza exigiam que o meu correspondesse.

— Você me salvou.

CAINDO NA LOUCURA

— Sim? Por que eu não salvaria?

— Por que você salvaria?

— Eu não podia te deixar.

— Você deveria, Srta. Liddell. Como eu disse, você não deveria confiar em ninguém aqui.

Franzi o cenho em uma careta, chamando a atenção dele, o que fez minha respiração falhar.

— Isso não é maneira de se viver. Você não me abandonou com os soldados. Eu também não abandono as pessoas. — Engoli em seco, sentindo o rosto dele se aproximando do meu. — Eu não sei o motivo, mas confio em você.

O olhar dele pousou nos meus lábios, seguindo para os meus olhos, seu hálito quente se infiltrando pelo decote da minha fantasia, entre os meus seios.

— Você, *sinceramente*, não deveria.

— Por quê?

— Porque... — Sua voz grossa acendeu minhas terminações nervosas como um fósforo. Ele não terminou a sentença. Claramente, era razão o suficiente.

Eu o encarei, com o coração batendo acelerado. Centenas de cortes no rosto e mãos, sangue escorrendo por suas bochechas. Eu desejava esticar a mão e limpar o sangue, lamber os meus dedos e sentir o gosto dele.

Hã? Que porra é essa?

O pensamento me assustou, sacudindo o meu corpo embaixo do peso dele. Como uma agulha estourando uma bolha, o mundinho enevoado à nossa volta sumiu. Ele piscou e saiu de cima de mim como se eu tivesse uma doença, sua boca retorcendo em um rosnado. Eu me sentei, sentindo uma tontura, o tenso silêncio recobrindo meu instinto em sobriedade.

Scrooge respirou fundo, esfregando o rosto e se levantando.

— Nós precisamos ir embora. Cair fora daqui.

— Onde é *aqui* exatamente? — Tentei me levantar, mas meu corpo oscilou. Scrooge segurou meu braço, para eu não cair, mas dessa vez ele ficou o mais longe possível de mim.

— Se você não sabe onde está, o que importa? Aqui é meramente relativo para saber onde você está.

Eu suspirei, apertando o nariz. Eu continuo esquecendo que Scrooge, assim como o resto, é louco. Sensual para cacete, mas doido de pedra. Falando do resto... — Onde estão os outros? Eles não deveriam estar por aqui?

Scrooge riu com crueldade, irritação aparecendo no seu rosto.

— Quando você vai aprender, Srta. Liddell? Nada aqui é o que parece ser. A cerca é um vasto labirinto, dentro e fora. Todo conectado e pode te jogar onde quiser.

Olhei de volta para os arbustos, vários ainda nos xingando. Eu podia jurar que um mostrou o dedo do meio para nós.

— Os outros podem estar em qualquer lugar de Winterland. Mas eles sabem para onde ir.

— Onde? — Meu estômago revirou, sentindo que a resposta não seria boa.

— Tulgey Woods[2].

— Por que para lá? — Limpei o sangue escorrendo na minha testa.

— Porque... — Scrooge tirou a cartola, arrancou o cachecol verde ao redor, e veio até mim. Ele pressionou o tecido gentilmente no meu rosto, sua proximidade roubando meu fôlego. — Nem a Rainha irá se aventurar por lá. — Ele limpou meu rosto, removendo o líquido carmesim.

Novamente, senti como se estivesse deitada em uma fogueira, minha pele e interior borbulhando com calor. Pela primeira vez, eu desejava que a neve fosse fria, precisando equilibrar o calor que subia pela minha coluna. Eu não gostava como a proximidade dele acelerava meu coração. Ele estava certo. Eu precisava tomar mais cuidado. Eu não tinha ideia de quem ele era ou de onde estava me levando. Até onde eu sabia, ele era o monstro real pairando no escuro, disfarçado por um exterior selvagem e sensual. Ele podia ser o Ted Bundy de Winterland, pronto para me cozinhar e me comer.

Humm... me comer. Minha mente foi para um lugar totalmente diferente, minhas coxas contraindo.

— Eu estou bem. — Dei um passo para trás. — Obrigada.

— Eles tiraram muita essência de você, e o veneno deles é potente. Nós vamos precisar arranjar comida e remédios, e dormir logo ou você entrará em choque.

— Entrar em choque? — Minhas pálpebras abriram, e senti as pernas mais pesadas. — Você também vai entrar em choque?

— Não. Estou acostumado com isso. Mas vou me sentir nauseado por um tempo. Você não tem uma rara alergia a azevinhos, tem?

— Hum, n-não. Não que eu saiba. — Nada que eu tenha enfrentado antes de vir para cá.

2   A Floresta onde vive o Jaguadarte em Alice no País das Maravilhas

CAINDO NA LOUCURA

— Bom. Então morte é bem improvável, mas você, com certeza, vai desejar poder morrer depois de vomitar suas entranhas por horas.

— Parece divertido. — Sacudi a cabeça. Esse lugar, definitivamente, não era uma fantasia de Natal feliz.

— Conheço alguém onde podemos ficar. Ele irá nos ajudar.

— Você tem um amigo? Alguém em quem você confia? — Levantei as sobrancelhas.

— Eu disse alguém. Não um amigo. E não confio nele, mas a rena é o melhor que temos agora. — Ele colocou a cartola de volta na cabeça, o cachecol na minha mão, e começou a marchar pela neve.

— Rena? — Eu fui atrás dele, sentindo a neve fofa grudar embaixo das minhas botas, minhas pernas pesando toneladas. — Você quer dizer o Rudolph?

— Você conhece o Rudolph? — Scrooge parou, virando para me encarar.

— Mais ou menos. — Cambaleei para trás, sobressaltada com o movimento súbito dele. — Ele é meio que a razão de eu estar aqui. Eu o segui. Caí em um buraco e me encontrei nesse mundo fodido, ou esse sonho é bem real.

— Rudy estava na Terra, e você o *viu*?

— Sim. — Enruguei o nariz. — Deixe por minha conta seguir um homem porque ele tinha um corpo gostosão e então cair em um buraco por não estar prestando atenção em nada além de uma barriga tanquinho.

— Corpo gostosão? — Scrooge franziu as sobrancelhas. — Você o acha atraente?

— Menos toda a coisa do chifre... na verdade... esquece isso. Sim. Ele é gostoso.

Um nervo tremeu no maxilar do Scrooge. Cerrando os dentes, ele virou novamente, andando pela neve, quase chegando à linha das árvores.

— Você não deveria ter sido capaz de vê-lo.

— O que você quer dizer?

— O que ele quer dizer, Srta. Alice... — uma voz familiar viajou da mata em nossa frente. Scrooge parou de repente, seus braços abrindo como se estivesse tentando me esconder atrás dele. Seu corpo inteiro ficou rígido quando Frosty saiu das árvores. — É que somente dois antes de você foram raros o bastante para ver um de nós. E desde então, há um feitiço que nos protege, impedindo que qualquer humano entre nesse reino novamente.

— O que você está dizendo? — Olhei do Scrooge para o Frosty. A boca de carvão do Frosty se contorceu em um imenso sorriso, mas dessa vez ele parecia sinistro, não como um inocente boneco de neve. A expressão do Scrooge parecia de pedra, sem mostrar nenhuma emoção. — Eu não sou humana?

— Não, você é completamente humana, minha querida. — Frosty chegou mais perto, e Scrooge contra-atacou, chegando mais perto de mim. — Mas você tem extra magnitude — O sorriso de Frosty cresceu ainda mais. — Como você, Sr. Scrooge. Não é mesmo?

— Sobre o que ele está falando? — Toquei o braço de Scrooge.

— Ele não te contou? — Frosty riu. — Mas acho que depois que você cai no buraco do coelho, os segredos que ele mantém são infinitos.

— Como está sendo para você agora que se tornou o bichinho de estimação da Rainha? — A voz do Scrooge vibrou com o tom recriminatório. — Se enrolar em uma bola nos pés dela na frente da lareira... Ah, espera... você derreteria. — Scrooge suspirou em falsa compaixão. — Acho que você tem que olhar pela janela como um filhote perdido quando ela leva outro para a cama.

— Você provavelmente saberia como é lá, não é mesmo? — O boneco de neve desdenhou, todo o júbilo escorrendo de seu sorriso. — Você a esquentou por um bom tempo.

— O quê? — Abri a boca, chocada, saindo de perto do Scrooge. — Você dormiu com ela?

— Não. — Ele esticou o braço para mim, e o urro do boneco de neve interrompeu suas palavras.

— Aaah, essa é outra coisa que você não sabia. — O largo sorriso do Frosty retornou, suas mãos de galho batendo palmas em excitação. — Deixe-me lhe apresentar, minha querida. Scrooge é o nome dele agora, mas não foi sempre.

— Vá. Se. Foder — Scrooge rosnou.

— Conheça o valete anterior da Rainha. O general de copas negras... dentro e fora do serviço. Ele é a última pessoa em quem você deveria confiar.

Meu coração quase saltou da garganta, as palavras dele voltando para mim com força.

— *Eu não podia te deixar.*

— *Você deveria, Srta. Liddell. Como eu disse, você não deveria confiar em ninguém aqui.*

— *Eu não sei o motivo, mas confio em você.*

— *Você, sinceramente, não deveria.*

— Alice. — Ele tentou me segurar, mas eu me soltei. A única coisa que aprendi nesse mundo de ponta-cabeça era que a Rainha era má. Ela matava e destruía tudo de bom sobre o Natal. Alguém que achei a quem ele se opunha. Eu acreditava estar do lado da Aliança Rebelde. O lado bom. Mas não podia lutar ao lado de alguém que me enojava. Isso me fez olhar de uma forma diferente para ele. Ele não tinha sido somente o soldado dela, mas seu amante.

— Alice, você não enten...

— Não. Você não pode me chamar de Alice agora — desdenhei, olhando em volta. Minha energia estava caindo aos poucos, mas eu precisava sair de perto. Dos dois. — Você estava certo. Eu não deveria confiar em você. Lição aprendida. — Eu me virei, esperançosa de que eles me deixariam ir embora. No entanto, depois de apenas cinco passos, meus pés paralisaram, e o pânico se instalou.

Centenas de soldadinhos de brinquedo saíram da floresta, circulando ao redor, me levando de volta na direção do boneco de neve e do Scrooge.

— Mesmo velho Frosty. Algumas coisas nunca mudam. Uma vez um traidor, sempre um traidor.

— Você que foi um traidor. Eu, estupidamente, confiei em você, te considerei um amigo. Você é um enganador e desertor.

— Você é um perfeito idiota. — Scrooge encarou o Frosty. — Você se acha tão esperto, mas não enxerga *nada*. — Eu não estava aqui há muito tempo, mas era claro que esses dois tinham uma longa história juntos.

— Nós veremos quem é esperto o suficiente para manter a cabeça. Dessa vez, eu não salvarei a sua. — Frosty voltou para a floresta, e os soldados se reuniram à nossa volta, algemando nossos pulsos e nos empurrando por um caminho onde eu poderia acabar perdendo a cabeça.

E não só metaforicamente.

CAPÍTULO 7

— Ei, floco de neve! — A voz do Scrooge ressoou, fazendo a neve cair das árvores ao nosso redor.

Eu podia sentir as árvores nos observando, mas nenhuma delas falou nada. Um brilho melancólico vindo das lanternas de corda que alguns soldados carregavam, iluminava a trilha e a floresta, fazendo tudo parecer vivo.

— Ela precisa de remédio e descanso! — Scrooge continuou gritando para o Frosty. — Você quer que ela entre em choque antes mesmo de chegarmos lá?

— Eu não preciso da sua ajuda — murmurei, mas não podia negar que as minhas pálpebras ficavam mais pesadas a cada passo, meu estômago embrulhando. Suor escorria pelo meu rosto à medida que o calor fervia dentro do meu corpo, batendo contra as minhas costelas.

— Sua *benfeitora* não ficaria feliz — Scrooge rosnou para o Frosty enquanto lutava contra um punhado de soldados que o empurravam para a frente. Seus rostos sem expressão e olhos mortos eram sinistros, as sombras criando imagens monstruosas em suas cabeças pintadas.

Frosty parou, deixando os soldados se moverem em volta dele, sem interromper a progressão até ficarmos cara a cara com o Scrooge.

— Ela irá *descansar* o bastante, muito em breve. — Frosty olhou para a minha fantasia rasgada e ensanguentada, um sorriso curvando sua boca. — Se ela não pode aguentar alguns cortes de azevinho, então Winterland não é o lugar para ela.

— Alguns? Olhe para ela, a garota está coberta de ferimentos. — Scrooge acenou com a cabeça na minha direção.

— Todas as músicas, filmes e livros retratam você como uma alma alegre e feliz, quando na realidade você é uma bola branca de cocô podre de cachorro. — Eu me inclinei para a frente, meu nariz quase tocando o largo nariz de botão do Frosty.

— É verdade? — Seu braço de graveto se levantou, colocando uma mecha de cabelo atrás da minha orelha. — Quem diz?

— Eu digo. E porque sou a pessoa lógica nesse lugar horrendo, faço questão de dizer isso mesmo. — Afastei meu rosto de seu toque.

— Somente os insanos têm tanta certeza de sua sanidade. — Um largo sorriso curvou sua boca. — A loucura está penetrando. Você será um de nós em breve. — Ele se virou, seguindo adiante. — Quanto mais absurdo você é, mais racional se torna.

Rosnei, olhando para o Scrooge. Ele deu de ombros, um sorriso arrogante se espalhando em seu rosto.

— Ele está certo.

— Ah, você também, não!

— Eu te disse, Srta. Liddell, assim que você abandonar sua estrita noção de prático e lógico, se tornará mais fácil para entender.

Sacudi a cabeça, sentindo meu cérebro enevoado. Em casa, eu era ridicularizada pelos meus sonhos grandiosos. Aqui, era sacaneada por ser muito racional.

Soldados me empurraram para a frente, nos fazendo seguir pelo caminho pelo que se pareceram dias, mas, ao mesmo tempo, meros minutos. O céu nunca mudou de cor. A terra parecia estar em um perpétuo estado de escuridão.

Depois de um tempo, chegamos a um lugar que poderia ser descrito como um vilarejo pitoresco, similar aos de contos de fadas que se via em filmes ou no interior da Inglaterra. Adoráveis chalés brancos cobertos de neve, com telhados de palha, chaminés de tijolos vermelhos, e pequenos canteiros de flores abaixo dos parapeitos das janelas. Alguns chalés cobertos por heras que preenchiam toda a parede. Haveria um pequeno rio atravessando o meio do local, com uma ponte de paralelepípedos fazendo um elo entre os dois lados da vila. Uma árvore de Natal brilhante dominaria o centro para que todos os moradores a pudessem ver, e fitas e laços decorariam cada poste de luz.

Era assim que deveria ser, mas esse vilarejo era vazio e decadente. Nenhuma vida ou amor provinha das casas, abandonadas há tempos. Não havia decorações, a não ser pisca-piscas quebrados em algumas casas. A tinta estava descascando em todos os prédios, ervas daninhas cresciam nos velhos jardins, cobrindo janelas e algumas portas. O córrego até parecia chorar quando se chocava às pedras no leito do rio.

Uma velha estátua estava em pedaços no meio da cidade, tão destruída que era impossível saber do que se tratava. Somente uma mão de pedra rechonchuda e rosto me faziam acreditar que a obra era de um homem barbado.

Nós marchamos pelo vilarejo, subindo uma pequena colina. A velha rua de paralelepípedos deu lugar a um pavimento mais novo e liso. Lanternas parecidas com as que os soldados carregavam, estavam penduradas em postes por cerca de quatrocentos metros, iluminando o caminho ao edifício nos fundos.

— Santo toddy quente. — Meus lábios se entreabriram, e meu estômago deu um nó. Um enorme castelo pairava em primeiro plano, parecendo mais com o da Rainha Má da Disney do que qualquer coisa que deveria pertencer em um mundo de Natal. Construído com pedras escuras, o castelo quase desaparecia na escuridão e nevoeiro. Dúzias de torres subiam do telhado, mas a torre do meio subia tão alto no céu, tanto que foi preciso inclinar a cabeça para trás. A torre de entrada dividia o castelo em alas iguais, que parecia ter pelo menos uns oitocentos metros em cada lado. Somente algumas janelas brilhavam com uma fraca luz amarelada.

Nada nesse lugar era convidativo. Era como se fosse o cenário de um filme de terror. Estacas com objetos redondos ou ovais estavam espalhadas ao longo do caminho. Um som esganiçado escapou dos meus lábios quando a luz incidiu sobre aquilo.

Cabeças! Posicionadas ali para aterrorizar qualquer um que se atrevesse a se rebelar contra Sua Majestade. Eles não usavam mais essa tática de medo no meu mundo, mas usaram séculos antes quando você mijava e cagava em baldes e os jogava pela janela nas ruas;

Essas coisas mudaram. Avançaram. Mas esse lugar ainda estava na Idade Média.

Frosty se moveu pela longa estrada, e os soldadinhos de brinquedo postados à entrada se curvaram e abriram os imensos portões para nós. O rangido alto da madeira me sobressaltou, e correntes se arrastaram quando o portão com lanças se ergueu. Assim que passamos pelo túnel em formato de arco, chegamos a um amplo pátio. De repente, tudo parecia *muito* real e *muito* assustador. Medo fazia meu sangue disparar acelerado pelo meu sistema, nublando mais ainda a minha cabeça.

— Sejam bem-vindos ao Palácio de Winterland. — Frosty gesticulou em volta, com orgulho.

Levantei a cabeça, vendo algumas gaiolas penduradas em colunas ao redor da praça. Elas eram grandes o suficiente para abrigar uma criança

CAINDO NA LOUCURA

pequena. Quando algo se moveu em uma delas, meu coração martelou no peito. Havia criaturas vivas dentro daquelas gaiolas.

— Scrooge — uma voz chamou, patas brancas agarrando as grades. Ah, não.

— Lebre! — Scrooge exclamou, seus ombros cedendo em desânimo. — Você está bem?

— Ainda tenho um pé sobrando — Lebre tentou brincar, mas não teve graça.

— Os outros? — Scrooge perguntou, a voz tensa.

— Ah... — Lebre começou a falar, mas foi interrompido por vozes do outro lado da praça.

— Ah, não, Sr. Scrooge. Não você também! — Os gêmeos choramingaram de uma gaiola à nossa esquerda, seus rostos cobertos de hematomas. Eles foram espancados? — Nós sentimos muito, Sr. Scrooge.

— Caralho. — A cabeça do Scrooge pendeu para frente quando resmungou baixinho, com os dentes entrecerrados e decepcionado. — Pinguim?

— Nós não sabemos — Lebre respondeu. — Você sabe como ele fica quando está nervoso. Não calava a boca. O levaram para lá. — Acenou com a cabeça para outro arco escuro à nossa frente. Eu sabia que seja lá o que havia ali, não era bom.

Tristeza me inundou, e meu peito doeu com o pensamento de que todos eles foram capturados. Estranho... eu passei pouco tempo na companhia daquelas criaturas, mas o meu coração doía com o pensamento de algo ruim acontecendo a qualquer um deles. Pinguim era realmente bondoso. Um inocente num reino que parecia arrancar essa qualidade de você à base da surra.

— Eles deveriam ter pensado melhor, antes de se aliarem a você. — O cachimbo de espiga do Frosty foi para o outro lado da boca. — Eles serão julgados e perderão a cabeça amanhã antes do jantar. A Rainha está fazendo uma grande festa. Você, Scrooge, será o grande final.

— Esplêndido. Eu não espero nada menos. — Ele piscou para Frosty.

Frosty franziu o cenho, se virou, e passou pelo arco.

Minhas pernas pareciam feitas de cimento, e acabei tropeçando algumas vezes quando os soldados tentaram me apressar.

— Fique firme, Srta. Liddell. Não se entregue. — Scrooge se inclinou para mim, seu hálito quente soprando no meu pescoço, espalhando arrepios pelo meu corpo e incendiando a pele já aquecida.

Nós fomos levados para outro pátio, mas, dessa vez, havia uma mulher cercada por guardas, no alto da escadaria que levava à entrada do castelo.

Eu a encarei, piscando, imaginando se estava vendo direito.

A Rainha não era nada como imaginei. Ela podia ser a irmã da Helen Mirren[3]. Uma mulher mais velha, mas sensual pra cacete. Sua autoconfiança e expressão severa fizeram um arrepio percorrer a minha coluna. O cabelo cinza-prateado era cortado num elegante long bob. Ela trajava um vestido justo sem mangas, que acentuava seu corpo esguio, de uma cor tão vermelha que mais parecia preto. Ela usava botas vermelho-sangue que combinavam com seu manto. Os lábios eram pintados da mesma cor, como se o sangue de suas vítimas manchasse sua boca. *Rainha vermelho-sangue realmente.* Ela portava um pirulito de bengala preto e rubro do tamanho de um cajado, e em volta do pescoço, numa corrente, havia um pé de coelho branco.

Sinos prateados! O pé do Lebre? Aquela vaca usava o pé dele em volta do pescoço como um colar da sorte.

Seus olhos azul-acinzentados entrecerrados estavam fixos no Scrooge, como se mais ninguém existisse.

— Bem, se não é meu querido general finalmente retornando à casa. — Sua voz fria cortava o ar. Ela desceu um degrau. — Como senti sua falta, meu valete.

— Eu não sou seu valete. — Fúria contraía os ombros do Scrooge. — Ou você esqueceu?

— Como eu poderia esquecer uma traição como a sua? — Ela desceu outro degrau, andando devagar até ele. — Eu não fiz tudo por você? Tudo o que fiz foi dar, mas você se virou contra os meus presentes.

— Presentes? — Scrooge bufou, com desdém. — Acho que posso ficar sem os seus *presentes.*

— E assim você o fez. — Ela colocou a mão no rosto dele. — Mas achei que já teria aprendido o que acontece quando você recusa minha bondade.

— É, mas agora não tenho nada. — Ele riu, seu tom quase enlouquecido. — Nada. — O humor dele desapareceu como o toque de um interruptor, seus lábios curvados em um rosnado. — Então... faça o seu melhor... *Sra. Noel.*

Tudo pareceu parar para mim.

Puta. Merda. Dos profiteroles cremosos... Essa era a Sra. Noel? A feliz avozinha fofa, rechonchuda e de bochechas rosadas que o meu mundo descrevia?

3   Atriz britânica

O corpo dela se inclinou para trás, e, em seguida, o som do tapa que deu no rosto dele ecoou pelas rochas.

— Como você se atreve! É proibido me chamar assim. — Ela levantou os ombros, os dedos agarrando o queixo dele. — Você realmente quer se juntar a eles. Você está praticamente implorando. Sua pequena festa de Natal de protesto foi patética. Pensei que você faria algo melhor do que aquilo. — Ela o segurou mais forte, e ele soltou um grunhido dolorido, fechando os olhos. — Acho que o manterei vivo em meus calabouços pela eternidade, para que os ouça chamando por ti o tempo inteiro.

— Pare! — Scrooge segurou a cabeça, os olhos entrecerrados ante a agonia. — Pare. Por favor.

— Suas ações têm consequências. Você deveria ter pensado sobre isso antes. Agora você deve encarar o que fez. Tudo recai sobre ti. Eu realmente tentei ser paciente e caridosa contigo, mas você recusou-se em ser agradável.

Ele gritou, as pernas cedendo. Ela o seguiu para baixo, se inclinando para manter o agarre em seu queixo. Seja lá o que a mulher estava fazendo, aquilo causava uma agonia absurda. Vê-lo sofrendo daquela forma apertou meu coração e embrulhou meu estômago.

— Pare! — Eu me debati contra minhas algemas, tentando me colocar entre eles. — Solte-o.

Como se o mundo em volta dela e do Scrooge, repentinamente, ganhasse vida, ela me encarou com um lampejo de choque no olhar. Ela se endireitou, afastando sua mão dele. Scrooge despencou no chão coberto de neve, respirando com dificuldade.

— O. Que. Você. Disse? — A Rainha se virou para mim, emanando uma fúria como se fogos de artifício estivessem prestes a explodir. — Como você tem coragem de se dirigir a mim dessa maneira?

Merda.

— Quem é você?

— Essa é a Srta. Alice, da qual falei a respeito — Frosty tentou se intrometer.

— Cale a boca! — ela gritou para ele. — Eu não perguntei a você. — Sua cabeça se virou para mim, e seu olhar varreu meu corpo de cima a baixo, avaliando meus trajes e botas com as pontas curvas. Em algum lugar no caminho, eu havia perdido os chocalhos. — O que você está vestindo? — ela chiou.

— O uniforme da Aliança Rebelde. — Culpe o veneno nas minhas veias ou o fato de ter decidido fazer o que o Scrooge e o Frosty recomendaram... entregando-me à loucura.

— O quê? — Suas sobrancelhas perfeitamente delineadas franziram.

— Aliança Rebelde. Onde Han Solo, a Princesa Leia e Luke Skywalker aguardam as minhas ordens para atacar esse lugar.

Eu estava quase certa de que escutei a risada de Scrooge, mas ele poderia estar apenas pigarreando. Todo mundo me encarava como se eu tivesse perdido o juízo. E talvez tivesse mesmo.

— Há outros mais de você? — Ela chegou mais perto, olhando em volta.

— Muitos mais. — Acenei com a cabeça. — Dumbledore, Harry Potter, Hermione... até o Rony. Mas ele é meio inútil.

Ela continuou a me encarar, boquiaberta. Eu teria aproveitado mais se não sentisse que fosse desabar a qualquer minuto. Foi necessário um esforço absurdo para me manter de pé.

— Bom. — Ela estalou a língua, dando um passo para trás. — Eles talvez pensem duas vezes quando virem sua cabeça numa estaca. — Ela virou para o outro lado. — Cortem-lhe a cabeça!

— Mas Majestade? — Frosty levantou o braço.

— O quê? — Ela se virou e o manto girou ao redor com perfeição.

— V-V-Você não acha... — Ele engoliu, nervosamente. — Que talvez seja melhor esperar para cortar a cabeça dela até as festividades? Não teria um maior impacto nesse grupo Rebelde se ela fosse morta na frente de todo mundo?

Foquei minha atenção em Frosty, encarando o sorvete falante.

A Rainha pressionou os lábios, tamborilando os dedos no queixo.

— Eu acho que você está certo. — Ela bateu o pirulito de bengala nos degraus. — Teria um impacto maior se a cabeça dela rolasse lá. Mais gente assistindo. Sim, Sr. Boneco de Neve, isso é perfeito. — Um sorriso se espalhou pelo seu rosto. — Será uma festa tão divertida. Não temos uma decapitação há um bom tempo. — Ela apontou a bengala para mim e para o Scrooge. — Leve-os para os calabouços. Preciso planejar tudo. — Como se fosse uma criança acordando numa manhã de Natal, excitação fluía dela à medida que voltava ao castelo, gritando ordens para seu pessoal.

Scrooge foi puxado para se colocar de pé, e nós dois fomos empurrados para outro arco. Frosty se postou ao meu lado.

— Saia de perto de mim — bufei, tentando acompanhar os passos das sentinelas de madeira que me arrastavam escada abaixo.

CAINDO NA LOUCURA

Calabouço.

— Eu te salvei — ele sussurrou no meu ouvido.

— Me salvou? — Eu ri. — É isso que você considera um salvamento? Minha cabeça vai estar num prato de sobremesa.

— Não. Você será o aperitivo.

Eu o encarei com ódio.

— Scrooge será o desfecho dela. Você, minha querida, não vale muito mais do que uma entrada.

— Assim fica melhor. — Senti a língua se esforçando para funcionar.

— Eu te dei horas. De outro jeito, você já estaria morta — ele respondeu tão baixo que mal escutei. — Não desperdice.

Com isso ele foi embora, sem olhar para trás.

Sacudi a cabeça, a névoa se intensificando no meu cérebro. Por que ele estava tentando me ajudar? Eu devo ter imaginado isso.

Tudo à volta estava começando a parecer um sonho. O veneno me faria perder o juízo... antes que eu perdesse a cabeça.

Na verdade, acho que já havia perdido.

CAPÍTULO 8

Nós fomos rudemente jogados em uma pequena cela. Ralei os joelhos contra a pedra dura assim que caí no chão, rasgando o que restava da meia-calça. Cerrei a mandíbula, sentindo agulhadas dolorosas por cada um dos meus nervos, como se estivesse sendo atacada por formigas. Não havia uma parte do meu corpo que não doía.

Scrooge entrou aos tropeços, caindo do meu lado.

— Eu mal posso esperar para acender um fósforo e incendiar o resto de vocês, capangas sem cérebro.

Eu virei para ver um soldado indistinguível bater à porta, o barulho metálico vibrando pelos meus dentes. Nenhum deles disse uma palavra sequer enquanto saíam do calabouço, marchando, como zumbis.

Senti uma náusea me dominar, e enfiei as unhas na terra entre os pedaços de pedra fria, tentando não desabar. Respirei fundo, mas o ar rarefeito fedia a mijo, mofo e morte. É, não havia nenhum cheiro gostoso de biscoitos de canela assando na casa da "Sra. Noel".

— Alice. — Scrooge se moveu para perto de mim, a mão tocando minha testa encharcada de suor. — Você está pegando fogo.

— Por que você não me disse que a Rainha era a Sra. Noel? — Eu o encarei. Eu não tinha mais forças para afastar sua mão.

— Isso faria diferença? — Ele tirou mechas de cabelo grudadas no meu rosto.

— Não sei em quem confiar. — Meu olhar vasculhou o rosto dele. Ele era um homem excepcionalmente atraente. Sob a luz fraca refletida de uma das lanternas no corredor, seus olhos azuis brilhavam, me aprisionando a ele como uma âncora. — Por que você era o valete daquela mulher? Você transou com ela?

Ele tirou a cartola, passando as mãos pelo belíssimo cabelo ondulado. Porra, mas esse homem era *quente* demais. Ou era eu que estava queimando? Sentei-me nos calcanhares, sentindo minha roupa grudada à pele aquecida, como se alguém tivesse me enfiado em uma panela de água fervendo.

— Como eu disse, você não deve confiar em ninguém. — Scrooge me observava, nenhuma emoção em suas palavras ou expressão. Ele esticou o braço, e seus dedos deslizaram delicadamente pela minha bochecha. — A única pessoa a quem você pode proteger é a si mesma.

— Mas não quero viver dessa maneira. — Retribuí seu olhar, meus cílios tremulando com seu toque. Ele era um bálsamo fresco, acalmando minha pele escaldante. — Não pare — sussurrei.

— Está gostoso?

Acenei com a cabeça, um suave gemido escapulindo dos meus lábios. Fechei os olhos quando senti seus dedos roçando meu pescoço.

— Ser forte e independente é diferente de ficar isolado. Todos os seres vivos precisam de algum tipo de família, um grupo para depender e confiar. Isso não faz de você fraco.

— Eu não sou um bom homem, Srta. Liddell — ele disse, o timbre de voz soando rouco. — Eu fiz coisas horríveis, coisas em nome de proteger um grupo como o que você fala. E isso não mudou nada, e não passarei por isso novamente. Agora sou pão-duro e econômico com a minha confiança. Aprendi que é somente com si mesmo que você pode se preocupar.

Meus cílios se levantaram, minha atenção focada nele. Por um segundo, pensei ver uma tristeza escurecer seus olhos, mas desapareceu em um piscar. Nós nos encaramos, silenciosa e intensamente, e minha pulsação acelerou de tal forma que a senti ressoar em meus ouvidos.

O enjoo chegou com tudo e a bile subiu pela garganta.

— Ah, não.

— Espere. Aqui. — Scrooge pegou um balde de madeira no canto, o que provavelmente era nossa privada, e o enfiou embaixo da minha cabeça quase sem tempo.

Eu não tinha ideia de quando havia comido pela última vez, mas continuei a vomitar até não restar nada. Gemendo, minhas pernas desabaram, sem poder mais me sustentar.

Scrooge me moveu, colocando minha cabeça em seu colo, limpando o suor que escorria pela minha testa.

— Eu sinto muito, Srta. Liddell.

— Por quê?

— Por te levar por aquele caminho. Por não conseguir um remédio a tempo.

— Nada disso é sua culpa.

Estava ficando cada vez mais difícil falar, meus pensamentos e boca flutuando em direções diferentes.

— Estou tão quente — murmurei. Um calor ardente me cobria, me fazendo querer sair da minha pele. Puxei minha roupa, distraída, querendo arrancar tudo fora. Eu ia ferver até morrer. Eu sabia disso. Qualquer coisa tocando minha pele parecia estar me estrangulando. — Eu preciso tirar essa roupa.

— O que você está fazendo? — Scrooge tentou segurar minhas mãos.

— Não! — gritei, usando minha última reserva de energia. Eu me afastei, tirando os sapatos, e então fiquei de pé para começar a tirar a fantasia. — Eu preciso tirar isso! Eles estão derretendo contra a minha pele. Eu posso sentir.

— Srta. Liddell. Pare. — Seu maxilar estava contraído, suas narinas, dilatadas.

— Eu vou assar até morrer! — berrei, inconsciente de tudo ao meu redor, a não ser o sentimento de que estava pegando fogo, o tecido borbulhando.

— Você só acha que vai. É o veneno. Você está alucinando. — Scrooge levantou as mãos, como se eu fosse algum tipo de animal selvagem, chegando mais perto, tentando me conter.

Ele que se foda. Ele não entendia que eu estava queimando de dentro para fora. Sacudindo os braços, senti-me apavorada e desesperada para tirar as roupas de qualquer maneira.

— Srta. Liddell. Por favor. Não. — Ele tentou agarrar minhas mãos novamente, mas eu me desvencilhei como uma criança desobediente, me atrapalhando com o zíper. Antes que ele pudesse me impedir, consegui abaixar o suficiente para poder rasgar o que restava e tirar tudo, ficando apenas com a calcinha e sutiã pretos.

— Pooorra... — ele murmurou, virando e andando em círculos.

A ausência das roupas não ajudou muito, e um gemido aflito escapuliu da minha garganta.

— Faça isso parar.

Ele virou a cabeça para mim, seu olhar percorrendo todo o meu corpo, me fazendo sentir completamente deliciosa. Ele era a única coisa que poderia me ajudar.

CAINDO NA LOUCURA

— Me toque... — implorei. Somente seu toque foi capaz de refrescar minha pele, me dando um momento de alívio.

Ele me encarou por vários segundos antes de expirar com força.

— Eu devo estar ficando realmente louco. — Esfregou a cabeça. — Absolutamente pirado.

As chamas em meu interior aumentaram, e eu gritei, cambaleando, com o corpo curvado.

— *Por favor.*

Ele engoliu, e pude ver o pomo-de-adão subindo e descendo, mas veio até mim, rastejando no chão.

Normalmente, eu acharia isso vergonhoso ou inapropriado, mas era engraçado o quão rápido o orgulho e as coisas bobas como modéstia sumiam quando você estava agonizando. Eu não ligava para o lugar onde estávamos, quem ele era, ou se alguém poderia nos ver. Eu só queria que a dor desaparecesse.

Ele me colocou em seu colo, novamente, sua mão hesitando sobre mim.

— Scrooge. Por favor. — Peguei a mão forte e a coloquei sobre meu peito, o que me arrancou um gemido profundo. Seu toque era como mágica.

— Jesus... — ele murmurou, arfando enquanto suas mãos se moviam pelo meu corpo. Suas palavras me lambiam com calor, mas as mãos amenizavam a tortura que me incinerava.

— Maaaaiiisss. — Os dedos eram divinos por onde passavam pela minha pele, mas o calor voltava assim que se afastavam. — Por favor. Mais. — Puxei fracamente sua jaqueta, no instante em que a névoa começou a embaçar minha visão.

Ele grunhiu, e a cor de seus olhos adquiriu um tom quase negro.

— Você está realmente tentando me testar, Srta. Liddell.

Ele inclinou a cabeça para trás, respirando fundo antes de tirar a jaqueta de veludo, os dedos abrindo os botões da camisa social manchada.

— Isso não me faz gostar de você ou confiar em você — afirmou.

— Digo o mesmo. — Senti minhas pálpebras fecharem por um momento, mas o fogo furioso no meu corpo não permitia que eu me entregasse por completo.

Ele arrancou a camisa. Mesmo delirando, não pude deixar de ficar boquiaberta. Ou talvez fosse porque não possuo filtros ou limites, e acabei dizendo:

— Uau.

Estiquei o braço, deslizando a palma pelo tórax definido, sentindo o formigamento de antes, quando nos tocamos, porém, agora, o toque também irradiava alívio pelas minhas terminações nervosas. Ele era sensual pra cacete, com braços e ombros musculosos, e pelos no peito o bastante para me dar a certeza de que era um homem, não um garotinho. Foi impossível conter a atração imediata pelo abdômen trincado, cujos músculos contraíam conforme minha mão descia cada vez mais.

— Srta. Liddell... — ele advertiu, ofegante, mas não me parou.

Continuei a traçar as tatuagens sobre o seu coração, descendo por um dos ombros. Eu podia jurar que a tatuagem em seu peito dizia: *É sempre hora do chá.*

Eu estava ficando louca.

— Quando eu te toco, por que você envia faíscas pelo meu corpo? Frias e quentes? — Eu não podia conter minha boca ou mãos. — Como se você soubesse perfeitamente do que preciso.

Seu nariz dilatou e os olhos arregalaram. Sua mão deslizou sobre a minha barriga quando ele sussurrou, com a voz rouca:

— Você sentiu faíscas?

— Deus, sim. — Arqueei o corpo com o seu toque, como se ele estivesse deliciosamente gelando minhas veias ardentes.

Abri a boca para perguntar se ele também sentia isso, quando uma dor dilacerante esfaqueou todas as terminações nervosas do meu corpo. Meu corpo se dobrou ao meio com o ataque. Um grito horripilante ecoou pela pequena cela. Eu sabia que era meu, mas não me sentia presa ao meu próprio corpo. Pensei ter escutado meu nome sendo chamado e senti Scrooge deitando-se ao meu lado, me segurando em seu peito desnudo, mas nada parecia real ou intacto. Sombras surgiram diante dos meus olhos, crescendo até a escuridão me reivindicar.

— Alice! — A voz dele tentou me alcançar, mas nada podia impedir minha queda na escuridão.

CAINDO NA LOUCURA

CAPÍTULO 9

Minhas pálpebras se entreabriram, meu corpo tremendo violentamente contra a pedra gelada. Como um aviso, minha coluna formigou em alarme. Eu não precisava nem olhar ao redor para saber que estava sozinha, mas levantei a cabeça para vasculhar os cantos escuros, torcendo para estar errada.

— Scrooge? — Minha voz saiu rouca e fraca. Ergui meu tronco, meus ossos gritando em negação. Eu estava feliz pela febre ter passado, mas ela me deixou fraca e confusa. — Scrooge? — Virei, sentando-me e olhei para todos os lados.

Ele tinha sumido.

— Ah, não. — Trêmula, eu me levantei e segurei a grade da cela para me equilibrar.

O que aconteceu com ele? A Rainha o levou enquanto eu dormia? Ele ainda estava vivo? Por quanto tempo fiquei apagada? O festival já aconteceu? Ele estava sendo torturado? A cabeça dele agora pendia numa estaca? Um milhão de perguntas se passou pela minha cabeça à medida que o pânico me dominava. Meus olhos encheram de lágrimas só em pensar nele ferido ou morto, enquanto estive deitada aqui.

— Scrooge! — gritei e sacudi as barras da cela. De repente, notei minhas roupas. Novamente, eu estava vestida com a fantasia de elfo, calçada até mesmo com as botas, em uma melhor condição do que lembrava. *Ele me vestiu novamente? Talvez eu tenha sonhado que havia tirado tudo.* Esfreguei a cabeça. A percepção do que era verdade e o que eu talvez tenha alucinado ou sonhado estava fora do meu alcance. *Eu me deitei praticamente nua com o Scrooge?* E por que estranhamente isso me desapontava se não tivéssemos? Meu cabelo embaraçado roçou nos meus braços quando sacudi a cabeça. Nada disso importava. Encontrá-lo era a prioridade.

— Guardas! — berrei, sacudindo a porta freneticamente. — Scrooge! — Continuei a gritar, mas nenhum soldado apareceu.

Onde ele estava? Para um homem que eu temia – um pouco –, e no qual não confiava, a ausência dele me deixava ansiosa. Eu não gostava de estar separada dele ou não saber se estava bem.

— Por favor! Alguém me escute! — gritei, sentindo dor na garganta.

— Os mortos podem te escutar, Srta. Alice. — Uma silhueta redonda saiu das sombras.

— Frosty — grunhi para o boneco de neve. — Onde ele está? O que você fez com ele?

— Com quem?

— Não brinque comigo. Onde está o Scrooge?

— Ah... Ele. — O cachimbo sacudiu em sua boca quando ele se aproximou das barras. — Acredito que ele esteja tomando chá e quentão com a Rainha por agora. Jurando ser um servo leal novamente, e rindo por tê-la deixado aqui para morrer sozinha.

— O quê? — Recuei um passo, franzindo o cenho. — Sobre o que você está falando?

— Scrooge só se preocupa com si mesmo. Ele faz o que é necessário. Eu te avisei, minha querida, que ele te apunhalaria pelas costas.

— Não. — Um medo irracional me percorreu de cima a baixo, me sufocando. — Ele não faria isso.

— Ele faria. — O sorriso do Frosty ficou cruel. — E fez.

— Não. — Minha recusa se entranhou em meu peito. Scrooge não me trairia, certo? A quem eu estava enganando? Ele mesmo me disse que só se preocupava consigo mesmo. Imaginei, futilmente, que tivéssemos compartilhado um momento, uma ligação. Eu era completamente louca.

— Sinto muito, minha querida, por você ter acreditado naquela atuação de pobre alma ferida. Você não é a primeira.

— O quê?

— Vamos dizer que você não é a primeira mulher a morrer, enquanto ele salva o próprio pescoço.

Emoção se embolou em minha garganta, e comecei a piscar para conter as lágrimas. Eu me sentia magoada, com raiva, decepcionada com ele? Sim, mas mais comigo mesma. Eu já deveria ter aprendido minha lição.

Alice burra. Quando você vai aprender que as pessoas, principalmente, os homens, só te enganam e te machucam?

CAINDO NA LOUCURA

Eu me sentia derrotada e devastada.

— Bem, não sou uma pessoa paciente. — Levantei o queixo, limpando a garganta. — De qualquer modo, quando é essa festa? Vamos acabar logo com isso.

— Ah, minha querida, você é muito interessante para perder essa sua linda cabecinha. — Frosty tirou a mão que estava escondida às costas. Em seus dedos galhudos havia uma chave.

Fiquei boquiaberta.

— Mas por quê? Por que você me ajudaria?

— Você é uma coisa tão peculiar e interessante — ele respondeu. — Ser inquisitiva pode te levar a perder mais do que o juízo.

— Isso não faz o menor sentido.

— Sensatez por si só é insensata. — Ele deixou a chave cair aos meus pés, e então se virou e sumiu pelo corredor.

Pisquei algumas vezes, chocada com a reviravolta. No entanto, peguei a chave, e tentei abafar o ruído alto da fechadura se abrindo.

— *Santo café batizado...* Eu serei apanhada antes de fugir — murmurei, saindo sorrateiramente da prisão, varrendo o lugar com meu olhar, em busca dos guardas. O calabouço parecia estranhamente calmo, dando nos meus nervos.

Percorri o corredor, vendo as gaiolas vazias. Isso era realmente estranho. Eu as tinha visto ocupadas por criaturas quando o Scrooge e eu passamos por aqui mais cedo. Talvez eles tenham sido levados para se preparar para o festival? Ninguém me impediu em meu caminho até o andar superior. Nenhum soldado estava de guarda, e não havia um prisioneiro sequer. Temor causava arrepios pelo meu corpo. Algo parecia estranho. Errado.

Subi as escadas, empurrando a pesada porta para o lado de fora. Névoa envolvia fortemente a área, viscosa e condensada. Eu mal podia ver o que estava à minha frente, mas não parecia ser a área do castelo.

Tudo parecia suspeito para mim, mas por desejar tanto minha liberdade, dando o fora daqui, segui em frente. Eu queria salvar Lebre, Dee, Dum e Pinguim, mas sentia-me completamente perdida. O calabouço me levou a um lugar completamente diferente, da mesma forma que aconteceu com o azevinho. Tropeçando, a névoa densa ao meu redor se tornou mais espessa ainda, a noite interminável não emitindo luz alguma para guiar o caminho.

Quando vi, esfreguei os olhos, confirmando que não estava alucinando novamente.

— Não é possível — murmurei para mim mesma, sentindo o estranho entusiasmo borbulhar por dentro e me levar com agilidade até a luz vermelha e brilhante que atravessava a noite enevoada. — Rudolph! Espere!

Minhas botas esmagavam as agulhas de pinheiro e a terra à medida que eu corria em seu encalço. Quando o segui pela primeira vez, ele sempre desaparecia do nada, sempre que imaginava que o havia encurralado.

— Homem-cervo. Rudy. Fala sério! — gritei. Acelerei os passos, correndo em sua direção. Finalmente, a névoa diminuiu um pouco, e avistei a silhueta na densa floresta. — Espere, Rudolph!

Ele se virou. Eu havia esquecido o quão belo ele era com seus chifres e peito desnudo. Magnífico mesmo.

— Alice. — Pensei tê-lo ouvido sussurrar o meu nome.

Ocupada demais, encarando-o, boquiaberta, não vi o tronco no meio do caminho. As pontas das botas se prenderam no pedaço de madeira.

— Opa! — gritei antes de tombar para frente.

E continuei a cair.

Como um *déjà vu* perverso, o mundo sumiu, e um grito ficou preso na garganta enquanto eu despencava.

Para baixo. Para baixo. Um buraco escuro, muito escuro.

CAINDO NA LOUCURA

CAPÍTULO 10

— Alice! — Meu nome me fez acordar sobressaltada, meus braços e pernas se movendo como se eu estivesse despencando. O livro escorregou do meu colo, caindo no chão com um baque surdo.

— Calma, garota — uma voz familiar disse às minhas costas, e uma mão encostou no meu ombro. — Você devia estar em um sono profundo.

Pisquei, desnorteada, olhando ao redor: uma lareira aquecida, um lugar abarrotado de enfeites de Natal. Uma imensa árvore artificial com presentes ao lado de uma poltrona confortável, uma câmera armada em um tripé, a postos para capturar uma foto com o Papai Noel.

Meu cérebro estava envolto em nós. Virei para trás e vi o Gabe, vestido como Papai Noel, com a barba falsa puxada sob o queixo.

— Você está bem? — Ele olhou para mim. — Você parece meio fora de si nesse momento.

— S-Sim. — Sacudi a cabeça, e então esfreguei a testa, imagens flutuando pela minha cabeça mais rápido do que poderia compreender. — Tive o sonho mais intenso e doido possível.

— Maconha pode fazer isso. — Ele riu, os olhos avermelhados.

— Eu não fumei nada. — Ou fumei? Eu não me lembrava.

— Ah, experimentou os cogumelos então. — Ele piscou para mim.

— Não... — Franzi o cenho, percebendo que tudo parecia vago e estranho.

— Garota, eu sei como é uma crise psicodélica. Não vomite no chão.

Toquei minha testa, notando que estava pegajosa e quente, vislumbres de criaturas natalinas, Sra. Noel, castelos, calabouços, e a porra de um modelo que se chamava Scrooge.

Sacudindo a cabeça, esfreguei as têmporas. Sonho estranho.

— Você realmente não parece nada bem. Por que não vai embora? Ninguém vai aparecer por aqui hoje. Eu vou trancar tudo. — Gabe invadiu meu devaneio.

Normalmente, nós não podíamos ir embora até a fazenda fechar, mas eu não estava me sentindo bem. Era pior ficar aqui e deixar todo mundo doente.

— É. Eu devo ter apanhado alguma coisa. — Acenei com a cabeça, levantando-me da cadeira e sentindo o cômodo girar. — Eu não estou me sentindo muito bem.

— Merda. — Gabe me segurou. — Acha que consegue dirigir, *Srta. Alice*?

— O q-quê? — Virei o pescoço, um sentimento de pavor subindo pela minha coluna. — Por que você me chamou assim? — Gabe nunca me chamou dessa forma. Por que isso me perturbava?

— Chamar você de quê? — Gabe franziu a testa, me encarando meio confuso. — Talvez eu devesse te dar uma carona até sua casa.

— Não. — A palavra saiu da minha boca, minha cabeça sacudindo. — Estou bem. Só preciso de uma boa-noite de sono. — Peguei o livro e a bolsa do chão e fui para a porta, suor acumulando na base do meu pescoço. Seja lá que vírus peguei, estava agido bem rápido. Eu me sentia realmente fraca e dolorida. Sentia como se meus ossos tivessem sidos incinerados e enfiados de volta no meu corpo.

— Fique boa logo! — Gabe gritou enquanto eu pegava meu casaco e cachecol do cabideiro.

Acenei por sobre o ombro, saindo na noite. O ar gelado deslizou pela minha pele quente, como dedos roçando minha pele e subindo pelas minhas coxas, o que me fez gemer alto de prazer. Okay, isso foi estranho. Eu precisava chegar em casa e ir para a cama.

Andando até o carro que peguei emprestado da minha irmã, uma rajada de vento passou pelo meu cabelo e desceu pelo pescoço.

— *Alice*. — Meu nome foi sussurrado pelo ar, arrepiando minha pele e me fazendo virar. Um medo súbito retesou meu corpo. Meus olhos vasculharam a estrada mal iluminada; somente um poste de luz amarela iluminava a rua, a floresta escura e densa do outro lado.

Eu só imaginei alguém dizendo meu nome. Virei de volta, procurando pelas chaves na bolsa, seguindo em direção ao Volkswagen Rabbit[4].

— *Aliiiiceee.* — Meu nome chiou com o vento, fazendo minha cabeça virar novamente. Meu coração quase saltou pela garganta, batendo violentamente.

---

4   Nos EUA, nos anos 70 e 80 o Volkswagen Golf MK1 era conhecido como Volkswagen Rabbit.

CAINDO NA LOUCURA

— Se recomponha... — eu me recriminei, esticando a mão para a porta do carro. De esguelha, avistei a figura de um homem usando uma cartola, de pé, embaixo da luz fraca, olhos brilhantes me encarando.

— *Alice. Volte para mim.*

— Ai, meeeeu Deeeus — choraminguei, colocando a mão no peito, assustada, e prestes a dar um grito de morte.

A estrada estava vazia.

Não havia ninguém ali.

Desabei contra o carro e respirei fundo, meu coração acelerado. Eu estava aterrorizada, mas algo sobre o homem arranhava a minha mente. Por que eu sentia que havia algo de familiar nele?

— Santo panetone. Eu preciso ir para casa. Estou ficando *louca*. — Quando abri a porta, algo no meu instinto reagiu à última palavra, revolvendo minha memória. Mais partes do meu sonho mirabolante se chocaram contra a bordas nebulosas de minha mente, causando um arrepio na pele e me deixando nervosa.

O sonho parecia tão real. Aquele homem...

Sentei-me ao volante e tranquei a porta, esfregando o rosto e a cabeça com um grunhido frustrado.

Tudo estava estranho. Peculiar.

Quando puxei o cinto de segurança, trespassando-o pelo meu colo, um objeto no meu bolso cutucou meu quadril dolorosamente. *Eu não me lembro de ter colocado nada nos bolsos.* Puxei o objeto com certa dificuldade.

— *Alice* — uma voz grossa sussurrou novamente, fazendo-me sobressaltar contra o cinto. Meu olhar foi para o espelho retrovisor. Medo comprimiu meus pulmões em suas garras, retendo o grito em meu peito. Olhos azuis brilhantes me encaravam pelo reflexo. O homem que vi na estrada, agora estava sentado no banco traseiro. Terror retumbou em meus ouvidos, meu corpo paralisando de pavor. — *Beba.* — O som estrondoso de sua voz desceu pelo meu pescoço, mandando um surto de arrepios por mim, esfriando minha pele febril.

Gritei ao mesmo tempo em que me virei no assento.

Vazio.

Meu coração martelava enquanto eu encarava o banco traseiro desocupado, minha respiração ofegante. O que estava acontecendo? Eu estava alucinando? Ficando louca?

Meus dedos doeram, e olhei para baixo para ver que estava segurando o item que guardei no bolso, em meu punho cerrado. De algum modo, eu já sabia o que era. Apreensão me fez perder o fôlego. Devagar, abri os dedos, um a um. Um suspiro surpreso travou na minha garganta.

Um frasco estava na minha mão, uma etiqueta presa no gargalo.

— Me. Beba — li as palavras, fechando os olhos por um breve momento. *Como eu sabia o que estaria escrito?* Encarei o frasco, que me chamava como uma droga à qual não podia resistir. Minha boca encheu d'água, sedenta por fazer o que ele sugeria.

Isso não é real. Você não deveria estar aqui, uma voz lá no fundo, zombava de mim.

Olhei pela janela do carro e avistei Gabe saindo do chalé. Ele veio na minha direção quando abaixei o vidro.

— Última chance para uma carona. Só confirmando que você está bem. — Ele se apoiou na lataria.

— Sim. — Franzi os lábios, e expirei profundamente. — Você sabe quando os sonhos ficam gravados na sua cabeça? Como se tivessem sido reais? Eu não sei, talvez o que quer que seja que peguei, está me deixando um pouco louca.

— Eu vou te contar um segredinho, Alice. — A natureza apática do Gabe aguçou. Um estranho sorriso curvou sua boca. — As melhores pessoas são.

— O quê? — Minha boca secou.

— Hora de acordar, Alice. — Ele piscou, se virando. Então entrou em sua caminhonete preta e foi embora.

Isso não é real. Você não deveria estar aqui, meu instinto disse. *Acorde, garota! Acorde, ou você irá morrer.*

Olhei para o frasco, sentindo-me cada vez mais atraída por ele. A dura verdade era que se eu não bebesse, iria morrer.

— Esse lugar não é real. — De qualquer maneira, eu sempre agia antes de pensar, por que parar agora?

— Bolas de Natal, eu sou realmente doida.

Sem pensar duas vezes, fechei os olhos e engoli o delicioso líquido. Como se eu tivesse recebido um golpe de porrete na cabeça, tudo ficou preto, e, mais uma vez, me senti caindo em total escuridão.

Caindo na loucura.

CAINDO NA LOUCURA

CAPÍTULO 11

— *Alice*. — Meu nome navegou pela espessa escuridão, onde era tão escuro que você não pertencia mais ao seu corpo, mas flutuava no meio do nada. Nenhum sentimento ou emoção podia me alcançar. Eu não mais entendia o conceito de felicidade ou dor. Eu somente pensava que... *era*.

Ou era de verdade?

Eu deveria sentir medo de não estar mais... em lugar nenhum, mas nada além do sussurro de um nome pairava à minha volta como um fantasma, me lembrando de tocá-lo à medida que ele passava por mim, me prendendo ao único fato que podia entender. Alice. Sim, eu tinha um nome.

Ele começou como um sussurro distante, mas quanto mais perto chegava de mim, mais forte ficava, agitando algo além do nada. Pressão na minha cabeça.

Espera, eu tenho uma cabeça?

Como uma espécie de veneno, a pressão começou a se espalhar a partir da minha cabeça. Braços, tronco, pernas. O nada se transformou em uma neblina branca, se enrolando em volta dos meus dedos e pernas, até que tudo à minha volta se tornou branco cegante.

— Alice. — O nome passou por dentro de mim. — Acorde!

Como se uma adaga apunhalasse meu peito e estômago, uma dor profunda me atingiu. Meus olhos abriram, de repente, no instante em que meu corpo balançou. Um grito me escapou, meus ossos congelando com uma agonia excruciante.

— Alice. Você está viva. — Uma voz grossa ressoou ao meu lado com um suspiro, a sensação da forma de um homem pressionando a lateral do meu corpo.

Eu não podia me mexer, meus ofegos espiralando pela traqueia à medida que a inacreditável palpitação diminuiu um pouco. Cravei as unhas na pedra cinza suja, e o fedor pungente de urina, odor corporal, e ar mofado se infiltrou pelas minhas narinas.

Como uma goteira pingando de uma torneira, voltei a me conscientizar dos arredores, bem como quem eu era e onde estava. Chão de pedras, paredes, barras moldadas em um cinza depressivo, um balde cheio de vômito, uma pilha de roupas no canto. Sra. Noel. Frosty. Minha pele sendo cortada por azevinhos sangrentos. Tão quente que parecia estar pegando fogo.

— Ai, meu Deus. Isso é real — sussurrei para mim mesma, fechando os olhos com força. Meus músculos ainda pulsavam em agonia, como se tivessem sido comprimidos, esticados, enrolados e rasgados. — *Essa* é a parte que eu não estava sonhando? Você está de sacanagem? Eu realmente estou aqui?

— Srta. Liddell? — A mão do Scrooge tocou minhas costas, me dando um choque de eletricidade. Meu corpo acordou de repente, e virei a cabeça em sua direção. Um pequeno gemido ficou preso na garganta ao olhar para o homem sentado ao meu lado, seus olhos azuis passando sobre mim, cheios de alívio.

Santa Rabanada. Era como se eu tivesse esquecido o quão inacreditavelmente gostoso esse homem era.

Ele afastou a mão, entrecerrando os olhos.

— Você me assustou, Srta. Liddell.

Ainda boquiaberta, baixei o olhar, focando em seu peito desnudo por baixo da jaqueta de veludo vinho. Sem camisa.

Uma memória mais profunda ressurgiu.

Pânico fez minha atenção se voltar para as roupas que eu estava vestindo. Eu não estava mais no meu uniforme de elfo. Agora usava a blusa social branca dele, cheirando a mata e canela. Cheirando a ele.

— Ah, não — grunhi, abraçando meus joelhos dobrados. — Eu tirei a roupa, não é?

— Você, certamente, tirou. — A voz dele saiu rouca.

— Ah, Deus — gemi, lembrando de outras coisas que fiz além de arrancar minhas roupas.

Pigarreando, ele se levantou, saindo de perto de mim. — Foi o veneno, Srta. Liddell.

— Eu acho que nós já estamos além da formalidade. — Meus ossos e músculos protestaram, mas eu me forcei a levantar, cambaleando um pouco. A camisa chegava até o topo das minhas coxas, meus seios e bunda mal e porcamente cobertos com pedaços de algodão. Eu deveria estar grata que eles ainda estavam no lugar.

CAINDO NA LOUCURA

— Sei que não estava agindo como você mesma. — Ele manteve a postura defensiva.

Memórias distantes de mim, gritando – exigindo – que ele me tocasse, se atropelaram na minha cabeça. A sensação de seu corpo perto do meu me fez querer mais. O toque dele, de alguma forma, esfriava as queimaduras dolorosas.

Vergonha aqueceu minhas bochechas, mas isso era porque a maior parte de mim ainda queria que ele continuasse. Segurei a camisa social mais apertado, olhando para o lado, tentando negar a pulsação entre as coxas que não tinha nenhuma relação com o veneno.

—E-Eu tive um sonho... Eu acordei e você tinha sumido. — Eu não podia encarar seu olhar penetrante, o que parecia estar desfazendo os poucos botões nessa parede de mentira entre a gente. — Você voltou para a Rainha e me abandonou para morrer sozinha. Pensei que tinha me deixado, me traído. Foi o Frosty que me ajudou a escapar.

— O boneco de neve? — bufou. — Isso, certamente, foi um sonho.

— Parecia tão real.

— Eu nunca voltaria para a Rainha.

— Mesmo para salvar sua vida?

— Aquilo não era vida — ele disse, baixinho. — Era a hora de deixar aquela vida acabar.

— O quê? — Minha cabeça virou para ele. — O que você quer dizer?

— Não se preocupe. Eu não preciso mais tentar acabar com isso por conta própria. Logo o festival vai começar. Minha cabeça será servida em uma bandeja.

— Não precisa mais?

— Isso não é importante. — Ele pegou a cartola do chão, a colocando de volta na cabeça. — Eu mereço o meu destino, mas sinto muito pela sua parte nisso.

Franzi o cenho. Eu ainda me sentia fraca e queria me deitar e voltar a dormir, mas a irritação me mantinha de pé.

— Você quer dizer isso, pois vamos morrer? — eu o desafiei. — Se você está tão certo do seu destino, por que se preocupar em me salvar, só para que eu morresse de qualquer jeito em algumas horas?

— Perdão?

— Eu estava morrendo. Eu sei que estava.

Ele não me respondeu, olhando para o outro lado.

— Você me salvou.

— Você se salvou, Srta. Liddell. Você tinha o antídoto contigo.

— O frasco *Beba-me*?

— Eu não pensei. Só agi quando o achei. Como você poderia ter extrato de visco exatamente quando precisava, foi um golpe de sorte. — Suas sobrancelhas se ergueram em acusação. — Como se você estivesse esperando precisar dele.

— O que você está querendo dizer?

— Você me acusou de ser um traidor, Srta. Liddell, quando a peculiar aqui é você, saindo do nada.

— Ainda pensa que trabalho para a Rainha? — Dei uma risada áspera. — Meu plano o tempo todo foi ser fatiada por azevinhos parasitas, vomitar as tripas, arrancar as roupas, e quase morrer... para quê? Seduzir você para alguma armadilha?

— Eu trabalhei para ela, lembra? Sei como ela pensa. Opera. Dela posso esperar de tudo. Ela é implacável e calculista e sabe como capturar alguém, descobrir a fraqueza deles. Você seria a isca perfeita.

— O que isso significa?

Scrooge levantou a cabeça, me encarando com frieza, mas seus olhos passearam o suficiente pelo meu corpo para eu sentir seu olhar tocar minha pele, espalhando desejo pelas veias. Meus mamilos deram uma demonstração clara de como meu corpo reagia, desejando o seu toque novamente, querendo muito mais.

Suas narinas dilataram, sua atenção trespassou o fino tecido que me cobria. Cruzei os braços sobre o peito, sentindo a tensão se espalhar pelo pequeno espaço. Meu corpo estava dolorido por ele. Minha pele experimentou um gosto e o desejava como uma droga. Mas a minha mente não passou pelos mesmos sentimentos e combatia, com raiva, os meus estúpidos hormônios. Dessa vez, eu não seria compulsiva e estúpida em relação a um homem. Eu merecia mais do que isso.

— Acho que você vai ver que não sou uma espiã, quando a minha cabeça rolar no chão mais tarde.

— Possivelmente.

— Uau, nem assim eu tenho o benefício da dúvida? Essa é uma séria devoção, ter sua cabeça cortada só para manter as aparências.

— Novamente, eu espero tudo dela.

— Vá se foder — resmunguei, afastando-me o mais longe possível dele. — Porra, você realmente está começando a fazer jus ao seu nome.

O queixo dele levantou ainda mais, mas ele não respondeu.

CAINDO NA LOUCURA

— Homem rabugento, desconfiado, mesquinho.

Somente uma sobrancelha arqueou em resposta. Rosnei, concentrando-me em mim mesma, com o corpo virado para o outro lado. *Esqueça este homem, Alice. Ele não te ajudaria a escapar de qualquer maneira. Você precisar focar em sair daqui. Sobreviver com sua cabeça intacta.* Mordiscando uma unha, tentei elaborar um plano, o que nunca foi um forte meu. Eu era uma pessoa que vivia no momento.

O som de portas de metal rangendo, abrindo com força e gritos dos guardas, reverberaram pelo corredor e paredes. Virei de frente, vendo soldados de brinquedo marcharem em direção à nossa cela.

— Merda. — O frio na barriga se intensificou. Eu ia morrer aqui.

Scrooge se apoiou nas barras, braços cruzados, parecendo não se importar com nada.

Um soldado abriu a porta da nossa cela, e um punhado de outros entrou com o que parecia ser algum tipo de enfeite, algemando nossos braços. O treco era mais forte do que imaginei, como se tivesse metal no meio.

Um soldado me empurrou para a frente, Scrooge bem ao meu lado, parecendo quase entediado.

— Bom, acho que é isso. Eu queria poder dizer que foi um prazer. — Tentei reprimir o medo real que embrulhava meu estômago. O eco dos pés de madeira batendo na pedra pulsava junto com o meu coração.

— Não posso dizer o mesmo, Srta. Liddell, já que para mim foi o contrário. — Um pequeno sorriso curvou o canto de sua boca. — Especialmente mais cedo.

— Strip-tease antes de ter a cabeça cortada... De. Nada.

— Você, definitivamente, foi uma novidade empolgante para a minha semana. — O pequeno sorriso dele se transformou em um sorriso completo. — E sobre o que você disse pouco antes... Eu tive que me transformar *nele* para sobreviver.

— Quem? — Meus pés percorriam as pedras, as escadas a apenas uns passos de distância. Eles me empurraram para seguir em frente, minha cabeça virando para encarar o belo homem atrás de mim.

Seus olhos azuis queimavam com vida e luz, o sorriso de volta nos lábios.

— O que você quer dizer? Se transformar em quem para sobreviver? Sua boca se contorceu.

— Scrooge.

CAPÍTULO 12

    O número de soldados encaminhando tanto a mim quanto ao Scrooge parecia um pouco excessivo. Alguns ficaram entalados, porque eles não saíam da formação, entupindo a estreita passagem.

    O absurdo de ver homens de madeira marchando uns contra os outros, como se alguém tivesse ligado um interruptor e ido embora, era risível. Os passos das pernas retas deles e os braços balançando só dificultava ainda mais que eles passassem pela porta. Bufei uma risada divertida, sacudindo a cabeça. Eles não possuíam senso individual e só podiam receber ordens, o que para a Rainha, provavelmente, era ótimo, mas coisas mais mundanas se tornavam um verdadeiro desafio.

    — Recuar! Formação única! — o líder dos soldados gritou à medida que seus subordinados me empurraram pela última porta para o lado de fora, meus pés descalços se ferindo no cascalho. — Vossa Majestade está aguardando.

    O tempo frio não me atingia, como se temperatura não existisse aqui, mas a névoa ainda cobria a área com neve, o céu noturno preto como tinta. Pisquei os olhos diversas vezes, absorvendo a cena que colidia com os meus sentidos.

    — Que porra...? — Fiquei boquiaberta ao olhar para o parque e jardins expandindo por quilômetros, que estavam infestados de pessoas conversando e bebendo. Ninguém ria ou falava muito alto.

    Luzes vermelhas, que pareciam como gotas brilhantes de sangue, estavam presas, enroladas e estendidas sobre tudo, gerando um brilho medonho na neve como se todo o chão estivesse coberto de sangue. As figuras que eu podia ver, estavam todas vestidas em preto ou cinza. Altos e baixos, gordos e magros, todos eles usavam estilos simples. Sem babados, rendas ou qualquer tipo de enfeite. A maioria dos convidados parecia humano, mas, honestamente, eu já tinha desistido de pensar que qualquer coisa fosse normal aqui.

— Pinguim. — Ouvi o Scrooge sussurrar, aliviado. Seguindo seu olhar, vi seu amigo se movendo pela festa com uma bandeja, novos cortes em sua barriga, mas, do contrário, ele parecia bem. E ainda estava vivo.

Além do Pinguim, uma dúzia de serviçais perambulava pela multidão, usando suas gravatas borboletas pretas, os tornozelos presos com guirlandas para que não pudessem fugir. Todos eram machos e estavam sem camisa, andando pelo lugar com bebidas e bandejas de petiscos para os convidados. Eu podia ver ursos polares, pinguins, elfos, lebres, e até algumas renas em sua forma meio-humano/meio-animal. Tudo que representasse o Natal ou inverno estava sendo usado como serviçais. Escravos.

Os soldados me empurraram para a frente, me virando para longe do Pinguim onde várias mesas longas com bebidas e comida ladeavam o jardim. Mas não era nada como as mesas que você via nas festas de final de ano – entupidas de comidas e guloseimas deliciosas. Não, essas pareciam similares àquelas encontradas em restaurantes ultramodernos, que tinham uma pequena porção de comida em um prato adornado com enfeites que você não sabia se era para comer ou admirar como decoração. Um lugar de onde você sairia e iria direto para casa para pedir uma pizza.

Nenhuma decoração enfeitava a mesa além dos pratos de metal e finas taças de cristal. As luzes vermelhas acima pintavam a já perturbadora refeição em um tom acinzentado.

No outro lado do jardim havia um rinque de patinação, onde parecia estar rolando um jogo de hóquei.

Curioso.

Não imaginei que Vossa Majestade gostasse de hóquei. Não que alguém parecesse estar se divertindo. Ninguém ria ou torcia, mas eu podia escutar guinchos vindo da pista. Somente quando fui empurrada para mais perto, é que descobri que ruídos eram aqueles.

— Puta merda — murmurei, arregalando os olhos.

A Rainha, vestida em calças de couro preto e uma blusa vermelho-escuro aberta nas costas, patinava pelo gelo. Mas não em patins. Em seus pés estavam porcos-espinhos, seus espinhos a fazendo deslizar pelo gelo, ajudando-a a parar e se mover. Todos os jogadores seguravam cisnes negros como tacos de hóquei, batendo nos coelhos brancos como neve que foram pintados de vermelho, espalhando rastros escarlates através do branco.

Um dos coelhos fez um som agonizante, e todo mundo ficou imóvel no gelo.

— O que foi isso? — a Rainha gritou, jogando o cisne negro no gelo com um ruído. — Você fez um barulho?

— Não. Não. Me desculpe, Sra. Noel. — A voz do coelho me alcançou, sua cabeça abaixada, pequeno corpo tremendo.

— Do. Que. Você. Me. Chamou? — Sua figura ossuda pairava sobre o pequeno animal.

— Eu quis dizer, Vossa Majestade. Minha Rainha.

— Cortem-lhe a cabeça! — ela gritou, apontando para o coelho.

— Não. Por favor. Eu não quis fazer isso. — O coelho juntou as patas, implorando. — Minha família. Eles precisam de mim.

— Não é problema meu — a Rainha rosnou. — Você violou a lei. Você paga as consequências. Agora tirem essa coisa de perto de mim.

Outro jogador no time dela se moveu e pegou o coelho soluçante, o segurando pela nuca.

Eu não tinha nada no estômago, mas bile queimou a minha garganta.

— Não! — Escutei a mim mesma gritando.

A festa inteira se virou na minha direção como um movimento coreografado. Silêncio. Horror. Choque. Você poderia escutar um alfinete cair. Olhos me prenderam no lugar.

— O quê? — A Rainha virou para mim, a voz baixa e brutal.

— Você me ouviu — respondi no mesmo tom. — O que ele fez para merecer a morte? Você o estava usando como um disco de hóquei.

— Ele violou a lei — ela fervilhou, tirando os porcos-espinhos dos pés e pisando no gelo.

— Como? Por ter te chamado de Sra. Noel? Mas essa é você, certo?

— Não! — ela gritou. — Sra. Noel era velha, gorda, desleixada. Estava a um passo de se tornar diabética. Ela sentava em casa e cozinhava um amável jantar para seu marido, que *nunca* ia para casa, que passava mais tempo com os elfos do que com ela. Ela era uma esposa respeitosa. Doce, amável, tolerante. E *patética* — ela rosnou. Era nítido que ela amargurava anos de sofrimento ao ser negligenciada. Aquela angústia se retorceu a tal ponto que sua alma se tornou sombria pelo ódio. — Ela se sentia invisível para um homem que se preocupava com *todos* no mundo, exceto ela... Ele era *adorado*. Idolatrado. Enquanto eu tinha que sorrir e fingir que tudo estava perfeito. Ninguém nem sabia o meu nome. Eu não era uma pessoa. Só

CAINDO NA LOUCURA 81

uma esposa subserviente. — Ela parou de falar, respirando fundo. — Eu pareço alguém que ficaria em casa assando biscoitos, esperando por seu marido assexuado, gordo, preguiçoso e que sempre ia se deitar às sete da noite?

— Não. — Ela não parecia, isso era verdade. — Você é fria, cruel, e provavelmente dorme o dia inteiro e devora o sangue das suas vítimas à noite.

Suspiros dos foliões se juntaram, parecendo uma bateria.

— Porra — Scrooge murmurou ao meu lado. — Você realmente tem vontade de morrer.

— Eu vou morrer de qualquer jeito. Melhor morrer fazendo algo que gosto, certo? — Olhei para ele. Ele piscou e me encarou, perplexo. Sendo tão curiosa e impulsiva, eu estava surpresa de ter vivido até agora.

Ela cerrou os dentes, veias aparecendo no pescoço e rosto.

— CORTEM-LHE A CABEÇA!

Gritos e movimentos reagiram à ordem dela, mas ninguém estava realmente indo a algum lugar.

— Eu já estava me encaminhando para lá. — Dei de ombros. — Mas deixe o coelho ir.

Ela ficou lá parada, inspirando, com uma expressão homicida antes de me responder:

— Você realmente se preocupa com uma criatura que nem conhece?

— Sim. Isso se chama ser misericordioso e uma boa pessoa. — Olhei para o coelho sendo segurado pela nuca, seus olhos imensos me encarando. Esperançoso. Apavorado.

— Você não tem *nenhum* poder. E vai morrer de qualquer jeito. — A Rainha saiu do gelo. Servos correram até ela, colocando seus sapatos.

— Você está certa. Eu não tenho. E, provavelmente, não posso apelar para a bondade em seu coração.

— Bondade é para idiotas. Para os que são fracos para lutar por si mesmos. — Ela veio até mim, seus olhos de águia passando pelo meu corpo quase despido, parando na camisa que eu usava; em seguida, ela encarou o peito nu do Scrooge, e um sorriso malicioso se formou em seus lábios.

— Ora, ora... Parece que vocês dois estavam aproveitando o tempo no calabouço. — Ela chegou mais perto, enrolando uma mecha do meu cabelo no dedo. — Sim, ela é uma criatura deslumbrante. Eu posso ver que ela é exatamente o seu tipo. — Ela inclinou a cabeça para o Scrooge. — Não tão doce ou inocente como a última... mas ela ficará também sem cabeça logo.

Scrooge se lançou para a frente, mas os guardas o seguraram com força no lugar.

— Eu digo que está na hora das festividades começarem! — ela exclamou para os convidados. Eles comemoraram em resposta, mas eu sentia que todos ali eram habitantes amedrontados e governados pelo regime ditatorial daquela mulher, logo, temiam falar ou lutar contra ela.

— Espero que a sua "Aliança Rebelde" esteja assistindo. Todo motim será cortado pela cabeça. — Ela piscou, passando por mim. — Eu garantirei que eles vejam o que acontece com os que me desobedecem e vão contra as leis da terra.

— Deixe o coelho viver! — gritei para ela, que parou e se virou.

— Você é uma coisinha persistente.

— Sim. Eu sou. Você deveria respeitar outra mulher lutando pelo que ela acredita.

Sra. Noel soltou uma risada, colocando a mão no peito enquanto encarava Scrooge.

— Ah, eu gosto *muito* mais dela do que a última.

O maxilar dele travou.

— Claro. — Ela gesticulou para o rinque de gelo. — Solte a criatura. Minhas bestas vão se divertir muito mais caçando ele e sua família. Os rasgando em pedaços. Eles amam *hasenpfeffer*[5] para o jantar. — Ela acenou com a cabeça para o homem que segurava o coelho. Ele a encarava com medo, mas se inclinou e colocou o animal no gelo, devagar, apavorado por estar sendo enganado.

O coelho pintado de vermelho correu para a saída do rinque. Ele parou e seus olhinhos escuros encontraram os meus antes que ele desaparecesse no mato.

Merda. Espero que ele pegue a família e continue correndo.

— Viu? Eu não sou tão sem coração como você pensa. — Seu tom malevolente atraiu minha atenção.

À distância, os uivos de cães podiam ser ouvidos, seus latidos empolgados por estarem caçando trouxeram certo pavor ao meu coração. Salvar aquele pobre animal pode ter lhe dado um destino muito pior.

— É uma pena. — Ela estalou a língua para mim. — Você teria sido um recurso *maravilhoso* para a minha congregação. Eu posso ver. Você esconde bem, minha querida.

---

5   Hasenpfeffer é um prato típico da culinária alemã feito com carne de coelho ou lebre.

— O quê?

— Raiva. Ódio. — Ela tocou meu queixo. — Você foi marcada por um homem. Traída, profundamente.

Rangi os dentes.

— Ah, aí está. — Os olhos dela arregalaram com animação. — E o que realmente nos enfurece é que sabemos que somos mais fortes e mais inteligentes. Homens são o sexo inferior, mas nós somos as que são tratadas como mulheres estúpidas, porque eles não são seguros o suficiente para chegar perto do nosso poder. Quantas vezes um homem te calou ou te menosprezou para te colocar de volta no seu lugar? Milhares de vezes. Todo. Santo. Dia. Estou certa?

Porra. Eu me vi acenando com a cabeça, concordando com o que ela dizia. Assim foi a forma como fui tratada por Martin e tantos outros homens antes dele – como uma garota boba, desatenta. Ser impulsiva e passional de alguma forma significava que eu não era inteligente, que não podia levar nada a sério ou lidar com a vida sem um homem cuidando de mim. Lembrei-me dos vários momentos em que Martin disse: *Ah, não se preocupe com isso, meu bem. Eu faço isso. Eu sei que deve parecer confuso.*

Não, não era confuso porra nenhuma. Eu entendia perfeitamente, mas deixava ele me rebaixar. Permitia que ele fizesse isso, porque se eu me defendesse, então eu seria a vaca. Nunca. Mais.

Um sorriso curvou a boca da Rainha enquanto ela presenciava a raiva crescendo dentro de mim.

— Você vê por que coloquei os machos em seus devidos lugares aqui? Eles servem uma mulher. A única coisa para a qual prestam. Há muito tempo eles se tornaram quietos e subservientes. Nós somos muito superiores, e eles sabem disso. Isso os assusta tanto que eles nos espancam, nos menosprezam, fazem leis para tirar os nossos direitos, nos ignoram, nos violam...

Como mágica, suas palavras faziam com que eu acenasse em concordância. Fúria escorria pelo meu corpo; meus punhos agora cerrados. Ódio. Vingança. Hostilidade. Eu queria que eles sofressem. Queria que soubessem como era quando eles faziam isso com uma de nós.

— Srta. Liddell. — A voz grossa de Scrooge fez um arrepio descer pela minha nuca, percorrendo por toda a minha coluna.

Eu odiava isso. Odiava o poder que ele tinha em me fazer reagir física e mentalmente. *Fraqueza*, uma voz sussurrou na minha cabeça. *Ele não deveria ter poder sobre você, te fazer desejá-lo.*

— Lute contra ela. — Eu podia ouvir os sons de seu embate contra os sentinelas, em uma tentativa de se aproximar de mim.

Um rosnado vibrou em minha garganta, e o encarei por cima do ombro. Como duas marés colidindo, desejo e animosidade rodopiaram, quebrando dentro de mim.

— Alice. — Seus olhos azuis se conectaram aos meus. — Ela tem poder para fazer você sentir, acreditar em qualquer coisa que ela queira... lute contra ela.

Sua alegação disparou uma lembrança, assim que chegamos aqui: ela fez algo com ele que o fez cair de joelhos em agonia.

Não importa, a voz dentro de mim dizia. *Você sabe que é verdade.* A raiva e o ressentimento por todos os homens e pela minha família por me tratarem como uma garotinha tola, floresceu. *Todas as promoções que foram passadas para um homem menos experiente. O número de vezes que um homem condescentemente te chamou de "querida", "docinho", "menininha", mandando você sorrir. Quando te tocavam sem permissão e ficavam bravos contigo quando você se chateava.*

— Alice, por favor. Eu sei o que ela está fazendo. Distorcendo a verdade. Ela está deturpando as emoções que já estão aí. Tornando-as mais sombrias.

— Não escute o que ele diz, Alice. — A Rainha abanou a mão para ele como se estivesse espanando um mosquito. — Como sempre, um homem acha que sabe mais.

Sim. Eles. Que. Se. Fodam. Nós ficaríamos melhor se todos eles morressem. Se os matássemos bem devagar. Cruelmente. Deixe-os sentir um gostinho do que fizeram conosco por séculos. A profundidade da ira, a fúria maliciosa me cobrindo, disparou um alarme e medo. *Castanhas estalando, eu realmente me sentia tão furiosa?*

— Você é mais forte que ela — Scrooge disse, baixinho, suas palavras tão ricas como conhaque nos meus ouvidos quando seu corpo chegou perto do meu. — Você é mais forte que eu. Não a deixe entrar na sua mente.

Fechei os olhos com força, me sentindo tonta e cansada. Eu não sabia mais diferenciar quais eram meus pensamentos e sentimentos daqueles que ela estava plantando em mim. Sim, eu estava furiosa, mas era como se ela jogasse gasolina no fogo, incitando as chamas até que me consumissem. Tornando-me sombria e corroída.

Como ela.

— Não a deixe vencer. — Ele se aproximou o suficiente para tocar meus dedos com os seus, e o roçar de nossas peles enviou uma onda de adrenalina no meu interior, acendendo meu corpo e trazendo-o à vida. Como um interruptor, claridade varreu a escuridão da minha mente.

— Merda. — Inspirei, sacudindo a cabeça, tentando me livrar do lodo que se instalava ao redor da minha mente. Virei-me para Scrooge, seus olhos fixos aos meus, me dando o último pedaço de determinação que precisava.

— Bela tentativa, vaca. — Encarei a Rainha. — Eu não sou tão fácil de controlar.

Ela sorriu, dando de ombros.

— Você teria sido ótima. Tanto potencial para ser realmente poderosa e marcante. Nós teríamos sido magníficas.

— Eu ainda seria sua escrava — desdenhei. — Ainda seria controlada e manipulada. Homem ou mulher, eu não sou o fantoche de ninguém.

Ela sorriu.

— Você será aquela da qual mais me arrependerei. Mas sou a governante aqui, e só há lugar para uma de nós. — Ela se virou, e os soldados empurraram a mim e o Scrooge para frente.

Olhei para o homem ao meu lado, com um agradecimento por seu alerta na ponta da língua.

Ele me encarou com tanta intensidade, que meu coração martelou no peito.

— O quê? — sussurrei, incapaz de falar mais nada.

— Você, Srta. Liddell. — Os olhos dele foram para o meu rosto. — Você, certamente, fez a vida em Winterland bem interessante. É uma pena que vá acabar logo. — Ele olhou para a frente, o maxilar contraindo. — Parece que você se encaixa aqui melhor do que eu imaginava.

— Por quê? Porque me entreguei para a loucura daqui?

— Não. — Seu olhar pousou em mim outra vez. — Porque você a aceitou em você.

CAPÍTULO 13

— Que a não-festa comece. — Sra. Noel sacudiu os braços nas escadas do terraço, o castelo pairando às suas costas. Um alto objeto, quase com dois andares, estava oculto por um cobertor cinza, no meio do pátio.

Um homem alto e musculoso, sem camisa, mas que usava um largo gorro preto sobre a cabeça, se moveu para o objeto. Os convidados da festa se achegaram mais; uma energia vibrava, batendo contra mim. O homem arrancou a cobertura do objeto, largando o tecido no chão coberto pela neve.

— Biscoitos. Natalinos. Do. Cacete. — Suspirei, sentindo o pânico me sufocar à medida que eu inclinava a cabeça para observar o topo daquela coisa.

Cintilando sob as luzes vermelho-sangue, o metal polido da guilhotina brilhava, a lâmina angular reluzindo com algo que se pareciam dentes. Tudo aqui parecia vivo, famintos pelo meu sangue. O homem ao lado da guilhotina era um executor.

Perder a cabeça tem sido alertado desde que cheguei nesse lugar, mas até esse momento, a verdade realmente não se infiltrava na minha mente. Medo profundo em minha alma sacudiu meu corpo como se eu estivesse sendo eletrocutada de dentro para fora, meus ossos chacoalhando uns contra os outros. Eu ia, realmente, morrer aqui. E seria uma morte horrenda e dolorosa, num lugar ao qual eu não pertencia. Minha família nunca saberia o que aconteceu comigo.

— Scrooge. — O nome dele saiu com um pequeno gemido da minha boca, minha cabeça rodando, os pulmões não recebendo ar suficiente.

Ele olhou para mim, os lábios franzidos, mas nenhuma resposta veio.

— Cortem-lhe a cabeça! Cortem-lhe a cabeça! — alguém gritou atrás de mim, atraindo minha atenção para a multidão. O coro cresceu, as pessoas bateram palmas, fazendo isso parecer sinistro, como se fosse um ritual doentio.

Todos lambiam os lábios, batendo os pés e festejando, e isso me fez perceber que estavam famintos por isso. Queriam morte. Talvez porque eu não fosse um deles, ou talvez porque tenham se tornado sedentos por sangue. Seus uivos se tornara mais altos, como um motim – uma voz, um desejo. Roupas cinzas e pretas se misturavam ao mar de rostos com suas cabeças falantes.

— Tragam-na! — a Rainha gritou para os guardas que me seguravam. Eles me empurraram para a frente, e acabei tropeçando na neve, tentando me manter de pé. Fizeram com que eu me virasse de frente para a multidão, mas somente cabeças balançantes gritavam e cantavam para mim, parecendo um desenho animado macabro. Olhei para o Scrooge, minha única ligação com essa terra disfuncional, mesmo sem saber se eu poderia confiar nele. No entanto, era engraçado como a morte iminente jogava todo o resto pela janela. Ele era tudo que eu tinha.

Seu rosto não mostrava nenhuma emoção, mas seus olhos continuaram firmes nos meus. Quase desabei por causa das pernas bambas. Lágrimas espetavam minhas pálpebras e uma escapou, descendo pelo meu pescoço, mas mantive a cabeça erguida, concentrada em seu olhar. Ele era tão selvagem e sensual. Deixei-me consumir por sua beleza... não querendo pensar que logo eu não poderia olhar para ele. Nunca mais sentir seu toque. E também nunca mais veria a minha família.

— Para todos esses que são desleais a mim... Vejam o destino diante de seus olhos. Todos os que pensam em resistir... — A Rainha proclamou para a multidão, o coro deles se tornando vaias e chiados para todos que se atrevessem a ir contra ela. — É assim que vocês me retribuem? Eu só trouxe liberdade diante da tirania dele, de serem escravos em uma fábrica. — A voz dela era imponente, e eu podia ver a massa de cabeças acenando em conjunto. — Eu não sou uma Rainha generosa? E uma que escolheu ser mais do que uma criadora de brinquedos e ficar presa em uma cozinha dia e noite. Eu trouxe liberdade para vocês. Tudo o que peço é lealdade.

— Como uma verdadeira ditadora! — gritei para a multidão. — Vocês não enxergam isso? Não existe liberdade se você acaba sendo morto por não concordar com ela. Por não se encaixar nos moldes dela. Vocês não amavam levar alegria para milhões? Vocês viviam aterrorizados, todos os dias, por terem suas cabeças decapitadas caso queimassem uma fornada de biscoitos?

— Cale. A. Sua. Boca! — Sra. Noel gritou para os guardas à minha volta.

— O Papai Noel fez vocês viverem com medo? Vivendo em um mundo cinza sem alegria ou felicidade? — Ninguém se moveu ou respondeu, mas pelo menos eles pararam de celebrar. — Lutem contra ela. Resistam. Mesmo estando vivos, não significa que estão vivendo. E não vale a pena viver se você somente existir.

Merda. Eu estava começando a parecer tão louca como todos os outros aqui.

— Chega! — a Rainha gritou. — Cortem-lhe a cabeça!

O executor segurou meu cotovelo, me empurrando de joelhos. Era doentio o fato de eu perceber que ele tinha um corpo incrível e mãos largas? Eu precisava achar pequenos prazeres onde podia.

Ele se aproximou, sua palma empurrando minha coluna, meus braços presos às costas, e me dobrou sobre o bloco. As vozes da multidão se tornaram frenéticas mais uma vez. Lá se foi o meu discurso.

Mordi o lábio até sentir gosto de sangue, tentando não chorar incontrolavelmente. Eu estava arrependida de ter seguido a porcaria do cervo pelo buraco do coelho? Sim. Mas nunca me arrependeria de ser uma pessoa curiosa, de querer saber mais. De questionar as coisas. Ser alguém desinteressado não seria melhor do que ovelhas que seguem umas as outras. O quão sem graça esse mundo seria sem surpresas. Eu odiava a frase – a curiosidade matou o gato. Ela servia para manter as pessoas na linha, para que você se comportasse, seguindo o líder. Para que ditasse o que fazer e aceitar, sem descobrir por si mesmo. Eu caí e tomei várias decisões ruins na vida, mas não me arrependia de nenhuma. Elas eram minhas, e elas me transformaram no que sou hoje.

— Alice! — Escutei meu nome sendo gritado, a voz grossa estranhamente me acalmando. Scrooge. Fechei os olhos, meu queixo apoiado no metal frio, dando lugar às memórias de seus dedos acariciando a minha pele, a dor e o prazer que ele extraía do meu corpo. Todo o resto se afogou na fantasia das mãos dele indo mais para baixo, sua boca passando sobre minha clavícula em direção aos meus seios.

O som da multidão desapareceu quando me perdi em meu devaneio.

— Faça um desejo, Alice. — Um sussurro rouco acariciou meu ouvido. Abri os olhos, de supetão, e virei a cabeça para o lado. O executor pairava sobre mim, e seus olhos castanhos eram a única coisa que eu podia ver pelo capuz.

Que porra é essa? Eu estava alucinando? Estava morta? Pisquei, virando para a frente. O grito de *"cortem-lhe a cabeça"* enviou arrepios pela minha pele como dardos.

CAINDO NA LOUCURA

— *Você* tem o poder, Alice. Não se esqueça. — O sussurro baixo roçou minha boca, tremulando até meus pulmões; o capuz raspou contra a minha têmpora. — Lute. *Deseje*. — Ele se levantou, seguindo até a manivela da guilhotina. Um barulho soou. A multidão ensandeceu, gelando meu sangue.

Deseje?

Merda...

Deseje. Como fiz na casa de biscoito de gengibre. Ou quando estava morrendo por causa do azevinho.

Por que o assassino da Rainha estava tentando me ajudar? Porra, não importava nesse momento. Fechei os olhos com força, implorando por ajuda, escutando a lâmina mover sobre a minha cabeça.

O cheiro de biscoito de açúcar morno se infiltrou pelas minhas narinas, me fazendo abrir os olhos. Um biscoito de rena decorado estava em cima no bloco, a etiqueta *"Coma-me"* amarrada em seu chifre.

— Agora! — a Rainha ordenou.

Com as mãos amarradas às costas, restou-me avançar para abocanhar o biscoito no segundo em que ouvi o barulho da lâmina sendo solta, mergulhando para o meu pescoço como uma bala. A cobertura tocou minha língua, e um pouco do doce desceu pela garganta.

Crack!

Similar a uma bomba explodindo, a lâmina parou, de repente, a meros centímetros do meu pescoço, me empurrando do bloco com a força. Soldados e o executor foram arremessados para trás quando meu corpo saiu rolando; a guirlanda usada para amarrar meus pulsos se soltou do nada. Meu corpo girou violentamente pela neve, batendo em um dos soldados de brinquedo.

Santo sino natalino. Estou viva.

O brilho em volta do meu corpo era exatamente o mesmo da casa de gengibre, quando o campo de força me protegeu das paredes desmoronando. Ele me protegeu novamente. Porra, eu amava biscoitos açucarados.

Olhei em volta, vendo que todo mundo ainda não podia acreditar, tornando o murmúrio audível. A Rainha se virou para mim, e choque, medo e raiva distorciam sua expressão.

Minha atenção foi para o Scrooge. Ele piscou para mim em surpresa, mas reagiu mais rápido do que pensei. Sua cabeça bateu em um guarda. Ele virou, passou a perna e derrubou no chão os que os estavam segurando. Inclinando-se, ele usou a lâmina da espada para cortar o festão dos pulsos.

— Não fiquem aí deitados! Levantem-se! Peguem-na! — a Rainha urrou, apontando para mim.

— Merda — murmurei, ficando de pé. Vários guardas tentaram me agarrar, mas a mágica ainda me cercava e os arremessava para trás como se tivessem sido esmurrados.

— Vocês são todos idiotas! — a Rainha gritou. — Alguém. Qualquer um! Peguem esses dois! Eu ordeno!

Loucura atingiu a multidão, as pessoas novamente correndo e pulando, mas sem chegar a lugar nenhum.

— Alice! — A voz de Scrooge me atraiu como um ímã. Empurrando, socando, e chutando, nós abrimos caminho pela massa, tentando chegar um no outro.

O brilho à minha volta diminuiu, e alguns soldados conseguiram me segurar. Eu tentei pedir mais biscoitos, mas nada aconteceu. Pelo jeito havia um limite de desejos.

Eu vi o Scrooge através da multidão, lutando como se tivesse anos de treinamento. Ele estava sem a cartola, e seus olhos azuis davam a impressão de que estava se divertindo.

— Scrooge! — Meu cotovelo se chocou contra uma barriga de madeira, me fazendo gritar de dor. — Porra, isso doeu. Babaca! — Chutei o soldado de brinquedo, e ele caiu no chão.

— Ei. — As mãos do Scrooge passaram pelos meus braços, me virando para ele. — Você está bem? — Seu olhar me revistou, para se assegurar de que eu estava inteira.

— Sim. — Acenei com a cabeça.

— Nós vamos falar sobre o que aconteceu há alguns minutos.

— Mais tarde. — Dei um coice em um dos lacaios da Rainha. — Vamos sair daqui antes.

— Estou contando com você para isso, Srta. Liddell. — Ele sorriu, fogo dançando em seus olhos. Em seguida, ele se virou e esmurrou um guarda.

— Você pode contar comigo para várias coisas — murmurei mais para mim mesma, observando-o se mover. Porrraaaa...

— O quê? — Ele me encarou de volta.

— O quê? — Pisquei. Eu falei aquilo em voz alta?

— Srta. Liddell? — ele chamou. — Que tal dar uma ajudinha aqui?

Levando só um segundo para olhar em volta, percebi o tamanho do problema em que estávamos enfiados. Nossas chances eram péssimas.

CAINDO NA LOUCURA

Dois contra centenas. Nós dois terminaríamos de volta na cela ou na guilhotina em minutos.

— Se vamos ser derrotados... — Scrooge arqueou uma sobrancelha para mim enquanto arremessava um soldado em cima de um grupo, os derrubando como dominós. — Pelo menos lutaremos até o fim.

Acenei com a cabeça, sentindo uma pontada no meu coração com o pensamento de algo acontecer com ele. Fui até onde ele estava e tentei combater o sentimento desesperador à medida que a horda de convidados e soldados veio na nossa direção.

Boom!

O barulho estrondoso fez o chão tremer, e uma larga bola de fogo explodiu no céu do jardim atrás dos convidados. Gritos de terror permeavam o ar sem uma sombra de vento, a multidão correu, tentando fugir das chamas.

— Tem um incêndio! — os soldados gritaram, correndo como formigas.

— Eu não ligo. Impeça-os! — A Rainha apontou para nós.

— Vamos lá! — Uma mão segurou meu braço, me arrastando para a frente. Minha cabeça virou para o lado, então vi o executor encapuzado.

— Ah, não! — Empurrei sua mão. — Sai de mim!

— Pare — o homem ordenou, arrancando o capuz.

— Puta merda! — Scrooge exclamou, olhando duas vezes para o homem. — Rudolph?

Eu achava que já tinha me chocado o suficiente hoje à noite, mas o meu assassino e salvador não era ninguém menos que meu homem-cervo. Seu corpo era definido e lindo. Seu rosto meio-cervo/meio-homem me encarava.

— Sem tempo! Lebre, Dee, Dum e Pinguim estão esperando. — Ele me puxou, mas me soltei de seu agarre, desviando e empurrando as pessoas se esbarrando para fugir do fogo, enquanto íamos em sua direção.

Avistei as quatro figuras familiares assim que viramos um canto, meu peito borbulhando em excitação ao vê-los.

— Porra. Eu nunca fiquei tão feliz de ver sua cara feia — Lebre bufou para o Scrooge.

— E você, meu amuleto da sorte. — Scrooge piscou para o coelho branco.

— Vá se foder. Eu não dou sorte — ele resmungou.

— Ainda tem o outro. — Scrooge acenou com a cabeça para o pé que ainda funcionava. — Eu chamo isso de sorte.

— Babaca.

— Chega. — Rudolph interrompeu a discussão, acenando para o seguíssemos. — Antes que ela solte seus monstros atrás de nós.

Sem querer perguntar o que ele queria dizer com aquilo, comecei a correr atrás da rena, Lebre e Dee me acompanhando.

— Eu pensei que fogo era ilegal? — perguntei. — Como vocês fizeram isso?

— Você acha que é a única que pode criar fagulhas? — Lebre sorriu para mim enquanto corria com um pé só, quase melhor do que eu podia fazer com dois. — Álcool, carvão e dois gravetos, querida.

— Parece o que ganhei no Natal do ano passado — brinquei, olhando para a fogueira, figuras ainda correndo em volta como galinhas sem cabeça. Não demoraria para eles virem nessa direção.

— Parece que alguém foi uma menina boazinha. — Lebre piscou para mim.

— Ou *bem* má. — Sorri de volta.

Scrooge olhou por cima do ombro para mim, enviando uma onda de calor pelo meu torso e membros.

Não pense nisso, Alice. Pare com isso. Mas era tarde demais. Em que lista eu precisava estar para ganhá-lo de presente?

Comoção e gritos se alastraram atrás de nós. Nosso grupo correu para a floresta escura, entrando nas sombras. Eu podia jurar que vi Frosty perto de uma árvore, acenando para mim com o chapéu, mas quando olhei novamente, não havia nada lá.

CAPÍTULO 14

— Onde estamos? — Circulei em volta, observando a mata nos rodeando, pânico trazendo formigamentos à minha nuca, e arrepios à pele.

— Meu lar — Rudolph respondeu, gesticulando para continuarmos andando, nossa energia drenada a cada segundo. Nós não conversamos muito durante a caminhada até aqui. Bom, exceto pelo Pinguim, que tagarelou sem parar sobre seu tempo preso antes de ser transformado em garçom. Parecia que nossa jornada não tinha fim. Com medo de sermos capturados, passamos pela floresta por trás do castelo, por vários vilarejos abandonados, por cima de uma montanha, e ao lado de um rio antes de chegarmos nesse lugar.

— L-Lar? — gaguejei. O lugar parecia tudo menos um lar. Todas as florestas em Winterland pareciam vivas, assustadoras, mas esse lugar era a nave-mãe das coisas sinistras. Eu não me importaria se tivesse deixado de visitar esse lugar em Winterland.

Mesmo sem abetos vermelhos ou arbustos natalinos, esse lugar parecia ter saído direto de uma floresta assombrada. A luz do luar iluminava a névoa fantasmagórica em volta da base das árvores e se enrolava pelos galhos. Galhos tortos, retorcidos e sem folhas curvavam em todas as direções, como milhares de cobras se movendo. As ranhuras e os buracos nos troncos pareciam rostos gritando com dentes afiados, petrificados em seu horror maligno. Dessa vez, eu não sentia vida alguma... Sentia morte.

— Seja bem-vinda a Tulgey Woods, Srta. Liddell. — Scrooge gesticulou ao redor. — Onde nem mesmo a Rainha da Morte se aventura.

— Engraçado, e eu aqui pensando que ela teria um *timeshare* aqui. — Esfreguei os braços. Eu não estava com frio, mas era impossível conter os tremores que percorriam meu corpo. — Parece um lugar onde ela tiraria férias.

— O quê? — Lebre pulou para perto de mim. — Que porra é um *timeshare*?

— Dã, Lebre. É quando você compartilha tempo junto. — Dee revirou os olhos para o coelho.

Scrooge riu, sacudindo a cabeça.

— Pelo menos ficaremos a salvo aqui. Por um tempo.

— Aqui sempre foi desse jeito? — Cheguei mais perto do Scrooge, desviando dos rostos horrorizados formados nos troncos, pronta para um deles ganhar vida e me atacar.

— Sempre tem um lado sombrio para a luz, Srta. Liddell. Um *Yin* para o *Yang*. Você não pode ter um sem o outro. O Natal é cheio de amor e felicidade, mas também vem acompanhado de uma grande solidão e tristeza. Aqui é onde a mágoa e a dor viviam. Tulgey Woods costumava estar viva. As árvores e a terra prosperavam com dor e tristeza, os consumindo.

— Costumava?

— A Rainha mudou Winterland. Agora todas as terras são cheias de mágoa e rancor. Esse lugar não tem um Yang. Não tem equilíbrio. Ele se petrificou. — Scrooge apontou com o queixo para uma das faces horrendas formada no tronco da árvore. — Por isso que o seu mundo fica tão mais raivoso, infeliz e amargo. Isso não tem lugar para ir. Tudo que fica preso mofa e apodrece.

Meus pés diminuíram o passo, absorvendo suas palavras. O quão verdadeira sua declaração era. Meu mundo parecia estar ficando mais violento, odioso e intolerante – tudo proveniente de uma infelicidade central na vida de todo mundo. Você não podia culpar Winterland pela hostilidade crescente na Terra. Natal era somente uma época, mas era outra razão para a Rainha destruir tudo com ódio, já que não havia lugar para liberá-lo.

Pouco depois, me dei conta de outra coisa. Estava o Scrooge e os outros se tornando mais esclarecedores, ou eu agora estava realmente ouvindo, entendendo sua loucura como verdade?

Pensamento assustador.

Rudolph manteve o passo. Minhas pernas tremiam com fadiga; a adrenalina de mais cedo já havia acabado há tempos. Finalmente, embaixo de uma colina, no meio da floresta, escondida atrás de árvores densas e de frente à uma encosta, um pequeno chalé com um córrego ao lado, apareceu. Rudolph galopou na direção dele com familiaridade, seus ombros cedendo ante o alívio de estar em casa.

CAINDO NA LOUCURA

Respirei fundo ao vê-lo. Uma casa de verdade com paredes.

— O que você pensou, Srta. Liddell? — Scrooge olhou para a frente, os lábios curvados em um sorriso de esgar. — Que o Rudy viveria em uma caverna, embaixo de uma árvore, ou ainda pior, *dentro* de uma dessas árvores?

— Honestamente? — Soltei uma risadinha. — Sim, quero dizer, ele é uma rena. Cervos no meu mundo não tem casas.

— Nós não estamos no seu mundo, estamos? — Scrooge passou a mão pelo cabelo como se estivesse procurando a cartola. — Rudy é simples, mas ele também é parte homem. — Scrooge chegou mais perto. — E ele nunca viveu nos estábulos. Ou participou de competições onde todas as outras renas malvadas tiravam sarro dele, o que suas histórias gostam de ilustrar. — Scrooge apontou com o queixo para a silhueta do Rudolph abrindo a porta da frente do chalé, seus chifres e ombros quase raspando na entrada.

— Quem tiraria sarro do Rudy? Merda... isso seria pedir por confusão. — Lebre pulou entre mim e o Scrooge. — Ele iria fazer espetinho de você.

— Ninguém poderia... — Dee suspirou, olhando para o homem-cervo. — Ele é tão lindo.

Eu observava o Scrooge pelo canto do olho.

— Você parece saber um bocado sobre os nossos contos, Sr. Ebenezer Scrooge, quando mais ninguém sabe.

— É claro que ele sabe. — Lebre soltou uma risada.

— Lebre — Scrooge só disse o nome dele, mas estava cheio de contexto. *Cala a boca* era o tema geral. — É do meu melhor interesse saber o que acontece *em todos os lugares*. Sobrevivência só dura, mediante a sua aptidão. Sabedoria não é conhecimento, mas conhecimento é sabedoria.

— Você está de volta com charadas e absurdos?

— Ou *você* voltou a não os entender. — Ele deu uma piscadela antes de seguir em frente, entrando na cabana escura.

Esfreguei minha testa, desfazendo a ruga entre as sobrancelhas. Meu coração palpitou à medida que ele desaparecia de vista. Eu precisava de um banho, um cochilo e uma bebida. Não necessariamente nessa ordem.

— Ele também é tão encantador. — Dee veio para o meu lado, se apoiando na minha perna ao suspirar.

— Quem? — Dum passou por ela.

— Sr. Scrooge. — Dee colocou as mãos no peito. — Você não acha, Srta. Alice?

— Scrooge? Eca. Nojento. — Dum fez uma careta. — Ele é do tamanho de uma árvore de Natal gigante. Você precisaria de uma escada para alcançá-lo. Além disso, ele tem orelhas arredondadas, Dee. Ah, e sua barba curta com o maxilar estranhamente forte... e *músculos*, como se ele nunca tivesse comido um biscoito açucarado na vida. Você é realmente atraída por isso?

Claro que sim. Espera, o quê?

— Siiiiim. — Dee acenou com a cabeça, sonhadora.

— Sério, Dee-Puck, essa é a coisa mais nojenta que já ouvi. — Dum mostrou a língua, sacudindo o corpo como se estivesse todo arrepiado. — Rudy pelo menos tem orelhas normais. — Dum tocou suas próprias orelhas pontudas. — Mesmo assim, ele é outro que mastiga mato ao invés de tortas, bolos e biscoitos. Isso não é normal. — Ele sacudiu a cabeça para a irmã, entrando no chalé. Pinguim e Lebre se juntaram a ele, deixando nós, garotas, a sós.

— Eu sei que eles são diferentes de mim, mas acho que gosto mais deles por causa disso. — Dee olhou para mim, a luz do luar incidindo sobre a profunda cicatriz em seu rosto. — Eu nunca gostei dos meninos-elfo ordinários. Isso me faz ser estranha?

— Você acha que *isso* é o que te torna estranha? — Cobri a boca com a mão, segurando o riso ao perceber a seriedade de sua pergunta. — Não, Dee. De jeito nenhum. Todos vocês são únicos, e gostar de alguém diferente de você é ainda melhor. Isso mostra que você segue o seu coração, não a regra.

Com clareza, eu realmente entendi quando o Scrooge disse: *Normal pode ser anormal, e anormal pode ser bem ordinário.* Merda. Eu estava virando um deles, não estava?

— Sei que ele nunca me veria desse jeito, e eu sou *muito* velha para ele, mas mesmo assim... — Ela sorriu, seu rosto de menina se transformando com o brilho lascivo. — Eu gosto de fantasiar com todas as coisas que ele faria comigo... especialmente *em* um prato de biscoito.

Ah. Deus. Tire a imagem da minha cabeça.

— Okay, então... — Coloquei um sorriso falso no rosto, dando tapinhas no ombro dela, tentando descobrir quão jovem ela seria. — Boa conversa.

Ela soltou uma gargalhada louca e começou a pular para a entrada, suas tranças balançando em volta dos braços.

— Ooooo-Kaaay... — Pigarreei. — Definitivamente, preciso de uma bebida primeiro.

Quando entrei no chalé, uma pequena fogueira estava crepitando na lareira onde o Rudy estava agachado, criando a única verdadeira fonte de luz do cômodo. A área era somente grande o suficiente para um sofá marrom confortável e uma poltrona de couro virada para a lareira. Meus dedos descalços enroscaram em um tapete felpudo que cobria o piso de pedra, uma sensação divina depois de correr por pedras e terra a noite toda. Uma única lanterna à manivela se encontrava em uma mesa de jantar redonda. A mesa separava a pequena cozinha na parede dos fundos, da sala de estar. Havia outras duas portas no outro lado do chalé, e imaginei que uma era um quarto e, realmente, esperava que a outra fosse um banheiro. Estava limpo, e não tinha nenhuma decoração pessoal, mas, ainda assim, era confortável e aconchegante.

— O fogo não vai chamar atenção? — Cheguei mais perto, deixando o calor penetrar na minha pele.

— Nós estamos longe demais na floresta para alguém ver a fumaça. — Rudolph se levantou, o que me fez recuar alguns passos para não ser atingida pelos chifres. Ele tentou se mover, e seu pé descalço cobriu o meu. — Eu geralmente não tenho hóspedes, então não tenho muito para oferecer — ele disse para todo mundo, mas seu olhar continuou fixo em mim. Sério e intensamente, ele me observou, seu olhar me varrendo de cima a baixo. Não consegui decifrar se havia uma vibração sexual, mas ele ainda me fez respirar fundo com a proximidade. — Eu nunca tive uma mulher humana aqui antes.

— Ah. — Pisquei para seu rosto marcante, sem saber o que responder.

— Você precisa de coisas?

— Coisas? — questionei.

— Nós só precisamos de álcool, e sei que você tem isso — Scrooge grunhiu do outro lado da sala. — E você pode sair de perto da Srta. Liddell. Ela *precisa* de espaço pessoal.

Seu tom atraiu minha atenção, e achei que havia algum significado em suas palavras, mas ele já estava com o Lebre na cozinha, abrindo e fechando armários.

Rudolph não se mexeu, ainda concentrado em mim.

— Eu estou bem — assegurei. — Mas uma bebida parece bom. Talvez alguma comida?

— Algum biscoito? — Dum se animou.

— Não — Rudy respondeu.

— Torta? — Dee falou.

— Não.

— Pirulitos de bengala? Ahh, como eu gosto de menta. — Pinguim bateu as asas. — Ou caramelo?

— Não.

— Chocolate quente?

— Não.

— O que você *tem*? — Nós poderíamos ficar aqui a noite toda. Ele se virou de volta para mim.

— Eu tenho frutas, nozes e castanhas.

— O que eu te falei? Mato! — Dum apontou para o Rudy, mas olhou para a irmã, pulando no sofá com um beicinho. Ela seguiu o irmão, subindo atrás dele, suas pálpebras já fechando. Pinguim se jogou no chão diante deles, suas asas criando círculos no tapete de pelo. Ele murmurava para si mesmo, ainda usando a gravata borboleta.

— Nem eu como essa porcaria de coelho. — Lebre chegou na sala, segurando uma garrafa cheia com um líquido marrom. — Mas isso? Isso é uma refeição, bebida, sobremesa, e uma pílula para dormir tudo em um. Paraíso numa garrafa. — Ele pulou na poltrona, tomando um longo gole do gargalo e afundou na poltrona com um suspiro satisfeito.

Scrooge chegou, segurando uma garrafa em cada mão, uma sobrancelha arqueada para mim.

— Srta. Liddell?

— O Bing Crosby sonha com um Natal Branco[6]? — Eu praticamente me joguei para pegar a garrafa em sua mão. Foi um dia longo... ou semana. Quem sabia há quanto tempo eu estava aqui.

— Quem é Bing Cottlebee? — Lebre exclamou.

— Cr-os-by — corrigi.

— Não ligo. — Lebre sacudiu a mão. — Mas, quem dá o nome de *Bing* ao filho? Ele tocava como um *timer* de jantar? Bing! Sua criança está pronta.

Uma gargalhada escapuliu dos meus lábios quando desenrosquei a

---

6 Faz referência à música White Christmas cantada pelo Bing Crosby

CAINDO NA LOUCURA

tampa, cheirando o rico aroma doce e frutado. Eu não me lembrava de jamais ter cheirado algo tão delicioso, e isso fez meu estômago roncar.

— O que é isso? — Olhei para cima, sem reparar na proximidade de Scrooge, com sua boca a centímetros da minha.

— Isso vai te deixar extremamente inebriada. — A voz baixa e grossa de Scrooge escorreu pelo meu corpo como manteiga derretida. — É isso que importa.

Perdi o fôlego quando o encarei, meu corpo inteiro inundando de calor.

Scrooge me observava, mas ao contrário de Rudolph, seu olhar tinha um *calor* intenso, fazendo tudo do meu pescoço para baixo vibrar, pulsando no interior das minhas coxas. A sombra de sorriso maroto curvou seus lábios antes de ele passar por mim, seu corpo inteiro roçando no meu.

Exalei fundo, meio ofegante, sentindo a pele formigar com seu toque.

Ele se sentou na outra ponta do sofá, e se afundou entre as almofadas, as pernas abertas... e convidativas. *Pense no velho ranzinza e feio chamado Scrooge... não nesse aqui.*

Tomei um imenso gole da bebida, o álcool queimando a garganta, mas eu gostei, pois aquilo me acordou do estupor induzido pelo Scrooge.

E então o sabor desabrochou na minha língua e *santo quebra-nozes*, eu quase gemi de prazer. Era como se eu tivesse colocado a mais deliciosa guloseima na minha língua. Um conjunto esplêndido, açucarado, amanteigado e com canela.

— Ah, Deus. — Olhei para a garrafa. — Essa é a melhor coisa que já coloquei na boca.

— É? — Scrooge levantou a sobrancelha para mim, me observando intensamente enquanto tomava um gole. A insinuação estava bem clara.

A queimação do álcool, ou dele, subiu dos meus dedos dos pés até a raiz do cabelo.

— Ah... Ei... — Virei-me para o Rudy, sem conseguir continuar olhando para Scrooge. Rudy pegou algo de uma caixa na lareira e se ajeitou no tapete. — Você tem um copo? Eu posso compartilhar. — Apontei para a garrafa que estava segurando.

— Não. — Rudy sacudiu a cabeça. — Eu não bebo essa coisa.

— Ah... — Andei pelo tapete. Dum, Dee e Pinguim já estavam dormindo profundamente, ocupando metade do sofá e do chão, deixando apenas uma parte do tapete perto do Scrooge livre. — Mas você tem três garrafas disso?

— Ele tem vários engradados embaixo do piso. Mas eles são meus. — Scrooge tomou um gole, olhando para o fogo. — Essa é outra coisa que a Rainha tornou ilegal. Álcool faz as pessoas perderem o medo, a inibição. Dê um pouco de coragem líquida para as pessoas, e elas têm mais chance de agir. *Rebelar*.

— Então o que ela estava servindo na festa?

— Uma droga está sendo misturada na água deles por anos, tornando-os em nada mais do que zumbis. Você acha que todas aquelas pessoas concordam com ela?

— Mas ela tem alguma magia, certo? Ela entrou na minha cabeça.

— Sim, mas ela só pode controlar uma pessoa por vez. A droga é o jeito dela de manter os seus servos na linha. — Scrooge me encarou. Observando. Cavando sob a minha pele. Merda. Tudo dele era tão intenso.

— Você quer se sentar? — Ele apontou para o pequeno espaço entre ele e a forma adormecida de Dee. — Eu posso afastá-la um pouquinho.

— Ela parece tão serena. Estou bem no tapete. — Eu me sentei contra a macia pele de ovelha, recostando no sofá, a poucos centímetros de suas coxas fortes.

Rudy olhava para as próprias mãos, seus dedos enrolando o que parecia um baseado. Ele se inclinou para o fogo, acendendo a erva e inspirando fundo, fumaça subindo e espiralando em volta de seus chifres.

— Você fuma maconha? — Eu me engasguei com o gole de álcool. Engraçado como as histórias esqueceram de mencionar o Rudolph totalmente chapado. Talvez seja por isso que ele podia voar.

— Sim. — Seus olhos entrecerraram. — É orgânico. Encontrado na natureza. É melhor do que essa porcaria que você está bebendo.

— Possivelmente, mas vou ficar com esse aqui. — Apontei para ele com a garrafa, engolindo mais. Meu interior estava quente, relaxando todos os músculos tensos, meu estômago parecia como se tivesse ingerido guloseimas deliciosas. Porra, eu me sentia *bem*.

— Saúde! — Lebre levou a garrafa ao lábio, parecendo que estava prestes a se fundir com a cadeira. Leves roncos de Dee, Dum e Pinguim vinham do sofá, o fogo crepitante preenchendo o silêncio.

— Rudy, nós vamos falar sobre o que aconteceu hoje à noite? — Estiquei as pernas, notando os cortes, hematomas e sujeira que cobria tudo. — Como você sabia que tinha que nos salvar? Como você virou o executor? E, posso acrescentar, foi por um triz. Eu mal mordisquei o biscoito antes da lâmina decepar o meu pescoço. E nesse tópico, como você sabia?

CAINDO NA LOUCURA

— Sabia o quê? — Rudy inclinou a cabeça para mim.

— O lance do *coma-me* e *beba-me*... a mágica — enfatizei quando ele me olhou sem entender. — Que eles podiam me proteger.

— Do que você está falando? — Lebre esfregou as orelhas, seus olhos vidrados.

Fixei meu olhar ao de Rudy. Ele sabia. Eu tinha certeza que ele sabia, mas ele só me encarava como se eu fosse um alienígena.

— Foi realmente por um triz. — Scrooge se moveu, a perna roçando em mim quando se espreguiçou; como quem não quer nada, ele a deixou pressionada contra a minha pele.

— Bem, foi no último minuto. Várias coisas precisavam ser feitas. — Fumaça se enrolava em volta de Rudolph enquanto ele fumava e mastigava as folhas.

— Não me entenda mal, estou extremamente feliz que você estava lá. Mas também estou curioso para saber como você tomou ciência de que havíamos sido capturados. — Scrooge encarou o amigo.

— Você não é o único com fontes que veem.

— Não comece com a asneira de "ele vê quando você está dormindo, sabe quando você está acordado" — Scrooge bufou, engolindo o líquido. Eu umedecia meus lábios a todo instante, querendo mais da bebida. Ela me fazia sentir como se estivesse enrolada em um delicioso cobertor de felicidade.

Rudy jogou o final do baseado no fogo.

— Vocês estão seguros. — Ele se levantou com agilidade, seus olhos focados em mim. Sua voz estava calma, mas a franqueza em seu olhar me prendeu no chão. — Eu vou me retirar pela noite.

Com a fumaça ainda pairando ao redor de seus chifres, senti sua declaração se assentar, indicando que aquilo significava algo mais. Tudo que ele dizia parecia ter um significado oculto, que ele não revelava.

— Ooookay. — Eu o observei por longos segundos.

Ele continuou a me encarar.

— Você pode ir, Venison. Nós estamos bem aqui — Scrooge grunhiu por cima do gargalo de sua garrafa.

Rudolph esperou outro momento, seu olhar concentrado deslizando por mim. Ele então acenou com a cabeça e foi para uma das portas, desaparecendo no quarto escuro e fechando a porta em seguida.

Lebre soltou uma gargalhada, sacudindo a cabeça.

— O quê? — perguntei.

— Ah, nada. — Lebre riu. — Mas você nunca viu dois idiotas baterem cabeça?

CAPÍTULO 15

Estalando e crepitando, a chama dançava na lareira, em um ritmo hipnótico. Lebre continuava a rir na cadeira até que Scrooge o mandou ficar quieto. O calor e a pressão de sua perna ainda roçavam contra a lateral do meu corpo, mas ignorei o frio súbito no estômago; a hipersensibilidade perante sua presença encharcava o cômodo e me sufocava.

— Eu quase tive a minha cabeça cortada hoje. — Uma risada enlouquecida subiu pela garganta enquanto eu observava o fogo. — Essa foi uma coisa nova.

— Não para mim — Lebre murmurou, estalando a boca ao tomar um gole.

— Eu vi o colar dela... — Abracei a garrafa meio vazia contra o meu peito, encolhendo as pernas. — Foi ela que arrancou seu pé, né?

Scrooge ficou rígido ao meu lado ao ver o Lebre franzir o cenho, a atenção agora focada no pé que lhe faltava. Ele sacudiu o coto para cima e para baixo.

— É. Aquela vaca doentia o arrancou, sim. — Ele suspirou, a testa enrugada, parecendo perdido em memórias do passado. — E o usa como um amuleto da sorte... uma provocação e advertência para mim e outros. Acho que fui *sortudo* que foi só isso que ela tirou aquele dia.

— Está quente aqui. — Scrooge se levantou, emanando uma ira e tensão absurdas. — Preciso de ar. — Ele saiu pela porta da frente, fechando-a com um baque surdo.

Abri a boca, assombrada, então olhei de volta para o Lebre.

— O que foi isso?

Dor passou pelo rosto do Lebre antes de ele afastá-la, se levantando na cadeira.

— Naquele dia, eu perdi meu pé, mas ele perdeu muito mais.

Tentei engolir, mas senti o nó obstruindo minha garganta.

— Ele assistiu a todos nós sendo torturados. — Lebre apontou com o quei-xo para as formas dormindo no sofá. — Foi sua punição por tê-la desafiado.

Senti meus olhos ardendo com as lágrimas de tristeza quando olhei para a Dee, Dum e Pinguim. Suas cicatrizes eram tão profundas e horríveis. Eu não podia imaginar o sofrimento que tiveram que aguentar. Metade do rosto da Dee era tão marcado, que agora estava deformado. Assistir as pessoas que você gosta sendo torturadas por sua causa... O peso da culpa que ele carregava era inconcebível.

— Meu pé não é nada em comparação... — Lebre desceu novamente na curva da cadeira, seu pé bom sacudindo na beirada do assento. — O que ele carrega consigo mesmo cada segundo de cada dia é muito pior.

— Eu não posso imaginar — sussurrei. Eu mal conhecia esse grupo e já sentia uma forte conexão com eles. Eu sabia que seria capaz de fazer qualquer coisa por eles.

— Não, você não pode. — Lebre sacudiu a cabeça. Então pausou por uns momentos. — Ela não somente o obrigou a assistir enquanto éramos torturados. Ela o fez testemunhar o mesmo com sua esposa e filho.

— O quê? — arfei, dor rasgando o meu peito. Scrooge tinha uma es-posa e filho? — Como? Por quê?

— Essa história é dele para contar. Ele irá provavelmente querer tirar o meu outro pé por ter contado isso. — Lebre tomou outro gole, o líquido embaçando seu olhar. — O ponto é: eu o conheço há muito tempo, e desde que ele os perdeu, ele está enfurecido, indiferente, vazio. Cheio de raiva e amargura. Mesquinho e cruel. Não que ele não faria qualquer coisa por nós. Eu sei que faria. — Lebre acenou para o grupo ao meu lado. — Nós todos faríamos, pois somos uma família. Mas ele morreu com eles naquele dia.

Minha garganta fechou, uma única lágrima escapando dos meus cílios. Sra. Noel matou sua esposa e filho? Puta que pariu... Eu entendia que ela era doentia, apreciando a morte como uma droga perversa. Mas uma criança? Inocência, alegria e amor, a criança representava tudo que o Natal deveria ser.

— Você é a primeira faísca que vejo nele em um longo tempo — Lebre fa-lou arrastado e escorregou ainda mais na cadeira, as pálpebras quase se fechando.

— Eu? — Segurei a garrafa mais perto de mim, tentando conter a emoção em meu peito. — Duvido. Quantos anos tinha o filho dele? Quan-do isso aconteceu?

Silêncio ecoou meus questionamentos, os bigodes do Lebre sacudin-do, sua boca abrindo.

— Lebre?

Nada.

— *Lebre?*

Um ronco engasgado saiu dele. Apagado.

— Claro. — Eu me recostei no sofá, envolta em formas adormecidas. Esfreguei o peito distraidamente, como se nele houvesse uma rachadura. A história do Scrooge era bem mais profunda do que pensei, e, no fundo, eu sabia que ainda havia muito mais coisa. Minha cabeça se encheu com perguntas infindáveis, querendo saber tudo sobre ele.

Desde o momento em que o conheci, fiquei irrevogavelmente atraída por ele. Seu toque, sua presença, preenchia toda molécula de espaço. Sua voz me chamou de volta quando quase morri pela febre.

Meu pescoço esticou para olhar pela janela. Sombras das árvores sacudiam pelo vidro, raios de luar iluminando a neve branca. Eu não podia vê-lo em meio à noite, mas podia senti-lo como se tivesse sido enfeitiçada.

Ele tinha amado, teve um filho, uma família. Mesmo sendo doentio, uma pequena parte minha estava com ciúmes da revelação. Que ele amou alguém tão profundamente... E que, provavelmente, ainda amava.

Levantei-me de pernas bambas, indo em direção à porta sem pensar, a necessidade de estar perto dele dominando a minha mente intoxicada.

Saindo no clima moderado, ainda segurei a blusa dele perto do meu corpo, meus dedos pisoteando e se afundando na neve. Parecia estranho não sentir a frieza da neve ou uma brisa na noite. Ou o fato de que ali sempre era noite. Havia dia aqui? Eles viam o sol?

Minhas pernas se moveram, meu olhar o procurando nas sombras. Segui uma atração implícita ao contornar árvores e arbustos, indo para o riacho.

— Procurando por alguma coisa, Srta. Liddell? — A voz dele surgiu do escuro, me fazendo pular com um suspiro. A silhueta de um homem estava apoiada contra uma árvore, os olhos azuis brilhando com a luz, como um animal apanhado pelo farol de um carro.

— Santos biscoitos de Natal! — Bati no peito. — Você me assustou.

Ele inclinou a cabeça, o olhar penetrante em mim. Algo havia mudado, pressionando o ar à minha volta.

— Você não pode ficar com medo de algo que *estava procurando*. — Sua voz baixou até ressoar com um tom carnal e primitivo. Seu corpo curvou, me perseguindo.

Audaz e perigoso. A fera selvagem que vi mais cedo arranhava sob

CAINDO NA LOUCURA

105

sua pele, exigindo ser libertada, retesando sua postura. Ele chegou para a frente, um caçador pronto para atacar sua presa.

— Diga-me... o que você esperava que poderia acontecer quando me encontrasse?

Tudo gritava para eu correr, virar e voltar para o chalé, mas eu não conseguia fazer meu corpo obedecer.

— N-Nada. — Dei um passo para trás, pulsação martelando em meus ouvidos.

— Sério? — Ele umedeceu os lábios. — Lebre contou para você sobre meu passado indescritível. — Não era uma pergunta. — Então agora você acha que me conhece? Quer me salvar? — Ele avançou, me fazendo tropeçar para trás; meu cóccix se chocou contra uma árvore, me impedindo de continuar. Seu olhar desceu brutalmente pelo meu corpo. Eu sentia como se ele estivesse tirando a pouca roupa que ainda vestia. O homem que saiu da cabana não existia mais, seu olhar era feroz e perigoso. E tudo isso fazia minhas coxas pulsarem, uma necessidade quente misturada com medo esticando e dobrando cada terminação nervosa.

— Você saiu na noite, procurando por mim, vestindo somente a minha blusa, cheirando a mim... e você não quer nada? Por favor, Srta. Liddell, acho que pode pensar em algo melhor que isso. Eu posso sentir a necessidade exalando de você. Seu corpo está desejando o meu toque outra vez.

A casca da árvore pressionou meu couro cabeludo quando encontrei seu olhar, mostrando que ele não me intimidaria. Se fosse apenas isso o que eu estava sentindo, tudo bem, porque eu poderia lidar com isso sozinha e exigir que ele saísse de perto. No entanto, meu corpo doía por ele. Eu queria puxá-lo para mim, sentir cada centímetro dele pressionado no meu corpo. Senti-lo dentro de mim... perder a cabeça à medida que ele se afundava bem dentro...

Como se cada imagem gráfica tivesse ficado explícita no meu rosto, seus olhos brilharam com desejo ao arquear uma sobrancelha. Ele chegou mais perto, seus quadris pressionando os meus, ateando fogo na minha pele. Abri a boca em busca de ar.

— Foi o que pensei. — Ele sorriu, a boca apenas alguns centímetros da minha. Eu queria nada mais do que fechar essa distância. Seus dedos acariciaram minhas bochechas ardentes, e com a voz áspera, ele disse: — O quão forte e fundo você quer que eu te foda, Srta. Liddell? — Inspirei profundamente assim que o desejo me submergiu em um turbilhão. — Para que todos a ouçam gritar? — Ele se pressionou contra mim, ondulando os quadris, seu membro duro roçando minhas partes através das finas camadas entre nós. Eu gemi, meu corpo transbordando de uma necessidade desesperada, mas eu podia sentir uma pontada de malícia. Ódio. Como se ele quisesse me punir por alguma coisa. — É. Isso. Que. Você. Queria? — Ele imprensou os quadris contra mim novamente, indo tão devagar que o calor e a fricção do tecido de sua calça fez minha cabeça rodar de desejo.

Nunca na minha vida senti um desejo tão aniquilador por alguém, onde nenhuma parte minha não precisasse disso como uma droga. Eu me envolvia e me jogava em um bando de relacionamentos e sexo casual, porque eles eram bons no momento, mas isso não se equiparava. Um único toque dele fazia meu sangue ferver, me deixando entorpecida para o motivo em ter vindo aqui fora.

— Você quer me foder, Srta. Liddell? — Violência vibrava em sua voz. Segurando meus pulsos com uma mão, ele os prendeu acima da minha cabeça, chegando mais perto, encarando minha boca com voracidade. Sua outra mão se arrastou do meu pescoço para o peito, parando nos botões que prendiam a blusa na altura dos seios. Ele lambeu os lábios, um brilho louco nos olhos. — Você me quer bem fundo dentro de você? Te fodendo completamente sem sentido?

A palavra *sim* ficou entalada na garganta, o desejo tão profundo que eu sequer conseguia falar, como se seu toque desse um curto-circuito na minha lógica e a transformasse em purê.

Seus dedos puxaram a camisa para baixo, arrancando os botões, espalhando-os pelo chão como flocos de neve. A blusa abriu, expondo meu peito ofegante, meu sutiã preto e calcinha. Minha pele arrepiou com a eletricidade. O desespero.

Um grunhido subiu pela garganta dele, seus olhos ficando ainda mais turbulentos. Uma mistura de desejo, ira e aversão duelavam em sua expressão. Um aviso deflagrou em algum lugar do meu cérebro, me dizendo para parar, mas foi abafado por tudo invadindo meu interior.

— Foi por isso que você veio aqui fora? — exigiu saber, seus dedos apertando meus pulsos com mais força, a outra mão deslizando entre meus seios. Minha pele arrepiou com a sensação de sua pele tocando a minha. Suas sobrancelhas franziram, as narinas dilatando, seu peito ofegante. — Me diga, Alice.

Pare isso. Ele tinha uma esposa e filho. Eles foram mortos na frente dele.

CAINDO NA LOUCURA

Mordi o lábio, a batalha entre meu corpo e mente deixando um abismo enorme, chacoalhando meus ossos.

— Porque darei com muito prazer o que você quer. — Sua mão curvou no meu quadril, o empurrando contra a árvore. — Eu vou te foder tão forte e profundamente que você irá explodir em partículas, sem existir em qualquer mundo. — Ele roçou em mim com aspereza, raiva e desejo brilhando em seus olhos. — Mas é só isso o que vai acontecer. Tudo que pode ser. *Uma trepada* — ele ferveu. — Você quer foder uma casca, Srta. Liddell? É tudo que restou de mim.

Como um balde de água fria. A realidade de suas palavras me trouxe de volta na base do tapa. Ofeguei, sentindo-me enrijecer, e meus lábios se retorceram em repulsa. A raiva por conta de suas palavras chulas, bem como o desgosto que eu sentia por mim mesma, me sufocaram.

— Cai fora. — Empurrei seu peito.

Sem colocar resistência, Scrooge deu um passo para trás, e um sorriso cruel curvou sua boca.

— Isso é um não?

— Vá se foder. — Eu o encarei, e as chamas de ódio varreram meu corpo.

— Agora você está enviando sinais conflitantes. — Ele arqueou a sobrancelha, crueldade tingindo sua voz. — Rudy seria mais do que bem-vindo em recebê-la na cama dele. Ele estava oferecendo, se você não percebeu. Você pode sempre tentar lá.

Sacudi a cabeça, não confiando em mim mesma para responder. Mágoa e vergonha corroíam meu estômago, se transformando em aversão. Eu me virei, segurando a camisa rasgada ao meu redor, e disparei pelo chão coberto de neve de volta ao chalé, tentando ignorar a pontada de emoção apunhalando a parte de trás das minhas pálpebras e garganta.

— Eu te avisei, Srta. Liddell. Eu sou a última coisa em que você deveria confiar. Você vai acabar se arrependendo.

Olhei por cima do ombro, sentindo o corpo tremer por conta da repugnância.

— Eu *já* me arrependo.

Entrei afobada no pequeno chalé. O ronco suave das figuras adormecidas ainda ressoava, a lareira como a única luz do cômodo incidindo rapidamente pela silhueta deles. Meus dentes mordiscavam meu lábio inferior, e eu lutava contra as lágrimas que queriam escapar diante da sensação de humilhação.

Raiva de mim mesma e dele se acumulava no meu peito à medida que uma parede era construída à minha volta. Eu havia acabado de saber que sua família fora morta, e o que eu fiz? Praticamente implorei para ele me foder contra uma árvore. Por que razão eu fui lá fora? Fui para confortá-lo, ou para me entranhar por baixo de sua pele, tornando-me algo pelo qual ele ansiaria, desejaria, como faço por ele? Para significar algo para ele?

Com bastante crueldade, ele deixou clara sua posição. Um lugar que prometi a mim mesma que nunca me encontraria novamente. Tantas vezes me deixei acreditar que um homem gostava de mim mais do que realmente gostava, só para ser esmagada sob seus pés no segundo em que ia embora com outra mulher. Ou as inúmeras vezes em que me lancei em um relacionamento só para acabar entediada e inquieta, vagando como uma criança perdida, procurando o próximo objeto brilhante.

Eu não seria essa garota novamente. Eu era uma mulher forte e independente. Não precisava de um homem, mas a minha natureza impulsiva sempre fazia com que eu me jogasse de cabeça, sem olhar. E eu me apaixonava com rapidez, mas deixava de amar em pouco tempo.

Você nem pertence a este lugar, Alice. Você precisa achar um jeito de voltar para casa e deixar tudo isso para trás.

Dizer tudo isso a mim mesma não removia a tristeza que comprimia meu coração. Dei a volta no sofá e engatinhei pelo tapete, sentindo meu corpo e mente drenados. Enrolei-me em uma bola, e coloquei os braços em volta das pernas, me perdendo nas chamas que dançavam na lareira enquanto algumas lágrimas escapavam antes que o sono me reivindicasse.

Minha mente estava adormecendo quando ouvi a porta abrir e fechar. Passos vieram na minha direção. Meus cílios continuaram cerrados, tamanha a exaustão que me puxava para um mundo de sonhos.

À medida que eu caía no sono, pude jurar que senti o toque suave em meu rosto.

— Me odiar é o único jeito, Alice, porque não posso me permitir desejar o que realmente quero.

CAINDO NA LOUCURA

CAPÍTULO 16

Minhas pálpebras abriram. Pisquei várias vezes, tentando entender onde estava. Meu rosto estava pressionado em um tapete fofo de pele de ovelha, meus ossos doloridos, e meu corpo enroscado estava vestido numa camisa social rasgada. Memórias da noite anterior surgiram como um filme, cada detalhe bizarro, terrível e humilhante. *Guirlanda do caralho*. Eu ainda estava aqui. Isso era real. Nenhum cheiro delicioso de café da manhã subindo para o meu quarto. Nenhuma irmã correndo e pulando na minha cama. Não acordei no meu quarto, em casa, pensando sobre o sonho louco que tive, contando a respeito disso para Dinah enquanto bebíamos café e comíamos as panquecas da mamãe.

Meu estômago roncou ao pensar em comida, e minha cabeça latejava por ter ingerido meia garrafa daquele delicioso líquido na noite passada. Um fogo tremeluzia nas sombras do chalé de madeira. O chalé do Rudolph. Lebre, Pinguim e os gêmeos ainda dormiam, mas vozes baixas na cozinha me fizeram levantar a cabeça. A coberta ao redor do meu corpo escorregou para o chão. Esticando a mão, meus dedos sentiram o macio veludo vinho.

A jaqueta do Scrooge.

Franzi o cenho na mesma hora. Ele me cobriu com sua jaqueta? Por que faria isso? Eu estava certa de que ele deixou sua posição bem clara. Isso foi um gesto gentil, conflitando com o limite cruel que ele traçou firmemente entre nós.

— Nossas escolhas acabaram — a voz do Scrooge falou.

Virei a cabeça para as duas formas de pé na frente da pequena mesa de jantar, a escuridão e a cadeira me escondendo de vista. Dois homens descamisados encaravam um ao outro, o corpo de ambos definidos e musculosos, estaturas quase iguais, no entanto, de jeito nenhum eram o mesmo para mim. Eu podia sentir a atração por Scrooge como se fosse uma marionete.

— Não — Rudy respondeu, seus chifres sacudindo.

— Eu vou fazer isso com ou sem você. — A voz do Scrooge estava coberta de irritação e determinação. — Mas tem que ser feito.

Minha curiosidade me fez chegar mais perto. Do que eles estavam falando?

— Você acha que será fácil assim? — Rudy inclinou a cabeça para o sofá, me paralisando no lugar. — Eles não vão te deixar. Vão tentar te impedir.

— Até lá, eu já estarei longe. — Scrooge esfregou a cabeça.

O quê? Ele está indo embora? Fugindo da gente?

— Você não sabe onde é. E eu não te direi.

— Sim, você dirá. Se você se preocupa com eles, com *ela*, você dirá.

Rudy cruzou os braços.

— Me diga que você não está fazendo isso *por* ela?

— Não. — Scrooge cerrou os dentes. — Ela é uma garota que nem conheço, e nem ficará aqui por muito tempo se depender de mim. Estou fazendo isso por eles.

A declaração dele me atingiu no peito, fazendo meus dentes cerrarem. Ele disse basicamente a mesma coisa ontem à noite, mas por alguma razão ainda machucava como uma punhalada.

— Não minta para mim, velho amigo, ou para si mesmo.

— Rudy — Scrooge grunhiu.

— Eu tentei antes. É inútil.

— É a nossa última chance.

Rudy abaixou a cabeça, os chifres criando sombras nas paredes.

— Está bem. — Ele arrastou os pés, e então parou, a cabeça se virando para a janela, as orelhas mexendo, o nariz tremendo.

— O quê? — Scrooge seguiu o olhar dele, em pânico. Eu fiz o mesmo, e olhei pela janela, não vendo nada além de árvores e neve obscurecidos na noite.

— Não — Rudy arfou, seus olhos arregalados. — Não pode ser.

— O quê? — Scrooge exigiu saber, acordando o Lebre na cadeira ao meu lado.

— Ele nos encontrou. — Rudy sacudiu a cabeça em negação, olhando para a janela. — Eu não sei como, mas encontrou.

— Quem? — Mesmo no escuro, pude ver a silhueta do Scrooge retesar, sua cabeça virando para a janela.

Rudy virou para o Scrooge, a boca abrindo para responder.

Boom!

CAINDO NA LOUCURA

Um barulho surgiu do telhado, sobressaltando-me. Gritei e todo mundo à minha volta acordou.

— Que porra é essa? — perguntou o Lebre, olhando em volta do cômodo. — O que está acontecendo?

— Nós temos que ir! Agora! — Rudy gesticulou para todos. Pânico fez meu coração quase saltar pela garganta.

— Que raios de manjar natalino está acontecendo? — Dum pulou do sofá, sua irmã esbarrando nele quando também se levantou, esfregando os olhos.

Bang! Bang! Bang!

A casa sacudiu à medida que ruídos ensurdecedores explodiam acima de nós. O telhado rachou sob o peso, pedaços se esfarelando em cima da gente.

— Venha, venha, Rudy... Venha brincar com a gente. — Uma voz ecoou acima, provocativa e maldosa.

— Quem é esse? — Engoli em seco, sentindo pânico bambear minhas pernas.

Crash!

A janela da frente explodiu e estilhaçou quando um grande pedaço de carvão passou por mim. Cacos de vidro voaram na minha direção como balas, cortando minha pele. Um grito escapou dos meus lábios, e acabei desabando no chão, cobrindo a cabeça enquanto as adagas de vidro rasgavam minha pele. A ardência veio acompanhada do sangue que escorreu pela minha têmpora.

— Alice! — Escutei meu nome sendo gritado antes de um corpo pesado se chocar contra o meu. Braços ao meu redor me cobriam à medida que mais vidro e balas alvejavam o cômodo. Ele sibilou de dor, me segurando firmemente contra o peito, sua pele quente e cheiro intoxicante me protegendo em uma bolha. Eu me agarrei a ele até o ataque aquietar; vidro caindo sobre nós.

Scrooge levantou a cabeça, seu olhar movendo freneticamente sobre mim.

— Você está bem?

— S-Sim. — Acenei com a cabeça, incerta se essa era a verdade. — E você?

Ele me encarou, algo que não pude decifrar passando rapidamente pela sua expressão.

— Scrooge! — Lebre gritou. — Não está na hora de molhar seu pavio. Nós temos que ir.

— Me siga. — Scrooge se sentou, removendo aquela sensação cálida de sua pele contra a minha, e, pela primeira vez desde que cheguei a este lugar, senti frio. Segurando meu braço, ele nos manteve abaixados enquanto engatinhávamos por sobre o vidro, manchando o tapete branco com nosso sangue.

— Pinguim! Abaixe-se! — ele rosnou para o amigo, ao vê-lo ainda de pé, apontando para o buraco da janela. Virei a cabeça, de supetão, para ver o que atraíra sua atenção.

— Puta merda — murmurei.

Centenas de soldados de brinquedo se moviam em direção ao chalé, armados e vindo até nós. Mas era o imenso homem que estava à frente, os chifres mais altos do que as árvores congeladas como estacas, o corpo definido com tantos músculos, quase igual a um babaca marombado. Seu peito desnudo estava coberto por armas e granadas, parecendo um Rambo-cervo, pronto para caçar humanos como suas presas.

Seu rosto cheio de cicatrizes era mais largo e bem menos bonito que o do Rudy, sua carranca refletida em seus olhos escuros.

— *Ru-dy*... você não quer vir aqui fora brincar comigo?

Scrooge segurou o Pinguim, me levantou, e nos empurrou para a cozinha com o resto do grupo. Seu pomo-de-adão subindo e descendo quando se postou à minha frente.

— Quem é esse? — chiei, sentido gelo subir pela coluna.

— Esse é...

— Blitzen — Rudy rosnou.

O nome dele espalhou medo pelo grupo como se Rudy tivesse declarado que o Blitzen era o próximo Voldemort.

— Não. Não... — Dee deu um passo para trás, seus olhos marejados, a expressão tomada por pânico. Dum engoliu, terror o paralisando no lugar enquanto Pinguim cantava "Up on the Housetop"[7] enquanto batia as asas na lateral do corpo, andando em círculos.

---

7 Tradicional música natalina sobre o Papai Noel e suas renas.

CAINDO NA LOUCURA   113

— O quê? — Alarme ressoava no meu peito mais alto que as batidas do meu coração. — O que está acontecendo?

— Você tem alguma arma escondida? — Scrooge perguntou ao Rudy, mas sua atenção estava concentrada nas figuras do lado de fora da janela. Soldados alinhados atrás do Blitzen como se ele fosse o líder deles.

— Somente algumas embaixo do piso na cozinha, atrás das garrafas — Rudy respondeu, acenando com a cabeça para o chão. — Mas nada que possa dar conta deles. Eles não deveriam ter sido capazes de nos encontrar.

— Bem, eles encontraram. — Scrooge se moveu para o lugar indicado no piso. — Lebre! — chamou seu companheiro ao se agachar, levantando as tábuas de madeira.

— Não vai ser o suficiente. — O cervo se virou para Scrooge.

— Você tem outro plano? — Engradados de garrafas chacoalharam à medida que foram sendo retirados do esconderijo secreto. Lebre pulou no buraco, procurando pelos itens atrás das bebidas.

— Sim. — Rudy retesou os ombros, o maxilar estalando.

— Ah, porra. Não.

— Nós não temos outra escolha.

— Não. — Scrooge sacudiu a cabeça, pegando as armas feitas de pirulito de bengala que Lebre entregou a ele. — Nós vamos encontrar outra saída.

— O quê? — Novamente, a pergunta escapuliu da minha boca, em voz mais alta devido à frustração. — Alguém fale comigo agora. Alguém me diga o que está acontecendo! — esbravejei, sentindo pânico estremecer meus ossos. No entanto, eu não fazia a menor ideia do porquê deveria estar tão aterrorizada.

— F-Foi ele que nos achou... nos capturou... — Dee choramingou, olhando pela janela, sua voz sumindo diante da explicação.

Pinguim piava em pavor, cantarolando em um frenesi enquanto batia as asas com rapidez.

— E? — Eu sabia que tinha mais coisa nessa história. A cada vez que ouvia os ruídos do lado de fora da casa, com os homens berrando e engatilhando suas armas, muito mais assustada eu ficava. — Scrooge! — Direcionei minha irritação para ele.

Ele colocou no chão uma bengala que Lebre entregou, e me encarou com intensidade.

— Blitzen... — Respirou fundo, olhando agora para Pinguim, Dee e Dum, e uma faísca de culpa cintilou em seus olhos. — Vamos dizer que ele gosta do seu trabalho. Rastrear.

— Ele sempre teve inveja de mim, sempre querendo o que eu possuía. Seu ciúme o deturpou. Quando os lados foram divididos, ele foi com ela — Rudy explicou. — Ele agora é o rastreador da Rainha. Mas ele não se concentra somente na captura. Ele atormenta... os faz sofrer. Com bastante crueldade.

— Pode-se dizer que ele tem um lado *sádico* bem profundo e sombrio — Scrooge concluiu, pegando outra arma das mãos de Lebre.

Olhei para a Dee, observando puro terror dançar em seu rosto.

— Ai, meu Deus. Ele fez isso... não a Rainha. — Acenei com a cabeça para suas cicatrizes.

Dee se virou para o outro lado, cobrindo o centro do peito com as mãos, como se estivesse tentando segurar o coração no lugar.

— Ela assistiu tudo, mas, sim, foi ele quem nos torturou. Tanto em público, quanto no privado. — A voz do Dum vacilou.

Pinguim gorjeou, a música parecendo mais um canto arrepiante.

— Merda! Isso é tudo que você tem? Quatro armas e um punhado de munição? — Scrooge gritou quando uma nova rajada de balas atingiu o cômodo. Com um berro, me joguei no chão, agarrando Pinguim e Dee e os colocando sob a mesa.

— Eu te avisei. — Rudolph e Dum se enfiaram atrás de um balcão, protegendo-se atrás dele. O olhar de Rudy foi para a janela acima da pia, e avistei sombras se movendo do lado de fora.

Merda. Eles estavam cercando o chalé.

— Ruuuu-dyyyyy... — Blitzen cantarolou, cobrindo minha pele de arrepios. — Vamos lá, *bichinho de estimação amado*. Está com medo de lutar comigo? Todo mundo vai testemunhar o que eu sempre soube. Você não é *nada* especial. Eu não faço ideia do porquê ele preferia você, que não é nada além de ordinário, patético e fraco.

Todas as palavras do tal Blitzen escorriam com ressentimento.

— Vocês estão cercados. Essa será a captura mais fácil que já fiz, então é melhor saírem logo. Quanto mais você resistir, mais irei *machucar* seus amigos — ele cantarolou, alegremente. Então esperou alguns momentos, antes de falar de novo: — Isso é um não? Eu deveria saber que você escolheria a opção mais covarde. Até a Clarice viu quem você realmente era e correu para a minha cama. Porra, como eu posso fazê-la ladrar. Ela é selvagem. Eu tenho marcas de cascos e chifres por toda as minhas costas para provar.

CAINDO NA LOUCURA

Rudy tremeu, apoiando-se ao balcão para se levantar, raiva dilatando suas narinas.

— Não. — Scrooge sacudiu a cabeça, agarrando seu braço. — Não deixe ele te afetar. Você sabe que ele está tentando te provocar.

Raiva emanava com intensidade de Rudolph, sua fisionomia mudando mais para animal do que homem.

— Me solta.

— Você vai dar exatamente o que ele quer.

— Não. Importa. Você tem um plano melhor? — Rudy falou cada sílaba pausadamente, esperando o Scrooge responder. — Ele está certo. Não há outro jeito.

— Não. Rudy — Dee suplicou ao vê-lo ficar de pé. — Por favor. Não vá.

Ele inclinou a cabeça, uma suavidade passando por sua expressão de desaparecer num flash.

— Eu preciso. — Seus longos cílios roçaram nas bochechas. — Isso já deveria ter acontecido há tempos. Eu não posso mais fugir.

— Rudy! — Pinguim gritou.

— Eu irei distraí-lo, enquanto vocês fogem. — Ele olhou para todos nós antes de concentrar em Scrooge. — Monte Crumpet. Você irá encontrar lá o que está procurando.

— Inferno — Scrooge praguejou, baixinho. O nome Monte Crumpet parecia familiar, mas eu não conseguia me lembrar de onde o conhecia.

— Monte Crumpet? Você está de sacanagem com a minha cara? — Lebre pulou do buraco, boquiaberto.

Dee segurou minha mão, pavor curvando as unhas dela contra a minha palma.

— Eu cansei de esperar! — Blitzen gritou, sua voz se infiltrando pela janela quebrada. — Soldados, ao meu sinal.

— Não! — Rudy gritou. — Pare! Eu estou saindo. — Ele se virou para nós. — Vão. — E então, em um piscar de olhos, ele se transformou completamente em uma rena, os cascos esmigalhando os cacos de vidro quando ele correu e saltou pela janela da frente.

— Monte Crumpet? Ele está brincando, certo? — Lebre pegou uma arma de doce, e a carregou com balas de carvão.

— Quem me dera — Scrooge respondeu, pegando a bolsa de munição de sua mão.

— Então nós deveríamos morrer aqui. Seria bem mais prazeroso.

Mais prazeroso? Que porra é essa? O que era esse lugar?

— Seu desejo talvez seja realizado. — Scrooge pegou as duas outras armas, jogando uma para mim e outra para a Dee.

— Ei, onde está a minha? — Dum apontou para sua gêmea. — Você deu uma para ela.

— Ela atira bem melhor que você. — Scrooge acenou com a cabeça para a Dee, fazendo as bochechas dela adquirirem um intenso tom rosado. — Eu preciso que você e Pinguim façam outra coisa.

— O quê? — Dum se levantou, a cabeça ainda abaixada por trás do balcão.

Scrooge olhou para os engradados de álcool com o cenho franzido, como se estivesse sentindo dor.

— Ah, não, porraaaaa. Não mesmo. — Lebre sacudiu a cabeça com fervor, os olhos cintilando com o pânico. — De jeito nenhum. Mais vale então cortar meu outro pé. Atire em mim aqui.

— Eu não quero fazer isso tanto quanto você... acredite em mim. — Scrooge carregou a arma com carvão, jogando a bolsa para mim. — Mas o Rudy só pode distrair um. Ainda tem uma tropa lá fora pronta para encher a gente de balas.

— Mas... mas... — Lebre gesticulou para o engradado, seus lábios agora formando um beicinho. O horror do que ele propôs remoeu meu estômago.

Ah, não. Isso não... Não o belo e delicioso álcool.

Scrooge gesticulou para Pinguim e Dum.

— Acendam esse lugar como a porra de uma árvore de Natal.

CAPÍTULO 17

Baunilha, vinho quente, mel e canela dançavam à minha volta de forma sedutora. O tapete sob meus joelhos estava encharcado de álcool. O doce aroma de Natal se infiltrava em meu nariz, fazendo meu estômago roncar e a boca salivar. Eu estava quase certa de que choraminguei quando mais e mais daquele líquido precioso era derrubado pelo cômodo. Eu só queria mais um gostinho. Caramba, eu estava prestes a lamber o chão.

Barulhos altos, como se chifres estivessem se chocando, ecoavam pelo céu noturno. Os soldados avançaram, o general de brinquedo babaca liderando o ataque ao pequeno chalé.

Agachados atrás do sofá virado, Lebre, Scrooge, Dee e eu atiramos na massa vindo em nossa direção como zumbis comedores de cérebro.

— Rápido! — Scrooge rosnou sobre o ombro para Dum e Pin.

— Nós somos rápidos, Sr. Scrooge — Pinguim declarou. — Estou ajudando a espalhar.

— Não, você não está. Você está só sentado no mesmo lugar! — Dum gritou de volta. Virei a cabeça na mesma hora.

Pinguim estava sentado em uma poça de bebida, movendo as pontas das asas em um círculo ao redor, para depois lambê-las. Rindo baixinho, e repetindo o processo, ele cantarolava:

— Corra, Rudolph, corra.

— Viu? — Dum apontou para o pássaro incapaz de voar, mas ele mesmo deu um gole duplo na garrafa antes de despejar mais bebida no chão. — Ele não está ajudando em nada.

Uma bala zuniu pelo cômodo, se enterrando na parede logo atrás da cabeça de Dum.

— Santo trenó do Papai Noel! — Os olhos do boneco se arregalaram assim que ele pulou no mesmo lugar, tomando outro gole ao invés de se mover.

— Se abaixe, Dum-Puck! — Scrooge gritou, grunhindo baixinho. — É por isso que eu deixo as armas para a sua irmã.

Dee, a pequena elfo-exterminadora, estava sentada ao meu lado recarregando a arma. Seu rosto era selvagem à medida que ela atirava cada bala direto no alvo sem pausa. Impiedosa. Quando ela agia deste modo, até eu me assustava.

— Nós fazemos isso agora, ou eu me junto a eles, e você terá três idiotas bêbados para carregar. — Lebre deu o último tiro, jogando a arma para o lado.

— Leve esses dois para a janela da cozinha — Scrooge ordenou para Lebre. — Haverá menos guardas nos fundos. Fique pronto.

Lebre acenou com a cabeça, pegando uma garrafa enquanto puxava Pinguim e Dum para a parte de trás da casa.

— Dee, vá com eles. — Scrooge sacudiu a cabeça. Ela abaixou a cabeça e foi para a cozinha sem dizer uma palavra. — Você também, Srta. Liddell.

— Não — argumentei, encarando os homens de madeira prestes a alcançarem a janela. Alguns deles tropeçaram ao tentar passar pela janela com suas pernas retas, outros bateram na porta da frente. — Eu vou ficar com você.

— Vá agora! — ele ordenou. — Eu não preciso de você também na minha consciência.

— Não! — gritei, batendo a mão no chão. — Eu te disse antes que não vou deixá-lo, então pare de brigar comigo.

Sua cabeça virou para mim. Nossos olhares colidiram como trens se chocando. A sensação me atingiu, arrancando um suspiro da minha garganta. Como se o mundo todo fosse obscurecido e colocado em mudo, tudo o que eu via era seu olhar penetrante. Pura dor e anseio vasculharam o meu olhar, como se eu fosse tudo o que ele queria, ou podia se atrever a querer.

E então sumiu.

Ele rosnou, virando para o outro lado, disparando a arma contra os homens que escalavam a janela. Comoção rodopiava ao redor. Sons de gritos, tiros e vidro espatifando banhavam o cômodo.

— Você ainda tem alguma munição? — perguntou com grosseria, seus lábios ainda contorcidos em desprezo.

— Somente duas. — Olhei dentro da câmara, pânico deixando minha voz trêmula. Os soldados estavam dentro do chalé, a metros de distância.

CAINDO NA LOUCURA

119

— Dê para mim. — Ele esticou a mão para pegar a arma. — Pegue minha jaqueta! — ele gritou, apontando para a lareira. Eu sabia sem que ele precisasse dizer outra palavra, o que queria que eu fizesse.

Eu me movi rapidamente, as últimas balas dele me dando cobertura enquanto pegava a jaqueta. Ela cheirava a ele, o que me fez querer apertá-la contra o corpo para ficar com ela. Ignorando o impulso, peguei uma garrafa do chão, despejando o conteúdo na jaqueta antes de ir para a lareira e enfiar a manga nas chamas.

Whoosh!

Chamas envolveram o casaco, e o fogo consumiu o álcool como se também não conseguisse se fartar.

— Fogo! — Alguns guardas gritaram quando arremessei a peça de roupa no tapete encharcado de álcool.

Labaredas subiram, devorando tudo pelo caminho, o calor queimando minha pele. Gritos estridentes das sentinelas se misturavam ao fogo, que explodiu vorazmente, engolindo o uísque e se movendo para eles como o prato principal.

— Alice! — Scrooge agarrou meu braço, me puxando para trás. O combustível encharcou o chão da sala, alastrando o incêndio na nossa direção.

— Lebre! Agora! — ele gritou, me puxando com ele à medida que corríamos.

Vidro estilhaçou, se espalhando pela noite no segundo em que Lebre arremessou uma garrafa vazia pela ampla janela. Então ele e os gêmeos pularam; Scrooge pegou o Pinguim e o jogou pela abertura antes de virar para mim, as mãos segurando minha cintura.

Esse realmente não era o momento para pensar na sensação de suas mãos no meu corpo, apertando meus quadris com força, mas, porra... Minha mente sempre escolhia a pior e mais inapropriada hora para isso. Ele me ajudou a subir na pia, e eu pulei, novamente sem sapatos. Meus pés afundaram na neve, vidros e pedras cortaram meus dedos.

As dúzias de soldados na parte de trás se moveram na nossa direção, gritando para seus companheiros se juntarem a eles.

— Lebre — Scrooge gritou para a figura que pulava e corria entre os guardas, os confundindo completamente. Como se eles tivessem combinado, Lebre tirou a tampa da bebida, lançando-a nos que estavam próximos a ele, enquanto Scrooge atirava o carvão nos soldados de madeira.

Meus olhos entrecerraram, observando o crepitar do fogo começando na floresta com um clarão de luz assim que o carvão esfregou na madeira e no álcool e acendeu. Os gritos de pânico ricochetearam da floresta, dando a impressão de que as árvores gritavam, horrorizadas.

— Movam-se! — Scrooge nos empurrou para a frente, colocando o Pinguim embaixo do braço, pronto para correr pelo campo e fazer um *touchdown*. Pobre Pinguim. Suas pernas não podiam nos acompanhar nem num piso plano; a neve na altura das panturrilhas iria imobilizá-lo.

Balas partiram o tronco perto da minha cabeça, me obrigando a correr agachada, ziguezagueando pelo labirinto de árvores, fugindo dos poucos soldados que ousavam nos perseguir.

Continuei avançando, mas um barulho alto me fez virar a cabeça, deixando-me boquiaberta em completa admiração.

Santo presente de Natal. As renas realmente voam aqui.

No céu, os dois cervos se chocavam um ao outro, seus chifres se encontrando com tanta força, que faíscas voavam. Eu podia ver o maior, Blitzen, enfiando o casco na barriga do Rudy. Um gemido escapou de Rudy, e sangue choveu do alto.

— Rudolph! — Parei, meu coração se contorcendo dentro do peito.

— *Alice*, vamos lá. — Scrooge acenou para que eu continuasse.

— Não. O Blitzen vai matá-lo. Ele precisa de nós.

— Nós não podemos. — Scrooge tentou segurar a minha mão, mas eu me afastei, querendo voltar para o outro lado.

— Ele está lá em cima por nossa causa. Ele pode ser morto. Nós não podemos deixá-lo.

— Nós temos que deixar. — Ele tentou segurar meu braço novamente. — Ele sabia no que estava se metendo. Agora é tarde demais.

Minha boca abriu em choque.

— Tarde demais? Seu babaca *egoísta*. Merda, você realmente é a personificação do Scrooge. Você me alertou que só se preocupava consigo mesmo. Se essa é a maneira com que trata seus amigos, posso ver porque não tem muitos.

— Ah, não. Ah, não. — Pinguim guinchou com a minha resposta, cobrindo os olhos com as asas, ainda encolhido firmemente na curva do braço do Scrooge. Dee e Dum respiraram fundo, as mãos, em sincronia, cobrindo a boca um do outro em choque.

Scrooge veio até mim com uma expressão inflexível. Frio e implacável, seu corpo pairava sobre o meu. Um arrepio subiu desde as pernas até meu

CAINDO NA LOUCURA

pescoço. Ele deu outro passo, me forçando a andar para trás, seu olhar azul gelado me agarrando veementemente.

— Não deduza saber nada sobre mim, Srta. Liddell. — A voz dele vibrava com raiva e violência. — Você só está aqui há um *momento*. Viva aqui por mais de um *século* e nós podemos conversar.

A raiva dele me pressionava, acendendo meu corpo com a intensidade de sua ira. Pavor subiu minha temperatura corporal, formigando minha pele com desejo. O olhar dele se arrastou sobre mim, parando brevemente na curva do meu sutiã, no movimento de sobe e desce do meu peito enquanto eu ofegava. Ele observava isso acontecer, meu corpo me traindo quando os mamilos endureceram por baixo da fina camada de tecido, desejando o que não deveria. Selvageria. Ferocidade. Algo que meus ex-namorados alegavam e se gabavam, mas nunca estiveram à altura.

As pupilas de Scrooge dilataram, suas narinas alargaram, e seu abdômen contraía com cada respiração. Um rosnado profundo subiu por sua garganta, e então ele se virou para o outro lado, pisoteando a neve. Dee e Dum correram atrás dele, me deixando ali arfando. Meus músculos doíam de desejo.

Bolas de Natal! Somente o olhar do homem podia me transformar num pudim. Eu odiava isso. Eu não queria ser esse tipo de garota. A boba, impulsiva, que tinha o coração quebrado por não conseguir ver a diferença entre amor e desejo.

— Uau! — Lebre pulou ao meu lado. — Você realmente está tentando tirar o cara do sério, não é?

— Eu não entendo. — Sacudi a cabeça, me libertando do transe induzido por ele, ainda ouvindo o duelo brutal entre as renas. As chamas da casa se inflamavam em um brilho avermelhado, os gritos dos soldados soando pela noite.

— É o código de conduta das renas. Quando eles entram num embate... — Lebre acenou para Blitzen e Rudy. — Ninguém, e quero dizer ninguém, pode se colocar no meio deles. Seria considerado uma imensa desonra. Rudy entendeu o que estava fazendo.

— Mas...

— Esses são os "Jogos das Renas". Eles entram em uma luta... até a morte. — A boca do Lebre se contorceu de tristeza, mas ele deu de ombros. — Ele fez isso para nos dar uma chance de escapar. Não tire isso dele. É uma coisa de orgulho.

Meu estômago retorceu quando olhei para trás, pensando que essa talvez fosse a última vez que eu via o Rudy.

— E não pense que isso não deixa o Scrooge devastado. Você acha que perder outra pessoa com quem ele se preocupa, por causa da necessidade da Rainha de puni-lo, não destrói o pouco de humanidade que ele ainda tem? Pois destrói. Se fosse somente ele, pode ter certeza de ele ainda estaria aqui lutando, indo até o fim com o Rudy. Mas ele está tentando manter o resto de nós vivos. — Lebre pulou para a frente, olhando para mim, um sorriso malicioso no rosto, sacudindo as sobrancelhas. — E, possivelmente, manter você com o mínimo possível de roupas enquanto faz isso. Homem esperto.

Lebre saiu pulando, rindo, seguindo as silhuetas à distância.

Resmungando, segurei a blusa sem botões e a enrolei ao meu redor. Dei alguns passos, e os gritos às minhas costas me fizeram parar.

A silhueta do Rudy mergulhou do alto, seu corpo despencando à medida que Blitzen continuava o ataque enquanto chamas queimavam sua casa. Lágrimas obstruíram minha garganta. Eu ainda queria correr de volta e ajudar de alguma forma.

Como se ele pudesse me sentir, me ver, uma conexão indescritível se estendeu entre nós. A mesma conexão que esteve lá desde o momento em que o vi do lado de fora da Casa do Papai Noel. A cabeça dele virou na minha direção, olhos escuros refletindo o fogo vermelho, sua boca de cervo se abriu.

— Vá, Alice. Antes que seja tarde demais. — As palavras entraram nos meus ouvidos, o vento as entregando somente para mim.

Ofeguei quando Blitzen tentou ver com quem ele estava falando. Rudy virou para o outro lado. O casco de Blitzen bateu no rosto dele, o fazendo rodar. Seu corpo caiu do céu, sobre as chamas. Um pequeno grito explodiu da minha garganta, lágrimas queimando meus olhos, mas me obriguei a fazer o que ele queria. Pelo qual ele se sacrificou.

Eu me virei e corri, desaparecendo no silêncio da noite.

CAINDO NA LOUCURA

CAPÍTULO 18

Scrooge nos guiou rapidamente, nos mantendo nas sombras. Sua atenção sempre se voltava para o céu ou às nossas costas, assegurando-se de que não éramos perseguidos. Nós seguimos o riacho, tentando não deixar rastros para trás. Pinguim cantarolou canções natalinas baixinho antes de cair no sono nos braços do Scrooge.

— Não se preocupe, ninguém vai se preocupar em nos seguir para o lugar aonde estamos indo — Lebre resmungou, pulando de aterros para pedras no meio do riacho. — Por que eles iriam? O que não puderam terminar, esse lugar irá. Provavelmente é mais seguro voltar e encarar a brigada de pica-paus.

— O que você quer dizer? — Engoli em seco, tropeçando em raízes e pedras ocultas. Meus pés expostos estavam cortados e sangrando, me deixando por último. — Aonde estamos indo?

— Monte Crumpet. — Lebre piscou para mim.

— Obrigada. — Franzi o cenho. — Eu meio que entendi essa parte. Mas sério, como isso pode ser pior do que *Tulgey Woods* ou o palácio da Rainha?

Scrooge olhou por sobre o ombro quando Dee e Dum esbarraram um ao outro, rindo da minha inocência. Ele riu junto com eles.

— Pelo amor de Deus... isso aqui deveria ser a Terra do Natal. — Ergui os braços, sentindo minha sanidade ruir. Exausta, sangrando, suja, faminta e quase pelada, eu estava chegando no meu limite. — Alegria, diversão, amor e inocência reinam. Onde os elfos fabricam brinquedos, Papai Noel entrega presentes para as crianças boazinhas, renas jogam coisas como futebol, e a Sra. Noel assa biscoitos.

— Isso aqui é *Winterland*, Srta. Liddell. — A sobrancelha escura do Scrooge arqueou. A pele bronzeada toda definida refletia a luz do luar. —

E isso é somente uma parte do Natal. Não é tudo. Bom com o mau. *Yin* e *Yang*. Exceto que não tem sido igual por um longo tempo.

— Me diga para onde estamos indo — exigi saber, cruzando os braços, irritada. — Estou cansada de surpresas nesse momento.

Scrooge andou até o limite das árvores e se virou para mim.

— Por que você não vê por si mesma? — Ele gesticulou o braço livre do pássaro que roncava, para que eu saísse da floresta.

Senti um frio no estômago assim que me abaixei por baixo de um galho, passando por ele. Meu olhar absorveu a drástica mudança na paisagem. Campos sem árvores, cobertos de neve, se estendiam adiante antes de dramaticamente subir numa íngreme face de montanha, cujo topo era tão alto que precisei inclinar a cabeça para trás. O pico nevado era curvo, torcido, e uma medonha versão aterrorizante da *Matterhorn*[8], na Disneylândia. Na verdade, era similar à montanha onde o Grinch vivia.

Ah... não...

— Bem-vinda ao Monte Crumpet. — Lebre passou pulando por mim, acenando com a cabeça para o topo. — Onde os seus piores medos ganham vida.

— Monte Crumpet era onde o Grinch morava — murmurei para mim mesma, percebendo o porquê de o nome parecer tão familiar. As gordas nuvens entrelaçavam no topo da montanha como aviso.

— Você conhece o Grinch? — Dee inclinou a cabeça, coçando um arranhado no rosto que ainda sangrava.

— Sim — confirmei. — Ele é bem famoso no meu mundo também. Esse, por um acaso, não é a versão que adora o Natal, né? — Lebre, Dee e Dum começaram a rir. Eu meio que imaginei que era uma doce ilusão.

— O Grinch é asqueroso, malévolo, repugnante e um babaca sem tamanho. — Scrooge olhou para a montanha.

— Engraçado, um monte de gente acha que o Grinch e o Scrooge são iguaizinhos em personalidade. — Segurei um sorriso, olhando de esguelha para o homem ao meu lado.

Sua cabeça virou para mim, devagar, as pálpebras abaixando.

---

8   Matterhorn ou Monte Cervino é, talvez, a montanha mais conhecida dos Alpes Suíços. Durante as filmagens de uma produção da Disney, em 1959, Walt Disney se apaixonou pelo monte e resolveu criar uma versão temática na Disneyland, na Califórnia. Logo, a autora se refere à clássica e icônica montanha-russa do Parque.

CAINDO NA LOUCURA

— Tome cuidado, Srta. Liddell. — Ele se inclinou, a voz insidiosa arrepiando meu pescoço, baixa e sugestiva. — Eu sou ainda mais *depravado*.

Estremeci e inspirei fundo pelo nariz assim que ele deu um passo para a frente. Um sorriso perspicaz curvou o canto de sua boca.

Babaca. Mas ele estava certo. Ele era muito mais perigoso...

— Por favor, me diga que ouvi errado do Rudy. Por que nós vamos até lá em cima? — Dee choramingou.

— Porque sim. — Scrooge parou ao lado do Lebre, cruzando os braços, sua resposta acabando ali.

— Espera aí. — Estendi as mãos. — N-Nós vamos subir lá? — *Por favor, diga não. Por favor, diga não.* Escalar essa montanha era o meu maior medo ganhando vida. Eu gostava de malhar. Exercícios urbanos, do tipo que se faz dentro de locais. Ioga, boxe, até pole dancing. Mas montanhismo, ainda por cima descalça? Porra, não.

— Ah, *docinho*. — Os dentes pontudos do Lebre apareceram quando ele riu. — Não somente temos que ir até o pico, mas a montanha e tudo que nela vivem, são malignos.

— Sra. Noel não é má o suficiente? Ela não vive ali.

— Lá no alto não existem lados. Eles são leais somente a si mesmos. — Scrooge ajeitou o Pinguim em seus braços, acordando a ave. — Igualmente oportunistas, eles atacarão qualquer um que entrar em seu território. — Acenou com a cabeça para a montanha. — E eles não são a mais infantil, mais agradável, versão do mal. A maioria nesta montanha irá querer nos matar.

— Ou nos comer no jantar. — Lebre tremeu. — E não importa o que os rumores dizem, não gosto de um graveto dentro da minha bunda para ser assado sobre o fogo. Eu gosto de cozinhar, não de *ser* cozido.

— Sim! Você é um cozinheiro tão bom, Sr. Lebre. — Pinguim bateu palmas. — Talvez você possa oferecer para fazer o seu famoso rocambole para eles... ou um delicioso banquete de Natal.

— Boa ideia, Pin. Tenho certeza de que eles vão parar para ouvir... especialmente se o prato principal for *churrasco de ave*. — Lebre sacudiu as sobrancelhas. — Ouvi falar que Pinguim é bem saboroso... vinho, azeite, um pouco de sal e pimenta. — Ele beijou a pata. — Fantástico!

— Ahhhh! — Pinguim piou, batendo as asas, acertando um tapa em Scrooge. — Eu não quero ser assado numa fogueira.

— Lebre... — Scrooge esfregou o rosto onde o Pinguim o atingiu. — Não comece novamente.

— Brincadeira, Pin. — Lebre piscou e sacudiu a cabeça, balbuciando para mim. — *Não, não é.*

— Eu não quero subir lá. É muito longe. — Dee fez beicinho, parecendo muito mais uma menininha do que um elfo secular.

— Não parece muito ruim daqui. — Dum virou de cabeça para baixo, seus pequenos pés no ar, observando a montanha. — Uma linha reta à frente.

— O que você está fazendo? — perguntei.

— Olhando para a montanha. — Ele bateu seus sapatos de elfo um no outro. — Viu, mana, molezinha.

Ela plantou bananeira ao lado dele, os corpos se chocando, mas nenhum dos dois caiu.

— Você está certo! — ela diz, aliviada. — Eu estava sendo tão boba. Nós estamos quase acima dela. Talvez possamos descer de trenó. Isso será tão divertido.

— Sério? — Coloquei a mão no rosto, sem entender sua lógica.

— Às vezes, olhar para alguma coisa de uma perspectiva diferente muda tudo — Scrooge rebateu. — Faz uma tarefa difícil parecer fácil. Você deveria tentar, Srta. Liddell.

— Quem é você? Mary Poppins? Olhar para a montanha de cabeça para baixo não muda nada.

— Isso é porque você só está vendo de um ponto de vista. Nada aqui, especialmente aquela montanha, deveria ser visto pelo que é.

— Hã? — A parte lógica do meu cérebro lutava com a parte dizendo para eu me entregar e acompanhá-los.

— Nós não temos armas para lidar com essas criaturas. E como vamos lutar com o ENL ou o pin...

— Nós vamos, Lebre — Scrooge o interrompeu, cerrando os dentes.

— Que criaturas? O que é ENL? — Abri os abraços, apreensiva.

— Nada para se preocupar. — Scrooge olhou para o Lebre quando ele riu. — Você está pronta, Srta. Liddell?

— Não. — Neguei com um aceno de cabeça. — E se isso é tão perigoso, por que nós vamos subir lá?

Scrooge respirou fundo, os olhos indo para o topo.

— Nossa única chance de lutar contra a Rainha está lá em cima.

Fome corroía o meu estômago por dentro, e com cada passo na trilha, minhas pernas se tornavam mais pesadas, me fazendo tropeçar algumas vezes. Meu cérebro continuava tentando me convencer de que eu deveria estar congelando. As ramificações de névoa chicoteavam à minha volta, mas o suor escorrendo pelas costas combatia aquela suposição.

A constante falação e cantoria do Pinguim, que não se importava nem um pouco com as ameaças de Scrooge para calar sua boca, na verdade me ajudavam a manter o ritmo constante da subida.

— Posso perguntar por que a neve não é gelada aqui... ou por que nunca parece ser de dia? — Sequei uma gota de suor que escorria pela sobrancelha, minhas pernas doendo à medida que a subida se tornava mais íngreme. Scrooge nos liderava, ainda segurando o Pinguim. Dum, Dee, Lebre e eu escalávamos a fina trilha em uma fila indiana, temendo despencar pela beirada. — Por que é sempre desse jeito?

Pinguim mudou para *"Baby, It's Cold Outside"*.

— Pinguim... — Sgrooge grunhiu para ele em seu braço. — Cala a porra da boca. — Ele respirou fundo, apertando o nariz quando Pinguim passou a cantarolar. Tão alto quanto antes.

— Nós não sentimos o tempo como vocês sentem na Terra. Aqui a temperatura é sempre moderada para nós. É por isso que os elfos podem usar somente meias no Polo Norte e, ainda assim, se manterem perfeitamente aquecidos. — Scrooge continuou subindo com agilidade, em um passo acelerado e preciso, conferindo, a todo instante, as cercanias. — E para a perpétua noite, isso é coisa *dela*. Ela prefere o escuro. Isso enfatiza a falta de luzes natalinas que ela tornou ilegal. Suas lanternas vermelho-sangue são as únicas fontes de iluminação permitidas.

— Se ela odeia tanto o Natal, por que ainda está aqui?

— Ela não pode sair, Srta. Liddell. — Ele olhou para mim. — Não tem o poder para sair desse mundo.

— Mas o Rudy pode...

— Ele era o escolhido. Especial. A rena líder do Papai Noel. — Ele parou por um instante, observando a imensidão abaixo de nós. — Por isso que Blitzen e algumas das outras renas sentiam tanto ciúme dele. Ele é o único que podia sair e voltar a qualquer momento. Os outros só tinham permissão para fazer isso uma noite no ano. O poder para sair só é dado pelo *cara*. A Sra. Noel nunca foi autorizada a sair. Algo que só inflamava sua raiva.

Uma pergunta passou pela minha cabeça desde o encontro com a Sra. Noel, mas fugir para salvar nossas vidas pareceu ser uma prioridade até então.

— O que aconteceu com *ele*? Com o Papai Noel.

Dum fungou, enquanto Dee começou a chorar, quase me dizendo tudo o que precisava saber.

— Ela o torturou até ele não acreditar mais em si mesmo. — Dee soluçou mais alto com a explicação do Scrooge. — Papai Noel não existe mais. — Eu meio que adivinhei a resposta, mas ao ouvir isto, sacudi a cabeça em negação. Papai Noel não podia morrer. Ele era eterno, uma crença em nosso coração.

— Não pode ser.

— Quando chegarmos lá... — Scrooge virou para a frente novamente, apontando para a trilha e me interrompendo. — Não baixe a guarda por um segundo. Se as criaturas não nos encontrarem, a terra, com certeza, o fará.

Alguns metros à frente, a trilha íngreme e estreita nivelou. Pinheiros cresciam altos e largos, agitando seus galhos como os bonecos infláveis que sempre vemos em promoções.

— O quê? — Tropecei, de repente. — A terra?

— As árvores não são as únicas coisas vivas nesse lugar. — Ele riu às minhas costas quando chegamos no cume.

— O que isso quer dizer?

— Vocês querem morrer, gravetos? — Uma voz chiou do alto. Com um grito, dei um pulo para trás assim que um galho tentou me atingir.

Da altura de pelo menos uns oito a dez andares, olhos luminosos cor de mel me encaravam; uma boca rosnava para mim. Parecida à boca de um tubarão, adagas de madeira grunhiam e cuspiam de um buraco no tronco da árvore. Uma bola de seiva amarela gosmenta atingiu a neve perto do meu pé, o gelo escaldando e derretendo por causa da substância.

— Puta merda! — Pulei fora de alcance.

— Não deixe isso encostar em você. — Lebre acenou com a cabeça para a substância. — Essa coisa irá derreter sua pele.

— Sério? — exclamei. — Por que você não me disse antes?

— Onde está a graça nisso? — Lebre piscou para mim, correndo enquanto os galhos da árvore acertavam o chão, em uma tentativa de nos atacar como se isso fosse um jogo.

Cada pinheiro ganhou vida, como se tivessem sido acordados de um sono profundo, os olhos amarelos brilhando com raiva, os dentes estalando.

CAINDO NA LOUCURA

— Nós não seremos mais feridos sem uma boa luta, seus insetos *quadrúpedes*.

Um suspiro de horror dos pinheiros, com os olhos arregalados em choque, me disse que esse era um insulto grave.

— Nossa seiva vai transformar vocês em adubo. — O primeiro pinheiro tentou me atingir novamente, arremessando um pedaço de seiva. Rolei para o lado, escapando da gosma por um triz. Ela derreteu a neve com um estalo. — Vocês só servem como nutrientes.

Essas árvores eram bem diferentes das primeiras que encontrei. As outras pareciam animais no zoológico – domesticadas. Essas eram árvores em estado selvagem e primitivo.

Não consegui controlar o acesso de risos ao pensar num título para um programa de televisão: *As árvores enlouqueceram*.

— Srta. Liddell, rápido. Corra! — Scrooge apontou entre as árvores onde a trilha se entrelaçava por entre o denso agrupamento de pinheiros como um rio sinuoso.

— Você está de sacanagem comigo? — gritei de volta para ele, me jogando no chão quando um galho veio na minha direção, de um pinheiro atrás de mim. — Não tem outro caminho?

— O único caminho da vida é em frente. — Scrooge deu de ombros enquanto corria, fugindo dos pinheiros que tentavam agarrá-lo.

— Santa guirlanda Natalina... mesmo agora você vem com esse papo todo filosófico?

— GUIRLANDAS NATALINAS?! — O rugido da árvore fez as montanhas vibrarem, sacudindo a neve. Eu me abaixei, cobrindo os ouvidos. — Você quer usar pedaços nossos para pendurar na sua porta como um troféu? As partes dos nossos corpos não são nada além de decoração para você? Que tal se pendurarmos você como decoração?

— Coisa errada a se dizer, Srta. Liddell.

— Ah, não. Ah, não! — Pinguim gritou, olhando para mim por baixo do braço do Scrooge. — Mas, Srta. Alice, eu devo dizer que você seria um ornamento *adorável*. Eu não tenho certeza se você gostaria de ser um, mas talvez isso não seja tão fabuloso quanto parece.

— Não parece fabuloso de jeito nenhum! — gritei de volta para Pin.

— Sério? — Pin bateu uma asa no bico, como se essa fosse realmente uma ideia para se pensar. — Eu talvez goste de ser um ornamento brilhante e bonito para todos admirarem. Fazer as pessoas sorrirem.

— Acho que podemos fazer isso acontecer — Lebre respondeu, fugindo de um galho.

— Criatura de membros patéticos. — Um galho se enrolou ao meu longo cabelo, puxando minha cabeça para trás, me fazendo gritar. — Você vai se transformar em um enfeite *meu* agora.

Dor me atingiu assim que o pinheiro me puxou pelos cabelos, meus pés saindo do chão.

— Solte-a! — Scrooge gritou, se movendo na minha direção. Com um assobio, outro galho bateu no Scrooge, o jogando de volta no chão com um baque surdo. Flocos de gelo subiram em uma nuvem volumosa. Pinguim caiu do braço dele em um monte de neve.

Dee, Dum e Lebre se moveram e gritaram à minha volta, mas eu não conseguia entender nada. A ardência em cada terminação nervosa nublava meu cérebro, sangue bombeando pelos meus ouvidos. Minha boca abriu em um grito.

Olhos dourados brilhantes me encaravam quando ele me levantou até ele. Meus pés se apoiaram em um galho abaixo, aliviando um pouco a dor no couro cabeludo. Senti as lágrimas se formando nos meus olhos na mesma hora.

— Eu posso ver que você vai ser *saborosa*, brotinho.

— Já me disseram isso — respondi com ironia, arqueando as sobrancelhas de forma intencional. Olhei para baixo, vendo o quão longe do chão eu estava. *Biscoitos queimados!* De qualquer modo, eu devo morrer. — Pena que você não vai descobrir.

— Eu não concordo com isso, mudinha. — Ele contorceu a boca, se preparando para cuspir seiva em mim.

— Você está esquecendo que essa mudinha tem dedos e um polegar opositor. — Sacudi a mão. A árvore parou, sem entender o que quis dizer. — Coisas bem úteis. Eles podem fazer coisas assim. — Peguei um galho entre os dedos e o quebrei.

Crack!

O barulho de madeira se partindo ressoou pela floresta. Um grito estridente quase explodiu meus tímpanos, descendo pela coluna, mas forcei meus dedos a continuar trabalhando. Segurei cada galho que conseguia alcançar e os quebrei. Com outro grito doloroso, ele me soltou.

E meu corpo caiu. Para baixo. Para baixo. Em queda livre.

— Alice! — Meu nome na voz do Scrooge me envolveu com um estranho cobertor quando atingi o chão. Neve se enrolou à minha volta. Eu não podia dizer que a sensação era boa, mas a queda realmente não doeu como deveria ter doído. Cair mais do que oito andares deveria ter me matado.

— Alice. — Scrooge correu na minha direção, as mãos em meu rosto e os olhos azuis cheios de preocupação. — Você está bem?

— E-Eu acho que sim. — Mexi articulações e músculos, tentando ver se tudo estava funcionando. A camisa que peguei emprestada dele estava completamente aberta.

— Não me assuste desse jeito, Srta. Liddell. Já estou farto de quase vê-la morrer. — Suas mãos cálidas deslizaram pelo meu rosto; sua atenção focada mim com o olhar intenso que percorria cada centímetro do meu corpo, roubando meu fôlego.

— Sério, Scrooge? — Lebre berrou, saltando em cima de um galho que vinha em nossa direção, afastando-o do caminho. — Você escolhe as piores horas para brincar com suas bolas.

Scrooge fechou a cara, colocando as mãos nos meus pulsos e me levantou.

— Pin! — Ele correu para a ave ainda presa sob o monte de neve, só suas patas se mexendo podiam ser vistas.

O pinheiro acima de mim ainda gritava de dor, mas ordenava que as outras árvores nos atacassem.

— Matem todos! Transformem esses insetos em líquido.

— Corram! Agora! — Scrooge comandou.

Dee e Dum não hesitaram, saindo correndo, seus pequenos corpos descendo pelo caminho, chocando-se um ao outro dolorosamente, mas as árvores nunca tocaram neles.

Uma bola de substância pegajosa passou raspando no meu braço, queimando através da camisa, atingindo a pele como ácido.

— Ahhhhhhh! — Segurei o braço, sentindo o estômago embrulhar por causa da dor.

— Alice! Anda logo! — Scrooge gritou e Lebre empurrou minhas pernas, me jogando para a frente. Comecei a correr, ziguezagueando por entre os galhos que tentavam nos atingir.

— Atacar! — a primeira árvore comandou.

Uma ofensiva de seiva veio em nossa direção como bombas, mas se achei que isso era o pior, estava redondamente enganada.

Um zunido passou perto do meu ouvido e uma ardência súbita se alastrou pela parte de trás da minha perna. Isso me lembrou da vez que caí em um arbusto coberto de formigas-vermelhas – queimando e pinicando.

— Ai! — Pulei e esfreguei a perna. — Merda! Ai!

— Continue! — Scrooge acenou para a frente. Ele se encolheu quando pequenos objetos se alojaram em seu braço esticado.

— Que porra é essa? — gritei, arregalando os olhos quando vi cem ou mais atingirem o chão à minha frente.

Santos Sinos Natalinos.

Agulhas. Longas e afiadas, pulverizadas na nossa direção como flechas, perfurando minha pele. Meu corpo reagiu como se centenas de picadas de abelha tivessem infectado meu corpo inteiro.

Boom!

Neve voou pelos ares, e gosma atingiu a trilha, incinerando o gelo.

— Vai! Vai! Vai — Scrooge agarrou meu braço, Pinguim no outro, nos puxando para a frente. Mais seiva atingiu o chão próximo, nos fazendo mudar de rota. Com um grito, cobri a cabeça para me proteger dos destroços que choveram em cima da gente.

— Olha, a borda da floresta — ele chiou, desviando de outra bomba de seiva.

Olhei na direção da abertura nas árvores, parecendo tão perto, mas ao mesmo tempo tão longe. Minha pele formigava com dormência, e outras partes queimavam com os dardos envenenados das árvores.

Parecendo uma zona de guerra, nós nos movemos por entre a descarga de bombas de seiva que derretiam a pele e a versão delas de balas disparadas. Alguns gritos próximos a mim, Scrooge e do Lebre, sugeriam que nós não escaparíamos ilesos. Ou não escaparíamos.

Scrooge apressou o passo, me empurrando na frente dele. Meus pés cruzaram o limite final de pinheiros. Os galhos tentaram me agarrar, e vários ramos arranharam minhas pernas. Adrenalina bombeava pelas veias quando passei correndo por eles, quebrando o que encontrava pelo caminho.

Lebre, Dee e Dum já estavam desacelerando adiante, cientes de que estavam distantes do perigo imediato. Ensanguentados, cobertos de queimaduras e inúmeras agulhas, eles mais se pareciam a porcos-espinho.

— Srta. Alice! — Dee acenou para eu me apressar.

Olhei para o Scrooge, feliz por vê-lo somente a alguns metros atrás de mim, saindo da floresta e com Pin sacudindo os braços, vitorioso.

Bom. Eu não queria repetir o fiasco com o azevinho.

— Nós conseguimos! Nós sobrevivemos. — As palavras mal passaram pelos meus lábios quando, novamente, eu me senti despencar, dando um grito inaudível.

CAINDO NA LOUCURA

Descendo. Descendo. Só que dessa vez, eu não estava em meio à escuridão.

Um branco ofuscante me rodeava. Sufocando a luz. Ofegando por ar, partículas de gelo rasgavam minha garganta, enchendo meus pulmões, me puxando mais ainda para baixo. Pânico me fazia respirar com dificuldade. Inalei mais neve ainda quando uma dor lancinante atingiu meus pulmões e cabeça. Meu cérebro nublou, arrancando pensamentos coerentes da minha cabeça.

Alice, salve-se. Você sabe como. Eu jurava que podia escutar a voz do Rudy na minha cabeça, mas desci ainda mais, até que a leveza se transformou nos braços confortáveis da escuridão.

CAPÍTULO 19

— Alice? — Uma voz grossa me alcançou no nada, me puxando de volta.

Tons rosas, roxos, azuis e verdes rodopiavam e colidiam, parecendo uma aurora boreal, reduzindo a escuridão à minha volta.

— Acorde, Alice... Você não pode morrer agora.

— Deixe-me tentar. Eu quero tentar isso. — Outra voz se manifestou com entusiasmo.

Eu queria despertar, mas parte de mim também queria permanecer no nada, continuar o melhor cochilo do mundo. No entanto, similar a um escorregador, uma vez que você começa a descer, não há como impedir a gravidade de te levar até o final.

— Dum, cai fora. Não era isso que eu estava fazendo. Pare de tentar beijá-la.

Minhas pálpebras se abriram, imagens borradas me obrigando a piscar várias vezes para compreender o que era aquilo quase colado na minha cara.

Lábios franzidos estavam a centímetros dos meus.

— Ahhhhh! — gritei, minha voz rouca de dor, meu coração martelando enquanto eu tentava me afastar da proximidade do Dum. Ele se inclinou sobre mim, os olhos fechados, boca franzida, como se estivesse prestes a despertar uma princesa adormecida com um beijo.

— Dum! — Scrooge o agarrou pela jaqueta, o puxando para trás com um rosnado feroz. — Coloque os seus lábios perto dela novamente, e eu vou te transformar em um pudim de figo.

— Mas você fez isso. — Ele apontou para o Scrooge, confuso.

— Eu estava salvando a vida dela, *Dum-Puck* — ele enfatizou o nome do Dum, sugerindo que também entendia a engraçada, porém, infortuna ironia do nome.

— Meu beijo poderia ter salvado a vida dela — Dum bufou, os lábios formando um beicinho.

— Não. Sinceramente, não teria. — Scrooge passou a mão pelo cabelo, como se ainda estivesse procurando o chapéu perdido.

— Eu queria beijá-la também — Dum murmurou, indo embora, chutando o chão.

Meu olhar foi para o Scrooge que estava agachado do meu lado. Não pude impedir os meus olhos de descerem, traçando seus deliciosos lábios, ciente de que eles estiveram nos meus e eu não tinha nenhuma lembrança. Merda. Isso não era justo. Era provavelmente a única chance que eu teria, e eu nem estava acordada para isso.

Alice, ele não estava te beijando, sua idiota. Ele estava salvando sua vida.

Sacudi a cabeça, pigarreando e desviando o olhar. Meus pulmões ainda ardiam e eu estava com dificuldades para respirar fundo.

— O que aconteceu? — Olhei para todo mundo. Dee estava em pé ao lado do Scrooge, Lebre do outro lado, largado em um monte de neve. Pinguim estava sentado aos meus pés, mas, novamente, perdido em seu próprio mundo, cantando "Vi Mamãe Beijar Papai Noel" enquanto jogava neve para o alto e deixava cair em cima de si mesmo.

— Um ENL. — Scrooge esfregou o pescoço, olhando para todos os lugares, menos para mim. — Um Escoador de Neve Liquefeita.

— Uma armadilha de neve. — Lebre tirava as agulhas ainda em seu pelo.

— O quê? — Agarrei as duas partes da camisa quando me sentei.

— É parecido com areia movediça. — Scrooge olhou para suas botas gastas. — Eles estão por todo canto nessa montanha e, provavelmente, você não vai vê-los até que seja tarde demais.

— Novamente. — Entrecerrei os dentes. — Algo que você deveria ter me contado.

As brilhantes íris azuis do Scrooge encontraram as minhas.

— Se eu te contasse *metade* do que tem aqui em cima, você não teria vindo.

— Eu não tenho muita escolha, tenho? Estou meio que presa com vocês, querendo ou não. — Seu olhar era tão intenso que acelerou meu coração. Umedeci os lábios, incapaz de desviar o olhar. — Não me deixe vulnerável. Daqui pra frente, me conte *tudo*.

— Ou o quê, Srta. Liddell? — Um sorriso passou pelos seus lábios — Como você disse, você está presa conosco, querendo ou não.

Merda. Ele me pegou. Eu não tinha para onde ir. Sem nem perceber, eu me juntei a eles assim que os conheci.

— Porque em algum lugar do seu coração preto e frio, você sabe que é melhor contar comigo como parte ativa do time ao invés de um ponto fraco.

— Parte do time? — Scrooge levantou a sobrancelha, esfregando os lábios. A sua boca era uma séria distração. Com certeza, ele sabia disso e usava esse artifício como arma contra mulheres como eu. — Eu não acho que você está pronta para isso.

— Vocês estão presos comigo tanto quanto estou presa com vocês. — Eu cheguei mais perto, seu pomo-de-adão agitando-se com a intrusão súbita do seu espaço. — E você subestima se estou pronta ou do que sou capaz de fazer.

— Eu não falei nada sobre o que você é *capaz* de fazer — ele disse, de um jeito sedutor, invadindo meu espaço. Nós dois estávamos em um embate de um jogo de xadrez por domínio.

— Porra! Se enfia logo dentro da meia dela! — Lebre exclamou, com os braços erguidos. — Monte no trenó dele, pode ser? Tira a gente dessa miséria.

Meu rosto pareceu pegar fogo, e segurei a camisa mais apertado.

Scrooge se afastou rapidamente, encarando o Lebre e murmurando alguma coisa antes de pigarrear.

— Vamos continuar.

Lebre pulou em um pé, indo para onde Dum estava tomando a liderança, com Scrooge logo atrás deles.

Dee esticou a mão para mim. Ela estava com um suave sorriso no rosto ao me ajudar a levantar.

— O quê?

— Ah, nada. — Ela sacudiu a cabeça, sem soltar a minha mão enquanto seguíamos o nosso grupo. — Ele nunca agiu dessa forma. Bom, pelo menos desde que eu o conheço.

— De que forma?

— Como se tivesse sido esmagado pelo trenó do Papai Noel, fervido em pudim, e com um pirulito de bengala enfiado nele.

— Ahn. — Pausei. — Isso não parece bom.

Ela riu, sem me responder.

— Há quanto tempo você o conhece?

— Desde que ele nos capturou. — Dee sacudiu meu braço para frente e para trás, como uma menininha faria.

— O quê? — Virei a cabeça de supetão.

— Ele ainda estava trabalhando para a Rainha. Ele supervisionava a captura de todos que ainda eram leais a *ele*. — Ela evitava dizer Noel. Por

CAINDO NA LOUCURA

137

mágoa, ou inerente pavor agora, eu não sabia. — Ele era terrivelmente bom em ser o valete dela. Ele e Blitzen eram implacáveis e temidos em todo lugar. Mas ele me disse mais tarde que odiava cada segundo disso. Ele meio que se desligou internamente.

Scrooge e Blitzen eram parceiros? Rastreando e localizando pessoas?

— Eles me capturaram com o Dum. Blitzen sabia quem eu era e nos torturou... extensivamente. — A mão dela apertou a minha, de um jeito inconsciente, como se estivesse lutando com as memórias a inundando, os olhos brilhando com lágrimas. — Scrooge não gostou disso. Mandou-o parar. Eles começaram a brigar, mas o Scrooge possuía mais poder que o Blitzen e o obrigou a interromper a tortura antes que nos matasse. Blitzen ficou *furioso*. Naquela noite, Scrooge libertou um grupo nosso, incluindo o Lebre. Ele sabia que tudo mudaria a partir dali. Que ele seria caçado como nós, mas ele não podia mais ser o general dela.

— A esposa e filho dele? — perguntei, baixinho.

— Ele tentou escondê-los, tentou manter todos nós a salvo dela. — Ela gesticulou para o grupo adiante. — Mas, um tempo depois, o Blitzen nos encontrou e nos levou de volta para a Rainha.

Onde a esposa e filho foram mortos na frente dele, seus amigos torturados. *Santa História do Dickens...* o que ele passou. O que todos eles sofreram.

— Belle, a esposa dele, era tão meiga e amável, mas sempre triste. Quieta. Tímida. Não queria enfrentar nada ruim ou desconfortável. Nem um pouco parecida com você. — Dee sorriu suavemente para mim, me fazendo rir. É, eu não era nada dessas coisas. — Provavelmente por causa do pequeno Timmy. Ele era um menino tão meiguinho. Nasceu doente e pequeno... nunca cresceu muito. Scrooge pensou que trabalhar para a Rainha salvaria a vida de Timmy por dar acesso a médicos e magia.

— Timmy? — Estaquei em meus passos na mesma hora e soltei a mão dela, sentindo um arrepio frio passando pelo meu corpo. Não. Não, não seria possível.

Scrooge. Pequeno Tim... Belle. Eu tinha quase certeza de que esse era o nome da mulher com quem ele nunca se casou no livro.

Mas aqui, ele havia se casado. Pequeno Tim era seu filho. E os dois morreram nessa história.

— Você está bem? — O lado com cicatrizes do rosto da Dee era assustador na sombra do luar.

— Sim. — Acenei com a cabeça, segurando a mão dela novamente e seguindo os rapazes. — Eu sinto muito por vocês. Sua história.

Ela deu de ombros, olhando para seus sapatos de elfo gastos.

— O que o Scrooge passou... Não dá nem para imaginar. Ele ainda se culpa... até perdeu a vontade de viver. Tudo que posso fazer é continuar em frente, viver no presente, não no passado. E eles são a minha família. Eles são tudo para mim. Eu me sinto sortuda por tê-los.

— Você é um elfo maravilhoso, Dee-Puck. — Apertei sua mão com mais força, olhando para ela. — Estou honrada em te conhecer.

Como se eu tivesse acendido luzes de Natal, o rosto dela brilhou de orgulho.

— Eu espero que você fique. Eu adoro ter outra garota por aqui. E você é maravilhosa. — Ela se aconchegou ainda mais perto de mim. — Eu vou te contar um segredo: acho que você é perfeita para ele. Como eu disse, você dá vida a ele, até mais do que a Belle.

— Você quer dizer raiva. — Eu ri.

— Açúcar e tempero. É tudo maneiro. — Ela piscou. — Me diz que você vai ficar? Você é uma de nós agora, Srta. Alice.

Senti o nó na garganta na mesma hora. Encarei à frente, sem saber como responder. Minha terra, minha vida, minha família, estavam em outro mundo. Essa não era a minha casa. Eu não podia ficar aqui, mas a ideia de abandonar esse grupo que, tecnicamente, não conhecia há muito tempo, parecia como se estivessem arrancando meu coração. Eles se tornaram uma parte tão grande de mim. Enraizados dentro da minha alma como família.

Sobre o ombro do Scrooge, Pin se enrolou no pescoço dele, cantarolando uma música que só agora eu identificava.

— *Estarei em casa para o Natal.* — Os olhos pretos do Pinguim encontraram os meus a cada verso. — *Nem que seja... nos meus sonhos...*

Peru recheado. Era como se ele soubesse minha agitação interior. Eu só não sabia em que casa eu estaria e qual estaria nos meus sonhos.

— Rabanadas, biscoitos amanteigados, chocolate quente, biscoito de gengibre, bolo de Natal...

— Dum! Cale a boca antes que eu decida transformar você em uma dessas opções! — Lebre gritou para o amigo.

Meu estômago roncou, querendo só uma opção dessas na lista. Nós estávamos andando por horas, e o topo da montanha ainda não havia aparecido.

— Me desculpa... eu estou com fome. — Dum e Dee agora andavam juntos. A cada dois passos, eles batiam um no outro, como se isso trouxesse conforto.

— Sim, nós todos estamos. E você não está ajudando — Lebre falou, com rispidez. Os humores estavam se alterando, e cada vez que eu perguntava se íamos parar pela noite, zombavam de mim.

— Aqui? Nesse lugar? — Scrooge me olhava como se eu fosse uma idiota. — Contrário à crença popular, eu não tenho mais tendências suicidas. Nós continuamos.

Nós não passamos por mais nenhum pinheiro, e Scrooge estava na dianteira com um galho seco, batendo no chão para achar qualquer ENL. Até agora, o fato de nos mantermos na trilha deixou o percurso mais seguro, ao invés de correr o risco de deparar com armadilhas inadvertidamente.

Outra coisa que percebi, é que por mais que esse local estivesse coberto de neve, não havia realmente nevado nenhuma vez desde que cheguei aqui. Era sempre assim, ou essa era outra coisa que a Rainha havia mudado?

Todo mundo ficou em silêncio por um tempo, os únicos sons audíveis eram os da nossa respiração e nossos pés esmagando a neve, antes de Dum começar novamente, em um tom suplicante:

— Manjar, pudim, caramelo, torta de abóbora, palha italiana, chocolate com menta, gotas de chocolate...

— Dum! — Scrooge gritou por sobre o ombro, encarando o elfo com tanta raiva que quase me postei diante dele.

— Vinho quente, quentão, gemada... — Encarei Scrooge de volta, enfatizando cada umas das minhas palavras.

— Não está ajudando, Srta. Liddell — ele resmungou, se virando de frente para nós.

— Chocolate quente batizado, licor de café, sangria... — Engraçado como todas as minhas opções eram bebidas alcoólicas.

— Você está dificultando para si mesma. — Scrooge sacudiu a cabeça, subindo uma colina.

— E fazendo minha boca encher d'água, meu estômago roncar e me deixando puto. — Eu jurava que os olhos do Lebre ficaram vermelhos, provavelmente minha imaginação, mas seu mau humor não era uma piada. O coelho precisava se alimentar. Logo.

— Eu estou tão faminta. — Dee se apoiou no irmão. Eu não podia acreditar que ainda estávamos andando depois do que passamos. Eu não podia lembrar da última vez que comi. Mas nesse momento eu já ficaria satisfeita com a bebida que me deram ontem à noite.

— Infelizmente, tudo que cresce aqui nos mataria, caso comêssemos... então, por favor, todo mundo, parem de falar de comida... e álcool. — Ele apontou para mim, vendo minha boca abrir. Porra. Scrooge estava mal-humorado pra cacete também.

— O que é esse barulho? — Pin levantou a cabeça do ombro do Scrooge, virando a cabeça.

Lebre virou as orelhas para o outro lado, franzindo a testa.

— Eu não ouço nada. Provavelmente são as vozes falando com você novamente.

— Você não está escutando? — Ele virou a cabeça para o lado contrário.

— Pin, você tem a pior audição de todos nós. — Lebre fez uma careta. — Você é quase surdo. Sou eu que consigo escutar um camundongo a quilômetros de distância.

— Eu escuto... rosnados.

— Provavelmente do meu estômago — Lebre respondeu, indo para a frente.

— Não. — Pin virou a cabeça, olhando para o desfiladeiro de onde estávamos saindo. — Não... eu acho que são eles fazendo o barulho. — Ele calmamente apontou para o lado nevado.

Um pavor súbito e gélido me atingiu, espalhando terror pelo meu corpo. Não. Por favor, me digam que não vi o que acho que vi. Pisquei, esperando estar errada, mas eles só se multiplicaram pela colina.

— Caraaaalhooo — Lebre murmurou, dando um passo para trás. — A única coisa com quem eu esperava não cruzar pelo caminho era com esses bastardos verdes.

— Filmes do Espíritos dos Natais Passados — resmunguei, rouca, ainda sentindo dor na garganta por ter aspirado a neve. Eu não sei porque duvidei, já que tudo ali era possível, mas ainda me peguei pensando, talvez esperando que estivesse apenas tendo uma alucinação.

Um estava de pé em uma pedra coberta de neve, se declarando o líder. Seu corpo verde e cheio de escamas, como um lagarto, e moicano branco sobre a cabeça confirmaram meus piores medos.

— Porra — sussurrei quando a verdade me atingiu. — *Gremlins...*

CAINDO NA LOUCURA

CAPÍTULO 20

Puxando Dee e Dum comigo, cheguei mais perto do Scrooge, ofegando de tanto pavor.

— Stripe. — Meu olhar travou no líder. Ele se destacava por causa do moicano, mas essa era a única diferença entre ele e o resto. Com mais ou menos um metro de altura, pele reptiliana, orelhas iguais às de um morcego, garras e dentes afiados. Pequenos, mas muitos, e que poderiam facilmente nos dominar.

— Você sabe o que essas coisas são? — Scrooge se virou para olhar para mim. — Você sabe o nome dele?

— Sim, claro. Você não? — Scrooge parecia conhecer mais sobre lendas natalinas do que o restante do grupo. Eles as viviam como verdades, enquanto nós as conhecíamos como fábulas anuais, filmes e músicas.

— Não. — Ele se moveu no mesmo lugar. — Eles apareceram aqui há um tempo. Mas faz bastante tempo que estive... — Ele pigarreou, parando no meio da frase. — Bem, seja lá o que você sabe a respeito deles na Terra, garanto que aqui, são ainda piores.

— Ah, ótimo, eles eram criaturas tão amáveis no filme. — Levei um susto quando o Stripe uivou. Os outros acompanharam, envolvendo-nos naquele som arrepiante.

— Eles vão nos comer. — As orelhas do Lebre se moviam em diferentes direções. Eu não tinha dúvidas, *hasenpfeffer* estava no menu deles, junto com pinguim. E essa versão talvez gostasse de elfo e humano. Nós éramos provavelmente as únicas coisas comestíveis aqui em cima.

— Você tem alguma sabedoria útil nesse assunto? — Scrooge, pela primeira vez, parecia apavorado enquanto olhava para sua família ao redor.

Eu estava nervosa, e não conseguia pensar direito. Já havia se passado muito tempo desde que assisti ao filme.

— Eles não podem se molhar. Isso faz com que se multipliquem.

— Esse é o tipo de coisa sensacional de ouvir, quando estamos cercados por neve. *Água congelada.* — Scrooge gesticulou para o pó branco.

— Nunca os alimente depois de meia-noite.

— Eu não estava planejando isso, mas aqui é sempre meia-noite e eles estão nos encarando como se fôssemos o jantar deles...

— Ah! — Estalei os dedos. — Luz forte os fere. Luz do sol pode *matá-los.*

— E de volta para a meia-noite permanente aqui. Não tem luz do sol. *Santo Natal!* A gente não pode ter uma folga?

Stripe gritou novamente, o grupo segurando gravetos como porretes, batendo-os contra o chão e parecendo prontos para atacar a qualquer momento.

— Além disso, não há luz e nenhum jeito de acender um fogo. Terceiro *strike* de três, Srta. Liddell. Eu pedi por algo *útil.*

— Eu não sei nada mais. Além de moê-los em um liquidificador, explodi-los enquanto assistem *Branca de Neve*, ou cortar a cabeça deles fora. — Pânico se alojou no meu peito, à medida que recuávamos enquanto eles vinham na nossa direção. — Isso é tudo que me lembro.

— Então nós estamos realmente fodidos. — Ele acariciou a cabeça do Pin, e havia tristeza em suas palavras. — Minhas desculpas, meu amigo, eu odeio ter que fazer isso, mas preciso te colocar no chão para lutar. — Ele colocou a ave no chão. Percebi o quão vulnerável ele era por ser incapaz de voar. Ele era tão meigo e inocente. Um excelente alvo para matar e comer.

— Sem problemas. — Pin gesticulou para um amontoado de pedras. — Eu me esconderei ali até você estar pronto. Eu ainda acho que o Lebre deveria cozinhar para eles. Eles iriam amar o purê de batatas com molho que ele faz. — Pinguim foi até as pedras, cantarolando *"Last Christmas"*, do *Wham.*

— Mal sabe ele, mas já fiz um purê com molho nas minhas calças — Lebre murmurou.

— Dee, Dum, Lebre? — Scrooge proferiu o nome deles calmamente, mas havia uma indagação profunda ali. Ele observava enquanto o Stripe apontava seu graveto para nós, falando em seu incompreensível dialeto *Gremlin.* As centenas de criaturas uivaram, rastejando em nossa direção.

— Quantas vezes temos que te dizer, Chefe? Nós estamos com você até o fim. — Dee segurou a mão dele, seu lado suave virado para ele como uma criança crédula. O lado que eu via era a lutadora... a guerreira.

— Até o final. — Dum esbarrou em sua irmã, olhando para o Scrooge com implacável lealdade.

CAINDO NA LOUCURA

Nós estávamos prestes a ser dilacerados por lagartos verdes crescidos, mas tudo o que eu podia sentir era amor. A conexão deles, a devoção mútua, independente da probabilidade. A imensa devoção brilhava como luzes de Natal. Isso fez com que eu sentisse uma pontinha de inveja por não fazer parte da família deles. Não importa o que Dee tenha dito antes, eu não pertencia a este lugar. Esse não era o meu mundo.

— É, bastardo. Nós temos que fazer isso toda vez que estamos prestes a morrer? — Lebre revirou os olhos, mas eu sabia o quanto ele amava esse grupo.

— Dessa vez parece que vai colar. — Scrooge olhou para mim. — Srta. Liddell?

— Como se eu tivesse escolha. Mas ficarei honrada em lutar ao lado de vocês. — Fiz questão de olhar para cada um, enquanto meu estômago revirava com o pensamento. Eu não queria morrer. Não desse jeito, mas a vida não nos deu escolha.

Com uma última olhada para cada um deles, nós nos espalhamos, ocupando todos os ângulos de onde as criaturas estavam vindo. Eles podiam ser pequenos, mas como havia muitos, com aquelas bocas cheias de dentes afiados e dedos com garras, parecia que o fim era inevitável.

De todos os filmes natalinos do mundo, eu nunca, nunca, em meus mais loucos sonhos, imaginaria que um bando de *gremlins* me mataria. Aqueles bastardos verdes do cacete precisavam finalmente acabar. Nada mais de continuações cinematográficas.

Eles se moveram rapidamente para nós – como se fossem milhares de ratos correndo em um navio naufragando –, gritando e rosnando, sacudindo os gravetos.

— Atacar! — Dum gritou, se jogando em uma multidão de criaturas.

Meus braços e pernas voavam para todo lado à medida que eu batia, chutava e atingia qualquer coisa, agarrando as armas de madeira que tentavam usar para me atingir. Como eles seguravam os gravetos com firmeza, eu os puxava junto e arremessava os diabinhos verdes pelo lado da montanha com um grito. Ao meu redor, eu podia ouvir a comoção, gritos e brados de ambos os lados. Nós *já* estávamos perdendo.

Girando o galho como um taco de golfe em um grupo, sangue e uivos se espalharam pela neve branca, me lembrando das manchas sangrentas, como uma pintura modernista, no rinque de hóquei da Rainha. O contraste de cores formava uma ilustração impressionante. Existia uma linha tão tênue entre pureza e violência.

— Alice, atrás de você! — Escutei Scrooge gritar.

Eu me virei na mesma hora que um *gremlin* armado com um graveto pontiagudo pulou na minha direção. Eu me atirei no chão, esmagando uma camada de pequenos corpos que se contorceram abaixo do meu. O portador daquela lança tombou ao meu lado.

— Morra, seu abacate escamoso! — Enfiei o cotovelo nos que estavam embaixo de mim e roubei a lança, ficando de pé em um pulo. Eu o atingi, enfiando a ponta afiada nele e empalando os que estavam por baixo, até que todos pararam de gritar. Arrancando a lança, eu me virei e vi mais criaturas correndo na minha direção.

Ser tão mais alta era útil na hora de agarrar os pequenos corpos para arremessá-los o mais longe possível, mas eles chegavam perto de mim facilmente, mordendo meus tornozelos e tentando escalar meu corpo, eliminando minha vantagem.

— Ahhhhhhh! — Minha pele arrepiou quando outros tantos pularam em cima de mim; dentes se cravando nos meus músculos. — Merda! — gritei, arrancando o que estava no meu braço e o jogando do alto da montanha. Mais e mais saltavam em minha direção enquanto dúzias se moviam ao redor dos meus pés. Eu os chutava para longe, mas muitos me mordiam e arranhavam.

Sangue escorria pela minha pele, os gritos de meus amigos arrancando um gemido dos meus lábios. Medo e horror martelavam meu coração. Merda... nós realmente íamos morrer.

Por favor. Por favor. Qualquer fada madrinha Natalina que tenho... nós precisamos de ajuda.

Eu queria ver um copo de chocolate quente ou um biscoito, mandando que eu os ingerisse, me dando aquela bolha de energia para manter as criaturas à distância, mas olhando em volta, não vi nada.

Sério? Logo agora eu tinha que ser ignorada?

Um grito saiu dos meus lábios quando um *gremlin* mordeu o meu quadril. Raiva e terror bombeavam meu sangue, me deixando tão selvagem quanto eles. Agarrando a criatura, virei seu pescoço até sentir a coluna estalar sob a minha palma. Jogando o corpo para o lado, rosnei de volta para o grupo que me atacava. Eu me arremessei neles como uma maníaca.

Pop. Pop.

Colunas estalaram, parecendo pipoca, mas eu matava um e apareciam mais quatro. Energia e sangue estavam sendo drenados de mim, minhas pernas tremendo.

— Até o fim! — Escutei a Dee gritar quando uma dúzia pulou sobre ela, a jogando no chão. Seu corpo desapareceu sob as peles escamosas, seus gritos sumindo embaixo da pilha.

Ah. Deus. Não.

Dei um passo para ajudá-la, meus dedos do pé esbarrando em algo. Piscando entre o suor e lágrimas, esperança subiu pela garganta. Olhei para baixo e vi seis frascos na neve aos meus pés.

"Beba-me" estava escrito em cada um.

Um soluço de alívio saiu do meu peito. Tremendo, peguei os tubinhos da neve misturada em branco e vermelho. Isso nunca durava muito, mas eu esperava que nos daria tempo para correr.

Tirando a rolha, bebi o líquido, o gosto doce explodindo na minha língua e, instantaneamente, se espalhando pelo corpo, aquecendo minhas veias.

Um brilho começou a cintilar sobre a minha pele quando um *gremlin* pulou na minha direção, dentes de fora e prontos para penetrar minha pele.

Bam! A criatura atingiu o escudo que se formou ao meu redor e gritou de agonia. Minha pele começou a brilhar com mais intensidade, fazendo com que eles rosnassem e saíssem de perto de mim.

Ah, meu Deus... era verdade, minha pele brilhava quando eu ingeria o líquido do frasco. Os *gremlins* odiavam luz.

Usando cada fiapo de energia que eu ainda tinha, passei atropelando a multidão de monstros que se afastava, desesperada.

— Scrooge! — gritei. A cabeça dele virou na minha direção. Sangue escorria de dúzias de machucados cobrindo seu rosto, tronco e braços, os ombros curvados para a frente, e o corpo cambaleando de fadiga. — Beba isso! — Arremessei o frasco, meu coração quase parando no peito enquanto o tubo voava até ele. Nem ao menos esperei para ver se ele o pegou antes de chamar meus outros amigos. — Dum! Lebre! — gritei, jogando um frasco para cada.

Como um exército de formigas devorando um pedaço de comida, Dee estava coberta, não me permitindo ver o que restava dela. Os *gremlins* atacavam o corpo dela com dentes e garras manchados de sangue.

— Nãooooo... — Terror profundo e angústia me levaram na direção dela, arrancando as camadas e camadas de monstros que a cobriam. — Dee? Por favor... não... — berrei e as criaturas fugiram da luz cintilante que me rodeava. Avistei um pedaço de pele pálida assim que eles se afastaram.

Tudo o que eu via era sangue cobrindo o seu rosto e corpo cheio de cicatrizes, um emaranhado de cabelo castanho manchado de um escarlate pegajoso.

— Dee? — Eu a coloquei no meu colo, seu corpo mole e inerte. — Não! Dee! Acorde! Você precisa beber isso. — Minhas mãos tremiam tanto que eu não conseguia abrir o frasco.

— Dee! — Escutei Dum gritar por sua irmã e uma mão apareceu, me ajudando a abrir o frasco. Scrooge, Lebre e Dum mancaram na nossa direção. Todos nós, juntos, formávamos uma luz ainda mais brilhante.

— Dê isso para o Pin. — Empurrei o último frasco para o Lebre, que nem sequer hesitou. Sua pata agarrou o frasco, e ele pulou em volta de mim.

— Dee, querida. — Coloquei o tubo contra os lábios dela, derramando o suficiente para que não se engasgasse. Eu nem podia pensar na possibilidade de ela não acordar mais. Esse treco me ajudou a sobreviver ao veneno... Talvez também a ajudasse...

— Dee, acorde. Por favor. — Dum estava aos prantos ao meu lado, o corpo tremendo com o pavor e seu próprio sangramento. Pressionou a orelha ferida no peito da irmã e sussurrou: — Eu não posso viver sem você. Por favor. Não me deixe.

Afastando o cabelo gosmento de seu rosto, tentei achar a pulsação, mas não sentia nada além do meu próprio corpo tremendo. *Por favor. Não... não a leve.* Meus olhos se encheram de lágrimas de tristeza e raiva. Por que não desejei uma ajuda antes? Ela estaria bem.

Os *gremlins* estavam por perto, rosnando e sibilando, querendo acabar com a gente, tentando chegar o mais perto possível. Juntos, nós ainda brilhávamos com intensidade, mas eu podia ver que o meu brilho estava começando a diminuir.

— Isso não vai durar muito. — Eu me engasguei com cada palavra. — Nós precisamos ir.

Scrooge acenou com a cabeça, se levantando fracamente.

— Deixe-a comigo. — Scrooge se inclinou, a levantando do meu colo, os braços flácidos. Sem vida. Ninguém teria coragem de sugerir que ela não estava mais entre nós. — Você consegue pegar o Pin? — perguntou enquanto Dum seguia Scrooge como se ele tivesse seu mundo nas mãos, Lebre cambaleando atrás.

— Sim. — Foram necessárias algumas tentativas até que eu consegui ficar em pé, exausta, a energia pulsante falhando ao meu redor. Merda. Nós não tínhamos muito tempo.

CAINDO NA LOUCURA

Por favor, nós precisamos de mais tempo. Por favor, nos ajude, gritei em minha cabeça, desejando por mais da substância mágica.

Nada.

Um barulho de música me fez virar na direção do brilhante Pinguim, que estava sentado e entocado perto das pedras, cantando uma música do *Charles Brown, "Please Come Home For Christmas."*

— *Meu bebê se foi, eu não tenho amigos. Para me saudar mais uma vez.* — Pin abria e fechava as pernas curtas como se estivesse fazendo anjos de neve com ela, algo agarrado em cada asa.

— Caramba, Pin — murmurei, mancando até ele. Eu estava começando a realmente entender que o Pinguim era "especial". Inocente, puro e completamente alheio à crueldade do mundo.

A energia à minha volta falhou, minha energia já quase no fim. Os *gremlins* mordiscavam meus calcanhares, já que a luz fraca não os incomodava mais. Qual era o objetivo se não pudéssemos fugir? Se fôssemos morrer de qualquer maneira?

Precisei de todas as minhas forças para não cair em um choro desesperado. Nós não tínhamos forças para lutar ou fugir deles. *Por favor. Por favor, nos ajude*, implorei novamente.

— Pin, nós temos que i... — Tropecei ao me aproximar dele, avistando os objetos que ele segurava.

Ele curvou a cabeça para mim, rindo enquanto batia os dois itens com suas asas, chutando com as patas.

— Tão bonito!

Faíscas dançavam nas pedras como fogos de artifício.

— *Santas meias Natalinas.* — Ele segurava dois pedaços de pedra. Pedra produzia fogo. Fogo era igual a luz. — Onde você conseguiu isso?

— Eu não sei, Srta. Alice. Eles só apareceram aqui. *Puft!* — Ele deu de ombros, ele bateu as pedras novamente, mais luz aparecendo.

Ele estava criando luz, enquanto a minha estava acabando.

— Pinguim! Você é um gênio. — Corri até ele, fazendo os *gremlins* grunhirem freneticamente. — Scrooge! — gritei, e os rapazes se viraram para mim. — Peguem todos os gravetos que conseguirem.

Abaixei-me na frente do Pin, e estendi as mãos.

— Posso brincar com elas?

— Claro, Srta. Alice. Elas são divertidas. Cintilantes! — Seus olhos pretos brilharam quando ele bateu as pedras novamente antes de me entregá-las.

Faíscas eram um bom começo, mas nós precisávamos de combustível para alimentá-las.

— Porra — gritei, frustrada, quando os *gremlins* chegaram mais perto.

— Se mandem daqui, seus morcego-lagartos! — Lebre usou um dos vários gravetos que pegou dos *gremlins*, batendo no que teve coragem para me tocar. — Aqui. — Ele jogou um punhado de galhos com pontas afiadas aos meus pés, mantendo um.

— Algum de vocês por acaso teria fluído de isqueiro? Folhas secas? — Desespero cobria minha voz, meu olhar tentando não se concentrar no corpo inerte nos braços do Scrooge.

— Desculpa, acabou — Lebre zombou, batendo em mais alguns monstros.

— O que ele está segurando? — Scrooge apontou com o queixo para o Pin.

Virando de volta para o Pinguim, meus olhos se focaram em suas asas quando ele bateu em alguma coisa, como se fosse um gato brincando com um ratinho.

Um suspiro surpreso ficou preso na garganta, quando vi do que se tratava. *"Use-me"* estava escrito nele.

— Obrigada, fada-madrinha Natalina! — gritei, pegando o item e abrindo a tampa. O cheiro de álcool puro fez com meu nariz ardesse. Meu coração batia com esperança mais uma vez, mas ao abrir a garrafa, foi como se a outra magia que nos protegia tivesse sumido, e a luz que nos cercava se apagou. O escudo brilhante se foi.

Stripe uivou, apontando para nós, e o bando mais uma vez veio em nossa direção, rangendo os dentes deformados e ensanguentados.

— Faça o que precisa fazer, Srta. Liddell — Scrooge ordenou quando ele colocou a Dee perto do Pin. Dum se enrolou ao lado dela, parecendo vazio e perdido. Scrooge pulou para nos proteger do assalto das criaturas mortíferas enquanto eu trabalhava.

Juntando as lanças de madeira, joguei e esfreguei álcool nas pontas, com movimentos bruscos e apressados. A pressão para trabalhar rápido quase me sufocou. Eu me desliguei da luta, do som de pele sendo mastigada e de gritos de dor.

Tremendo, bati as pedras repetidamente, as pequenas faíscas sem pegar no combustível.

— Caralho! — esbravejei. — Tudo que eu preciso é de uma.

CAINDO NA LOUCURA

Pareceu demorar uma eternidade antes de uma chama ganhar vida, crepitando à medida que lambia o álcool, querendo mais.

Whoosh. Uma chama surgiu na ponta da lança.

— Fogo! — gritei, pulando de euforia, usando aquela para acender as outras.

Gritos de horror percorreram o grupo de criaturas enquanto eles recuavam para longe da luz.

— O que quer que seja isso que você fez, Srta. Liddell, me lembre de agradecê-la mais tarde. — Scrooge segurou uma tocha, seu maxilar cerrado, mas os olhos acenderam com intensidade, refletindo as chamas.

Eu podia somente acenar com a cabeça, incapaz de manter seu olhar.

— Porra. Eu gosto muito, muito de você — Lebre me disse assim que pegou uma tocha. Ele se virou, perseguindo alguns dos *gremlins*. — O que vocês acham disso, seus ursinhos de jujuba feiosos? Venham brincar comigo agora.

— Lebre! — Scrooge chamou seu amigo. — Nós precisamos ir enquanto podemos.

— Mas eles vão só esperar o fogo acabar e nos seguir. — Lebre cambaleou de volta. Adrenalina ainda nos deixava em negação do quão machucados estávamos. — Não é como se pudéssemos esperar até a manhã seguinte... quando é seguro.

Merda. Ele estava certo.

Scrooge grunhiu, esfregando a cabeça.

— *"Castanhas assadas em fogo aberto. Jack Frost beliscando o seu nariz"*. — Pin bateu no seu bico, se inclinando de um lado para o outro no ritmo da sua música.

— Caracas... Eu acho que o Pin é mais inteligente que todos nós juntos — murmurei, me virando e ciente de que Scrooge me escutou. Todos nós estávamos zerados de tudo, até de pensamentos racionais. Felizmente, a música do Pinguim me bateu com um grande *dã*, trazendo algum senso de volta.

Pegando a garrafa onde a deixei, com um quarto do álcool ainda balançando no fundo, fui para a frente com uma tocha acesa em minha mão.

— Me deem cobertura! — gritei para o Scrooge e o Lebre, e eles me acompanharam, sem questionar. — Quer cozido ou assado hoje à noite, Lebre?

Ele olhou na minha direção, bigodes tremendo.

— Churrasco.

— Boa escolha. — Sacudi os punhos, espalhando álcool sobre o grupo. — Sem vinho, azeite, sal e pimenta, mas eles foram marinados.

— Perfeito. — A voz do Lebre era baixa e fria.

— Faça as honras, chefe. — Acenei com a cabeça para ele.

Um sorriso cruel apareceu em seu rosto quando ele abaixou a tocha no grupo de *gremlins*. A curiosidade deles e o desejo pela nossa pele os mantiveram ali parados, no entanto, eles estavam prestes a se arrepender dessa decisão.

Um rugido de fogo explodiu assim que o Lebre lançou as chamas no grupo mais próximo.

Gritos estridentes ressoaram pelas montanhas nevadas, arrepios desceram pelas minhas costas. Scrooge e eu descemos as tochas no aglomerado, tacando fogo nas criaturas. Gritos guturais de dor, medo e morte encheram o céu noturno à medida que o fogo se espalhava ao redor.

— Vamos lá. Vamos para longe daqui. — Scrooge puxou meu braço, sabendo que era a hora de cair fora. Os que não estavam pegando fogo fugiam de medo, mas podiam voltar a qualquer momento.

Acenei com a cabeça, me virei, e fui na direção do Pin, enquanto Scrooge seguia em direção à Dee. Novamente, meu cérebro não podia aceitar que ela talvez não estivesse mais conosco. Scrooge a levantou gentilmente com um braço, o outro ainda segurando a tocha.

Pin esticou-se para mim, cantarolando e tagarelando. Dum parecia um zumbi enquanto seguia Scrooge, completamente vazio da alegria que sempre o acompanhava.

— Lebre, vamos lá! — gritei para o coelho.

Ele olhou para o amontoado de corpos torrados queimando na frente dele antes de gritar:

— *Bon appétit*, seus fodidos verdes e feios! — Ele pulou atrás de Scrooge, me deixando por último.

Olhei para trás uma última vez antes de o nosso grupo desaparecer na trilha. Através da fumaça, em cima da pedra, estava Stripe, me encarando, sua repugnância me cortando como uma faca. Ele ergueu o lábio superior em um rosnado.

Respirei fundo, segurei o Pinguim mais forte, e corri.

CAINDO NA LOUCURA

CAPÍTULO 21

Nós nos apressamos pela trilha pelo que se pareciam horas, mas que deve ter sido somente uma. A necessidade básica de sobreviver nos empurrava para a frente, mas o desespero em achar um lugar para descansar e avaliar o estado de Dee nos alfinetavam mais do que o medo dos *gremlins* nos acharem ou de uma queda em uma ENL. Mantendo-se na trilha em uma fila indiana, Scrooge nos prevenia de cair em uma dessas armadilhas mortais.

Eu esperava que Dee ainda estivesse viva, mas pela atitude do Scrooge quando olhava por sobre o ombro, para mim, eu sabia que se ela estivesse, era só uma questão de tempo antes de não estar mais conosco. A vida dela estava em perigo, e pelo jeito que Scrooge, Lebre, Dum e eu tropeçávamos e nos inclinávamos a cada passo, nós talvez não estivéssemos muito atrás.

Se algo viesse atrás de nós agora, seríamos presas fáceis. Eu estava quase certa de que ferimos e reduzimos drasticamente o número de *gremlins*, então demoraria para o pequeno grupo nos procurar, se decidissem nos procurar. Mas eu sabia que existiam outras coisas aqui fora, famintos por qualquer presa debilitada.

Meus braços doíam com o peso de Pin, e a cada passo que eu dava, minhas pernas mais se pareciam a blocos de cimento, meus braços tremendo de fadiga.

Chegando em um cume, Scrooge parou, virando a cabeça.

— O quê? — Engoli em seco, com medo de saber.

— Eu reconheço esse lugar. — Ele continuou virando a cabeça, olhando o cenário. Não parecia nada diferente para mim, mas eu mal conseguia enxergar qualquer coisa além de mover meus pés um na frente do outro.

— Sim. — Ele acenou com a cabeça, apontando a tocha na direção de um aglomerado de rochas cobertas de neve. — Bem perto daqui tem uma caverna abandonada. — Scrooge ajeitou Dee em seus braços, seu corpo todo se curvando um pouco mais. — Se ainda estiver ali.

— O que você quer dizer com *se ainda estiver ali?*

— Essa área gosta de mudar e se mover — ele explicou. — Vamos torcer para não ter se alterado desde a última vez que estive aqui.

Isso me lembrava do labirinto de azevinho quando cheguei. Cada vez que eu virava uma curva ou olhava para trás, o caminho havia mudado.

— Deixe-me ir na frente para encontrá-la. — Ele se virou para mim, estendendo os braços com a Dee na minha direção. — Não é na trilha, então pode ter ENL.

— Não. — Sacudi a cabeça. — Então, você não vai sozinho. E se algo acontecer com você?

— Eu vou com você. — Lebre esticou o corpo caído.

— Não, meu amigo. Eu quero que você fique aqui. Quero que os proteja.

— Scrooge... — Meu coração acelerou com o pensamento de algo acontecendo com ele.

— Srta. Liddell. Por favor. — Ele olhou para Dee. — Nós não temos tempo para discutir. Eu serei cuidadoso.

Segurando a necessidade de brigar com ele, eu coloquei Pen na neve. Ele piou e sacudiu as asas na neve em exultação, o único de nós não afetado pelo que aconteceu.

— Esperem aqui. — Scrooge me encarou, colocando o corpo flácido de Dee nos meus braços, fazendo meus joelhos curvarem com o peso. — Eu voltarei rápido.

— Você promete? — Olhei bem dentro dos olhos dele. Naquele momento, percebi que até a ideia de nunca mais vê-lo abria um abismo de medo em minha alma.

Ele deu um passo e se aproximou. Ergui a cabeça, e ele nem ao menos encostou em mim, mas a intensidade de seu olhar era como se seus dedos estivessem roçando minha pele.

— Eu prometo. Voltarei para você. — Seus olhos procuraram os meus, quase me fazendo perder o fôlego. — Eu voltarei para todos vocês.

Com isso, ele se virou e sumiu por trás das imensas rochas. Assim que ele se foi, senti o peso de sua ausência em meus ombros. Olhei de um lado ao outro, tendo a sensação de que algo vinha na nossa direção.

— O cara é um santo do caralho... e sempre tem essa necessidade prepotente de proteger e salvar todos nós. — Lebre mexeu o nariz com irritação, se movendo devagar ao redor com a tocha, farejando o ar, examinando cada centímetro de escuridão que nos cercava. Dum andava no círculo pelo lado oposto, mas continuava a olhar furtivamente para a preciosa figura nos meus braços.

Encarei o rostinho arranhado de Dee, vendo os fios do cabelo grudados na pele por conta do sangue seco. Felizmente, ela ainda tinha pulso, mas muito fraco em seu pescoço.

— Dee me contou mais a respeito da captura de vocês... que foi feita pelo Scrooge.

— Sim. Mas é ele quem precisa esquecer essa história. Nós todos fizemos coisas para sobreviver... Ele pagou sua dívida — Lebre respondeu.

— Com Belle e Timmy?

Lebre parou, virando a cabeça para mim.

— Ela me contou. — Eu me ajoelhei, não sendo mais capaz de segurar o peso em meus braços. Seus braços estavam moles, raspando na neve. Dum fez um barulho miserável, virando de costas para nós duas; o corpo tremendo com os soluços.

— Ele vive atormentado com as imagens da tortura que sofremos, e da forma como Belle foi morta, mas Timmy foi além do que qualquer pessoa deveria suportar. Ele sempre se sentiu culpado pela doença do filho, mas perder o garoto daquela maneira? Não é surpresa ele ter tentado acabar com o próprio sofrimento.

— O que você quer dizer?

— Scrooge tentou acabar com a própria vida... algumas vezes.

— O quê? — Horror se infiltrou por dentro, e um frio absurdo me dominou.

— Nunca funcionou. Pensando bem, ele nunca quis realmente. Além disso, o conhecendo, ele iria pensar que essa era a saída fácil, e ao invés disso, a melhor tortura é lidar com a memória deles pelo resto de seus dias.

— Eu posso ver o porquê ele se culpa, mas, na verdade, a culpa é da Rainha. Ela matou a esposa e o filho dele.

— Aah... — Lebre olhou para mim. — A Rainha não matou o filho dele.

— O quê? Eu pensei... — Sacudi a cabeça. — Pensei que o Tim havia morrido?

— Ele morreu. — Lebre acenou. — Mas no final, não foi a Rainha. Foi o Scrooge que matou o próprio filho.

— Lebre! — Uma voz grossa retumbou pelo ar, atraindo minha atenção para o homem de pé nas rochas, nos encarando com os olhos azuis incendiados pela ira. Abri a boca para falar alguma coisa, mas Scrooge interrompeu antes que eu pudesse dizer uma sílaba.

— Sigam-me. — Scrooge acenou para o seguíssemos.

Devia haver uma razão para ele ter matado o próprio filho, certo? Tinha que ter. Quaisquer as circunstâncias que o levaram a fazer isso, eu não podia imaginar o inferno em que ele vivia em todos os momentos de cada dia com sua decisão.

Silenciosamente, nós fomos até ele. Sem nem olhar para mim, ele pegou Dee e a aconchegou em seu peito, se afastando. Eu peguei o Pin, que murmurava *The Night Before Christmas* no meu ouvido por todo o caminho. Eu detestava essa canção desde criança, mas, pelo jeito, ele encontrava conforto na melodia entoada pela terceira vez.

Por fim, chegamos em uma larga caverna que deveria servir como um refúgio e um alívio, mas não era. Scrooge deitou o corpo inerte de Dee em um cobertor esfarrapado e embolado no canto, indicando que esse lugar havia sido usado antes.

— Você tem certeza de que nada vive aqui? — As tochas iluminavam o espaço, tremulando sombras escuras nos cantos. Parecia que aquele lugar fora habitado em alguma época. Grandes garfos feitos de madeira estavam no chão, perto de um cobertor esgarçado; ossos espalhados e o cheiro de carcaças exalava das paredes como tinta molhada.

— Um abominável homem das neves ou algo parecido?

— Não mais. — Scrooge acariciou delicadamente o rosto da Dee, tirando o cabelo encrustado de sangue da pele pálida, examinando as feridas.

— Você está dizendo que já teve? — Coloquei Pin no chão, vendo-o sair cambaleando como uma criança pequena ainda insegura de seu equilíbrio.

— A Rainha tomou posse de muitas coisas. — O foco do Scrooge ainda estava completamente na Dee, seu mundo girando em volta dela.

— E-ela está bem? — perguntei, me aproximando.

Dum andava em volta de Scrooge, o olhar entristecido fixo em sua irmã. Ele franziu a boca, antes de responder:

— Ela está longe de estar bem. Mas está viva. Isso é tudo que podemos pedir até conseguirmos ajuda para ela.

Nós não tínhamos nada – nem comida, remédios, ou suprimentos, e quase já não tínhamos roupas, a não ser farrapos.

— Não. Não, não, não. Não existe para cima ou para baixo sem ela. — Dum apertou as mãos, andando em círculos, recitando freneticamente:

— Dee-Puck-Dee-Puck-Dee-Puck.

CAINDO NA LOUCURA

— Ei. Ela é forte. Inacreditavelmente forte. — Scrooge segurou o Dum, tentando acalmá-lo. — A melhor coisa agora é se deitar ao lado dela. Deixá-la saber que você está aqui. Ela precisa de você nesse momento.

Dum respirou fundo e acenou com a cabeça, com lágrimas escorrendo pelo rosto. Seus ferimentos pareciam melhores do que antes. Ele se deitou ao lado da irmã, colocando um braço em volta dela com um suspiro desolado. Pin se deitou do outro lado e se aconchegou, esfregando o bico no ombro de Dee, como se isso fosse consolá-la.

Scrooge esfregou o rosto, se colocando de pé.

— Ela precisa de ajuda *agora* — sussurrei para ele, com medo de que uma noite inteira sem cuidados pudesse matá-la.

— O que você quer que eu faça, Srta. Liddell? — Ele franziu o nariz, quase colando o corpo ao meu. — Parece ser você quem tem sempre alguma coisa estranha acontecendo à sua volta. Por que você não nos tira daqui?

— Isso não funciona assim.

— Como funciona, exatamente?

— Eu-eu não sei. — Passei a mão pelo cabelo embaraçado, incapaz de encontrar seu olhar, sentindo um medo súbito embrulhar meu estômago. Era bobo, mas a noção de que ele matou o próprio filho, que era capaz de fazer isso, deixou-me em alerta. — Está acontecendo desde que cheguei. Quando me deparo no mais extremo apuro, isso me ajuda.

— O. Que. Te. Ajuda? — O tórax cravado de mordidas e lacerações, ensanguentado, se chocou ao meu. Seus ferimentos pareciam um pouco melhor do que imaginei a princípio, mas o toque de sua pele à minha me deixava com a cabeça confusa.

— I-isso é... — Dei um passo para trás.

— O quê?

— Magia. — Abri os braços. — Eu não sei. Esses objetos: os biscoitos, chocolate quente, esses frascos, aparecem dizendo *coma-me* ou *beba-me*... e eles parecem me proteger. Me salvar.

— Como o que achei no seu bolso no calabouço?

— Exatamente. — Acenei em concordância. — Não posso dizer nada além do fato de isso saber quando realmente preciso de um socorro.

— A guilhotina?

— Sim. Eu comi um biscoitinho um segundo antes de a lâmina descer, e ela ricocheteou em mim.

Ele levantou o queixo.

— Achei estranho até, mas pensei que o Rudy havia te salvado.

— Eu acho que ele sabe. — Umedeci o lábio ressecado. — Sobre a magia.

— O Rudy sabe? — Ele arqueou as sobrancelhas e as aletas de seu nariz dilataram.

— Ele agiu como se não soubesse quando perguntei sobre isso no chalé, mas foi ele quem me encorajou a desejar por ajuda na guilhotina. — Meus olhos marejaram de tristeza ao pensar que ele não estava mais conosco. — Pensei que era ele quem estava me ajudando. Mas acho que não.

Ele poderia me ajudar se estivesse morto?

— Você gosta dele? — O olhar de Scrooge se moveu sobre mim.

— Claro que gosto. *Gostava...* — balbuciei, agitada. — Eu gosto de todos vocês.

— Sério? — Um sorriso selvagem curvou sua boca quando ele se lançou na minha direção. Foi instintivo recuar um passo, com medo.

— Aaahhhhh. — Scrooge sorriu, os olhos deslizando pelo meu corpo. — Você parece estar com medo, Srta. Liddell.

— E-eu n-não quis... — Senti a vergonha se espalhar por mim.

— Seu subconsciente parece ser mais inteligente que você. — Ele se inclinou mais ainda, o hálito quente descendo pelo meu pescoço. — Dê ouvidos a isso, Srta. Liddell. Eu sou o monstro que você lê em seus contos de fadas. Na verdade, eu sou ainda pior. Eu sou o *assassino* que eles dizem que sou. — Ele se virou e pegou os garfos do chão, seguindo na direção de Lebre, que guardava a entrada da caverna.

— Vá dormir um pouco. — Ele cutucou o amigo. — Eu vou ficar de olho. Nós vamos embora em algumas horas.

— Você precisa de descanso mais do que eu. — Lebre tentou argumentar, mas suas pálpebras semicerradas o entregaram.

— Com certeza, camarada. — Scrooge gesticulou para os cobertores, onde Pin, Dum e Dee dormiam.

— Okay, Okay... você fica com o *primeiro* turno. Mas me acorde logo, para que possa descansar também. — Ele passou pelo Scrooge e se arrastou até o amontoado de corpos, desabando ao lado deles. Eles pareciam uma ninhada de filhotes aconchegados um em volta do outro em busca de conforto e calor.

Fiquei em pé ali, sem jeito, sem saber o que fazer comigo mesma.

— Você também, Srta. Liddell. — Ele nem olhou para mim quando se ajeitou na entrada, encarando a escuridão da noite com um garfo tosco

CAINDO NA LOUCURA

157

em uma mão e a tocha na outra. — Teremos uma subida cansativa até o topo amanhã.

— Amanhã. — Eu ri. — O que é isso? Como você sabe o que está em cima ou embaixo aqui? Ou a diferença entre hoje e amanhã?

— É o que nós decidimos. Sem dia, o tempo existe? Se tudo se move e muda, importa onde é em cima e embaixo? — Ele colocou a tocha no chão perto dele, as chamas subindo como uma pequena fogueira. — Pare de olhar para o mundo do seu ponto de vista fixo. Até onde se sabe, você pode estar andando de cabeça para baixo esse tempo todo.

Eu não duvidava nem um pouco disso.

— Vá dormir, Srta. Liddell — ele ordenou. — Você precisa descansar.

Com um suspiro cansado, fui até o meio da caverna, onde a outra tocha estava apoiada nas rochas. Eu era incapaz de brigar com ele. O cobertor estava coberto com pequenas figuras, a pequena família aninhada junto, estabelecendo a sempre presente linha entre eles e mim. Eles lutaram, sofreram e se apoiaram por um longo tempo. Eu só estava passando, e seria um lampejo em suas memórias nos próximos anos.

Urtigas Natalinas... A ideia doía mais do que imaginei. Eu já possuía um apego tão grande pelo grupo. Eu me deitei no chão duro e irregular, apoiando a cabeça em um braço dobrado; pedregulhos espetavam a lateral do meu corpo dolorido. Pelo menos eu não estava com frio. E podia agradecer por isso.

Minha fome desapareceu há tempos; exaustão me dominando por completo. Com o ressonar dos roncos perto de mim, o crepitar das chamas, e o conforto do Scrooge cuidando de nós, não demorou muito para que meus olhos se fechassem, levando-me aos braços acolhedores do sono.

CAPÍTULO 22

Abri os olhos ao ouvir o som de cascalho. Meu olhar caiu direto no local onde Scrooge estava agora sentado. A cabeça dele se virou na direção da noite, inclinando como se ele estivesse tentando escutar alguma coisa.

Senti um frio súbito na barriga, irradiando medo pelo meu corpo.

— O que é isso?

Ele se virou para mim, e colocou um dedo sobre os lábios, antes de se virar de volta. Movendo-me devagar, fui até ele, em total alerta. Meu coração batia acelerado no peito.

Um objeto se moveu na neve, fazendo o terror subir pela garganta.

— Santa farofa! — gritei, me jogando no chão, agarrando o braço do Scrooge, apavorada.

Uma linda raposa branca passou pela caverna e parou por um momento para olhar para nós antes de subir em algumas pedras e sumir na noite.

— Você pode enfrentar *gremlins*, mas uma raposa peluda é o que te apavora? — Ele sorriu por cima do ombro para mim. Aliviada, recostei a testa em seu braço musculoso.

— O treco saiu do nada. — Eu ri, levantando a cabeça. — E conhecendo essa área, a bolinha de pelo fofa poderia provavelmente me estraçalhar.

— É bem provável — ele rosnou. Seu olhar percorreu meu rosto e o sorriso desapareceu. De repente, eu estava ciente de nossa proximidade, minha mão segurando o bíceps forte, sua pele quente embaixo dos meus dedos, e a boca a centímetros da minha.

Esse homem não olhava simplesmente para você; ele destruía tudo que você construiu em volta, até as poucas camadas de roupa que restavam. O olhar deslizava pela sua pele, te encharcando em fogo.

— Ou ele pode se enrolar no seu colo. — Seu olhar pousou na minha boca. — Aqui nunca dá para saber ao certo.

— Não. — Mal consegui movimentar a língua para proferir as palavras, ciente de que não falava mais da raposa: — Você não sabe.

Tantas questões passavam pela minha cabeça. O que aconteceu com o filho dele? Como ele se tornou o valete da Rainha? Como foi passar a infância aqui? Mas nenhuma palavra chegou à minha boca; todas elas ficaram presas pela forma como ele podia reivindicar cada célula em meu corpo, fazendo-as ondular de desejo.

Nós ficamos sentados nos encarando, e de algum modo nossos rostos se aproximaram.

— Srta. Liddell. — A respiração dele sussurrou pelos meus lábios, como uma advertência, mas eu não ligava. Eu vibrava em antecipação, querendo sentir sua boca contra a minha mais do que *qualquer coisa.*

— *Alice.*

Minha boca se moveu, roçando suavemente na dele. Não sabia se havia imaginado ou não, mas um choque de eletricidade desceu pela minha coluna vertebral. Eu o escutei inspirar pelo nariz, como se também tivesse sentido a mesma coisa.

Lá no fundo, em algum lugar, eu sabia que se realmente o beijasse, *nada* seria mais o mesmo. Ele iria me destruir, me incinerar em cinzas.

Eu podia até me jogar muito rápido em relacionamentos, mas sempre ficava atrás de um muro, sem permitir que ninguém me visse de verdade. Eu nunca entregava meu coração por inteiro, sabendo que os caras não o mereciam realmente.

Com ele, eu parecia não conseguir manter aquele muro ao meu redor. O efeito que ele exercia sobre mim era muito forte para ignorar, o desejo queimando pelo meu ventre e descendo pelas minhas coxas. Ele parecia humilhar todos os meus relacionamentos anteriores somente com um olhar.

— *A-li-ce* — ele pronunciou meu nome tão baixo que senti o arrepio até os dedos dos pés. — Essa é uma péssima ideia. — Sua boca roçou de leve contra a minha.

— Talvez. — Respirei fundo, meu coração batendo contra as costelas, com medo de me mover, como se eu fosse estourar a bolha em que estávamos.

— Você deveria se afastar. — Suas narinas dilataram, seus olhos queimando com chamas azuis, sua voz firme. Ele provavelmente esperava que um de nós teria a força para fazer isso.

Ele estava sem sorte.

— *Por favor* — ele implorou para que eu me afastasse à medida que se inclinava devagar na minha direção. Eu não me movi, presa ao lugar pelo desejo intenso.

Sua boca tocou a minha.

— Ahhhhh! — Um grito aterrorizado ressoou pela caverna, reverberando pelas paredes.

Scrooge e eu nos sobressaltamos na mesma hora, atraídos pelo grito aterrador. Lebre estava sentado no cobertor, os olhos arregalados e vidrados enquanto urrava.

— Não. Por favor!

— Merda. — Scrooge correu até ele, se agachando à sua frente. O coelho ainda olhava para a frente, chorando de agonia. — Ei, camarada. Está tudo certo. Você está bem.

— Não... não o tire. Por favor! — Ele ainda estava dormindo. Eu podia dizer pelo olhar perdido em sua expressão, que ele estava revivendo um pesadelo. Quando éramos pequenas, minha irmã passou por uma fase em que sofria de terrores noturnos. Isso era exatamente o mesmo. Mas o dele estava cheio de verdades. Horrores da vida real. Seu pé sendo arrancado por uma rainha cruel.

Meu corpo tremeu com a tristeza e agonia em seus gritos.

— Shhhhh. — Scrooge tentou confortá-lo. — Está tudo bem. Você está seguro agora. — Ele tocou delicadamente o braço do amigo. — Ele nunca mais tocará em você. Eu te prometo.

Os gritos do Lebre diminuíram, seu peito subindo e descendo, e suas pálpebras começaram a piscar, como se estivesse despertando. Ele olhou para o Dum e o Pinguim, agora acordados e sentados ao lado, então para o Scrooge e, finalmente, parando em mim. Seu maxilar travou, o nariz enrugando.

— Sai de cima de mim. — Ele afastou o braço do alcance de Scrooge. — Eu estou bem — murmurou, pulando em um pé só, irradiando raiva. — Meu turno de qualquer modo.

Scrooge acenou com a cabeça, colocando-se de pé.

— Na verdade, deixei todos vocês dormirem. É melhor nos movermos logo, já que estão acordados. — Scrooge se inclinou sobre a Dee, colocando a mão em sua testa. — Nós não devíamos ficar em um lugar por muito tempo.

Lebre resmungou alguma coisa, já na metade do caminho para a saída.

— Como ela está? — Eu me aproximei e olhei para Dee. Seu peito

CAINDO NA LOUCURA

161

subia e descia a cada respiração profunda. Várias feridas pareciam estar se curando, mas ela ainda estava pálida e suada.

— Queimando de febre, mas com sorte, haverá algum remédio para ela no local para onde iremos. — Ele colocou os braços sob o corpo frágil e a levantou para aconchegar em seu peito.

Dum ficou de pé na mesma hora, como se uma corda os conectasse.

— Oh, querida. — Pinguim se levantou, cambaleando até ela. — Espero que ela fique bem. Talvez se fizéssemos um café da manhã? *Biscoitos* de *cranberry* não parecem divinos? Ou pães de canela? Lebre faz as melhores bolas recheadas de creme.

— Pin... — Scrooge foi em direção à saída. — Por favor, pare.

— Ah, Srta. Alice, você precisa experimentar os biscoitos em formato de dedo que ele faz.

— Acho que vou deixar esse passar. — Eu me abaixei para pegá-lo.

— Mas Lebre os faz tão molhados.

— Okay, pare agora, por favor. — Eu fiz uma careta, muitas imagens ruins passando pela minha cabeça. — Por que você não canta uma música natalina ou algo parecido? — Eu não podia acreditar que estava pedindo para ele fazer isso, mas parecia bem melhor que o caminho que ele estava tomando.

— Ou que tal brincar do jogo do silêncio? — Lebre falou bruscamente, pegando uma tocha e pulando na neve.

— Ah, eu adoro esse jogo. — Ele bateu as asas. — Mas eles dizem que não entendo as regras, e dizem que perco toda vez, mas juro, Srta. Alice, eu sei perfeitamente como jogar.

— Você sabe? — Scrooge murmurou por sobre o ombro.

— Sim. No jogo do silêncio, você deve ficar em silêncio. E a primeira pessoa que falar, está fora. — Ele se virou para mim nos meus braços. — Viu, Srta. Alice. Eu sei. Eles só agem como se eu não soubesse... Eu sei como ficar quieto. É tão fácil. Você só não fala. Eu sei que ficar quieto significa... — Pinguim continuou a tagarelar.

Scrooge me encarou e deu uma piscadela, nossos olhares se conectando. Não consegui conter o sorriso que se espalhou pelo meu rosto e o ofego de excitação no meu peito.

— O que aconteceu com as suas roupas, Srta. Alice? — Pin inclinou a cabeça, só agora notando meus trajes ínfimos. — Suas roupas sumiram durante a noite? Eu sei que elas podem fazer isso. Acontece muito quando o Lebre visita sua amiga.

— Pinguim! — Lebre gritou de onde estava, voltando para a trilha. — Cala. A. Boca!

— Para alguém que pode fazer guloseimas tão doces, ele é, realmente, rabugento. Que música você queria que eu cantasse?

— Qualquer uma — Lebre resmungou. — Só faça isso silenciosamente.

Pin começou a cantar. "Noite Feliz[9]", fazendo Lebre resmungar.

Mas ele meio que pediu por isso.

Scrooge não mentiu sobre a caminhada ser difícil. Bastante íngreme, as pedras afiadas que ladeavam a trilha estreita eram a única barreira entre nós e a queda mortal. A neve branca estava sendo pintada de rosa sob meus pés e calcanhares feridos e ensanguentados.

Devagar, nós subíamos o cume, a névoa forte assoviando em nossos ouvidos e nos mandando voltar.

— Pare — murmurei, cobrindo os ouvidos quando outra voz gélida ressoou, alertando-me sobre perigo e morte.

— Ignore isso, Srta. Liddell — Scrooge retrucou. — O *vento de alerta* é um pouco fanático.

— Sim. Claro — Lebre zombou. — Só um bando de ventos resmungões.

— *Nos escute... vocês estão indo para a morte certeira* — ele sibilou em meus ouvidos, se enrolando em minha cabeça. — *Não confie nele. Ele está te levando para a sua destruição.*

Scrooge revirou os olhos, não ajudando em nada com a leve desconfiança que as vozes encucaram em mim. Aonde estávamos indo? Tentei perguntar várias vezes, e ele nunca respondia realmente à questão. Eu queria exigir que me contasse, mas depois de um tempo, até pensar era muito para mim. Como meu corpo podia continuar se movendo sem comida, bebida ou energia era um completo mistério. Eu desliguei o cérebro e de alguma maneira coloquei um pé na frente do outro enquanto o peso de Pin se tornava maior ainda nos meus braços. Algumas vezes eu o colocava no chão para descansar do peso adicional, mas ele andava muito perto da beirada ou ficava preso na neve profunda e caía de cara no chão.

Dum e Lebre eram os únicos com tochas agora, e ficavam à frente e atrás do grupo. O fogo podia ser a coisa que atrairia predadores para nós, ou seria a única coisa que os manteria afastados.

O vento me alertou que nem eles nos seguiriam para o nosso destino. Boa ou má notícia, eu não ligava mais.

---

9   No original, Silent Night, que seria Noite Silenciosa.

CAINDO NA LOUCURA   163

— Um pouco mais à frente. — Scrooge se virou quando tropecei e caí novamente. Ele não estava muito melhor, grunhindo em agonia para evitar derrubar a Dee na neve.

— Foi o que você disse horas atrás. — Não consegui conter o gemido agonizante em minhas palavras quando ergui um Pin adormecido em meus braços.

— Dessa vez é para valer. — Sua voz estava rouca, os músculos em seus braços tremendo com fadiga. — Não muito longe, Srta. Liddell. Logo depois da curva.

O vento uivante e com neve se enrolava em volta do topo da montanha, escondendo o local para onde ele apontava. Depois da curva ainda podia ser a quilômetros daqui. Mordi o lábio, sentindo gosto de sangue, forçando minhas pernas a darem outro passo.

Quando viramos na curva, parei de supetão e lágrimas encheram meus olhos. Eu tinha oficialmente saído do trem da sanidade.

— Porra. — Sacudi a cabeça. — Estou alucinando agora.

— O que você vê? — Scrooge perguntou.

— Uma miragem — respondi, olhando para o confortável chalé de um andar construído na lateral da montanha. Fumaça espiralava da chaminé, desaparecendo na névoa que pairava sobre o cume. As janelas estavam coloridas em um tom amarelo amanteigado que provinha da luz no interior. Havia uma espécie de celeiro construído perto do chalé.

Parecia um lugar saído de um livro de histórias, o tipo que você queria alugar no inverno com um amante e só ir embora na primavera.

— Você não está alucinando. — Scrooge se virou e encarou o meu perfil. Seus olhos cintilavam com uma alegria que nunca tinha visto. — Está realmente ali. Nós o construímos.

Um soluço escapou sem aviso, já que eu temia que não fosse real. Temia acreditar que, finalmente, havíamos chegado ao nosso destino.

— Mas eu deveria te avisar... — As palavras do Scrooge foram interrompidas.

A porta abriu abruptamente, batendo com força na parede interior. Um homem alto e corpulento saiu, carregando um rifle de verdade, um que poderia ser encontrado na minha Terra. O som dele sendo armado ressoou quando ele deu um passo na varanda, as botas pretas atingindo a madeira barulhenta.

— Caiam fora da minha propriedade. Eu vou atirar em vocês! — o homem gritou. Ele parecia estar usando um robe tipo quimono aberto, sem *nada* mais além de suas botas desamarradas. A barba branca desgrenhada crescia além das suas partes peladas, batendo em suas coxas.

— O vento deveria tê-los mantido longe. Se mandem daqui, ou vou matá-los exatamente onde estão. — O homem pausou, se inclinando, olhos entrecerrados. — Scrooge?

— Ah, bem, ele está coerente hoje — Scrooge murmurou. — Isso podia ter sido bem pior.

— O que diabos você está fazendo aqui? — O homem desceu da varanda. Eu não podia me mexer enquanto olhava para ele, boquiaberta.

— Ai. Meu. Deus... — Pin caiu das minhas mãos, seu corpo atingindo a neve com uma nuvem.

— Não exatamente, Srta. Liddell. — Scrooge riu, virando-se de volta para o homem. — Ei, Nick.

Santas guirlandas de azevinho...

Pelado e armado... mas ali estava ele.

Papai Noel.

CAINDO NA LOUCURA

CAPÍTULO 23

— Pensei que tivesse mandado você não me procurar nunca mais. — Noel manteve a arma apontada para nós, dando outro passo brusco à frente. — Você perdeu seu tempo. Pode dar a volta agora.

— Vamos lá, Nick. Olhe para nós. A Dee está machucada. Bastante. — Scrooge ergueu o elfo nos braços para o Noel ver. — Nós estamos famintos. Machucados. Exaustos.

— E de quem é a culpa? — Nick grunhiu, mas seu olhar foi para o pequeno elfo. — Você sabia o que estava te esperando aqui... mas veio de qualquer maneira. Eu pensei que tinha sido completamente claro da última vez. Se você ou *qualquer um* viesse até mim, eu atiraria pra valer.

Caramba. Esse Papai Noel não era o amável e gentil São Nicolau. Esse homem era nada além de um ermitão armado e ranzinza.

— Nick — Scrooge rosnou, segurando o corpo desfalecido da Dee. — Ela é *uma* que ainda te *ama*. Acredita em você. Ajude-a pelo menos.

Nick cerrou os dentes, os ombros retesados. Ele olhou para nós, o rifle ainda apontado em nossa direção antes de soltar um suspiro e o abaixar.

— Está bem. — Ele acenou com a cabeça para o chalé. — Entrem logo e parem de enrolar.

Lebre, Dum e Pinguim avançaram na direção da cabana enquanto o Sr. Noel ficou na porta, ceticamente observando-os entrar em sua casa.

— Então. Srta. Liddell, esse é o Nicolau — Scrooge disse, ríspido.

— Você me disse que ele não existia mais. Pensei que estava morto.

— Papai Noel *não* existe mais. A Rainha garantiu isso. Nick não é o Noel. Não mais. — Ele andou na direção do chalé comigo em seu encalço.

Nick encarou Scrooge quando ele passou, mas uma pequena candura iluminou rapidamente suas feições quando ele estendeu o braço, vendo um de seus elfos ferido. Ele disfarçou aquela emoção, se endireitando.

— Coloque-a no quarto dos fundos.

Scrooge acenou com a cabeça, seguindo em direção ao quarto indicado.

— Quem. É. Você? — Nick se inclinou, seu olhar me percorrendo de uma maneira grosseira.

— Al-Alice. — Uau, minha idade parecia não ter nenhuma importância, já que, na frente do Papai Noel, eu me tornei uma menininha impressionada com seu ídolo. Um herói que representava inocência, alegria e amor. Não um recluso pelado que parecia estar passando seus dias numa fazenda hippie nudista.

— Alice? — ele bufou, se inclinando para trás, sua desaprovação contraindo seus músculos faciais. Não existia brilho nos olhos ou nas bochechas rosadas tão famosamente descritas, somente fadiga e desconfiança em suas feições, embaixo de sobrancelhas grossas e barba crescida. — Quem é Alice? Não existe uma Alice em Winterland. — Ele me cheirou, os olhos abaixando. — Você é da Terra. Humana. Como chegou aqui, *Alice*?

— Eu segui Rudolph... caí em um buraco...

— Rudolph? — Suas sobrancelhas, que se juntavam em uma só, franziram como uma lagarta peluda se agitando em sua testa. — Você *viu* o Rudolph? Na Terra?

— Sim. — Acenei com a cabeça, seus olhos me inspecionando, me segurando com o que parecia ser um peso esmagador. Ele poderia não ser o homem que todo mundo imaginava como o doce Papai Noel, mas ele ainda tinha muita... *magnitude*. Maior que a vida. Ele tinha aquela coisa que fazia todo mundo notar. Atraídos para ele em reverência tanto por medo quanto adoração.

— Isso não deveria ser possível. Ainda mais alguém da sua idade. — Ele levantou o queixo, cruzando os braços sobre a longa barba.

— Alguém da minha idade? — Eu me sobressaltei, com irritação.

— Você é uma criança?

— Não... — Mas a minha família parecia achar que eu ainda era.

— Se alguém fosse ver o Rudy, seria uma criança. Eles são livros abertos, ainda querendo acreditar em magia e que ainda existe bondade e amor nesse mundo.

— Isso me deixaria completamente de fora — bufei.

— Exatamente. — Ele se inclinou, quase grudando o nariz ao meu. — Eu vou perguntar novamente. Quem. É. Você?

Eu estava cansada daquela pergunta, e sabia que repetir meu nome não responderia à questão.

CAINDO NA LOUCURA

— Eu acho... — Invadi seu espaço, encarando o grande homem. *Não pense no que está tão perto de você, por baixo da barba*, repeti na minha cabeça. *Não pense... Merda! Eca.* — Acho que sou uma garota que ainda quer acreditar que existe magia nesse mundo, que contos de fadas podem existir e que o Noel se preocupa com as crianças e com a humanidade. Não é um ermitão ranzinza com uma arma que ameaça pessoas necessitadas da sua ajuda.

Ele se sobressaltou com as minhas palavras, e entrecerrou os dentes.

— Não fale esse nome aqui — rosnou de raiva, pairando sobre mim de uma forma ameaçadora. — Nunca o diga novamente.

— Nick. — Scrooge saiu na varanda, a voz grossa e cautelosa. Senti seu corpo rígido pressionado contra a minha bunda. — Pare com isso.

Nick olhou para Scrooge às minhas costas.

— Você vem aqui, trazendo perigo e estranhos para a minha terra, sem aviso, e eu sou o babaca — ele grunhiu, esbarrando em nós quando passou e entrou em casa com raiva.

— Peço desculpas por ele. — Scrooge inclinou a cabeça, ficando de frente para mim. — Você está bem?

— Sim. — Exalei, sentindo a magia que o Noel carregava diminuir, deixando-me desapontada. — Ele não é o que eu estava esperando.

— Eu te avisei que o Papai Noel não existe.

— Sim, você avisou. Mas mesmo assim... — Gesticulei para a porta. — Vendo um ídolo pelado, exceto por seu robe e botas, pronto para atirar em nós é muito para absorver. E absurdamente decepcionante.

Scrooge grunhiu, apertando meus ombros, esfregando a mão para cima e para baixo suavemente.

— Geralmente isso acontece quando se encontra um ídolo. Quando você percebe que eles são reais com vidas e problemas. Seus próprios demônios.

— O que aconteceu com ele?

— Sra. Noel. — Scrooge olhou para a porta aberta. — Ela o brutalizou até ele ser despojado de tudo o que o tornava o Papai Noel. Ela reuniu cada um de seus seguidores. — Vi quando ele engoliu em seco, desviando o olhar tomado pela vergonha. — Ele assistiu centenas e centenas de seus amigos, sua família, serem torturados e mortos na frente dele. E, por fim, ficou devastado.

E Scrooge tinha sido a pessoa que ajudou a capturá-los. Eu não conseguia imaginar a culpa com a qual ele convivia. Quando, finalmente, lutou contra ela, ele perdeu sua esposa e filho por causa disso.

— E ela o deixou ir embora?

— Não. — Ele sacudiu a cabeça. — Ele escapou. E ela o está caçando desde então.

— E ninguém o encontrou ainda?

— Eu te disse mais cedo, as coisas se movem por aqui. Eu fui ao chalé dele antes, mas não estava neste ponto. Ele se move bastante. Além disso, ninguém se atreve a vir para essa montanha. — Ele afastou as mãos de mim. — Nós não encontramos todas as coisas que protegem esse cume.

— É bom saber disso. — Esfreguei a têmpora, sentindo a fadiga dominar os meus músculos.

— Vamos lá. Nós todos precisamos de comida, um banho, e uma boa noite de sono. — Ele apoiou a mão na parte inferior das minhas costas, e as faíscas subiram pela coluna vertebral.

— Parece o paraíso.

— Então eu não deveria te dizer que não tem água quente aqui. — Ele me levou para dentro da casa, rindo.

— Você é um babaca.

Uma gargalhada genuína reverberou de seu peito, esquentando o meu corpo inteiro e enchendo o meu coração com toda a quentura que eu precisava.

Na verdade, eu precisava de um banho gelado.

CAINDO NA LOUCURA

CAPÍTULO 24

Nick estava sentado à cabeceira da mesa de jantar, resmungando, mas não reclamou muito quando o Lebre começou a cozinhar. O delicioso cheiro de rabanadas com gemada alcoólica e *muffin* de laranja com *cranberry* preenchia a casa, fazendo meu estômago roncar furiosamente.

A parte da frente do chalé era aberta. A sala de estar, jantar e cozinha ficavam juntas, formando um largo cômodo. Um corredor que seguia para dentro da montanha sugeria que o quarto deveria ser naquela direção, onde Dee estava descansando. Fogo crepitava na lareira, mostrando sofás gastos de couro, paredes e chão feitos com pinho, no qual tive grande prazer em pisar. Pinheiros bastardos. Não havia nenhuma decoração de Natal ou qualquer tipo de ornamento, exceto por alguns tapetes de lã, cartas de baralho em uma mesa, e um cobertor sobre a cadeira. Era limpo e mal parecia habitado.

Scrooge estava cuidando da Dee, nem um pouco afetado pela saudação antipática que recebemos, revirando os armários em busca de algum tipo de remédio para ela.

— Você não tem uma forma de quiche? Sério? — Lebre protestou, jogando formas no chão enquanto Pinguim gritava e batia as asas nas que haviam sido descartadas, batucando nos materiais como uma criança. Dum estava de joelhos em uma cadeira, tamborilando seu garfo e faca em uníssono com a barulheira do Pin, ansioso para comer.

— Não. Eu não tenho uma porcaria de forma de quitch... seja lá de que jeito você chama isso. — Nick encarou o coelho.

— *Quiche* — Lebre o corrigiu, fazendo uma careta diante dos ruídos das panelas. — Como você está sobrevivendo? — Ele olhou para o amigo e disse: — Pin, pare.

Ao invés de parar, Pin começou a cantarolar e tocar *"O menino e o tambor"*.

— Eu estava *bem* até vocês invadirem a minha casa. — Nick sacudiu a cabeça, encarando todos nós. Ele se mexeu na cadeira de madeira, os braços cruzados sobre o peito. — Manteiga e torrada funcionam muito bem.

Ele se parecia com um cara com quem namorei uma vez. Sua mamãe cozinhou para ele a vida inteira, até ele ir para o mundo real. Ele não fazia a menor ideia de como cozinhar um ovo. Eu não podia dizer que era uma excelente cozinheira, já que eu amava pedir comida chinesa, mas aquele nível de incapacidade me deixou louca.

— Inacreditável. — Lebre suspirou, virando para o balcão onde estavam empilhados os poucos ingredientes que ele pôde encontrar. De pé numa banqueta, ele estava em seu elemento, virando, misturando, cortando e batendo os itens juntos com ostentação, como os *chefs* que eu costumava assistir nos programas de culinária. Eu continuava a sacudir a cabeça, maravilhada. Pin estava certo: Lebre era um verdadeiro *chef*.

Pinguim continuava a cantarolar enquanto o Dum batia os utensílios ainda mais alto. Cada nota que ele atingia na superfície de metal, fazia meus dentes tremerem.

— PIN! — Lebre gritou. — Eu não consigo cozinhar com essa barulheira. Pare, antes que eu enfie a gemada no seu rabo e o cozinhe.

— Me cozinhar? — Os olhos escuros de Pin arregalaram, a voz trêmula. — Como pudim de figo?

— Exatamente assim — Lebre rosnou, enfiando outra forma de *muffins* no forno.

— Pin, venha sentar comigo. — Bati a mão na cadeira entre mim e Dum. Pin se aproximou, cabisbaixo e fungando.

— Eu não quero ser pudim de figo — ele murmurou quando o ajudei a subir na cadeira.

— Lebre *não* vai te transformar em pudim de figo.

Uma bufada sarcástica escapou do Lebre.

— Toma, brinque com isso aqui. — Dei a ele duas colheres. Seus olhos arregalaram de felicidade ao pegar os objetos prateados brilhantes, esquecendo completamente o fato de estar chateado.

— Arrá!! — Scrooge gritou, me fazendo virar para ele. Ele tirou algo de um armário, as sobrancelhas se agitando; uma garrafa cheia de um líquido marrom estava em suas mãos.

— Isso é...? — Minha boca começou a salivar.

—Ah. Porra. Não! — Nick apontou para ele. — Coloque isso de volta.

CAINDO NA LOUCURA

Não é para você.

— Fala sério, Nick, quando foi a última vez que você recebeu convidados? — Scrooge piscou, sem dar ouvidos ao homem ranzinza.

— Não desde você... e é cedo demais. — Nick recostou na cadeira, cruzando o tornozelo sobre o outro joelho, a barba felizmente cobrindo as partes que eu não queria ver.

— Além do mais, acho que te dei isso de presente. — Scrooge pegou alguns copos com os dedos, trazendo-os para a mesa. — É parte das regras que eu possa aproveitar com você.

— Não existem essas regras. — Nick apontou novamente para o armário. — Agora coloque isso de volta. É meu! Eu não gosto de você o suficiente para compartilhar o meu hidromel.

— Bom, ainda bem que é para a Dee. — Ele abriu a rolha. — Você não a deixaria sem algo que poderia ajudar, certo?

Nick enrugou o nariz, murmurando, mas não impediu o Scrooge de servir um pouco em um copo.

— Você vai levar isso para ela? — Acenei com a cabeça para a bebida quando ele passou por mim. — Eu vou com você. Também quero ver como ela está.

Scrooge contraiu a mandíbula, mas ficou quieto enquanto seguíamos pelo corredor. Luzes fracas estavam fixas às paredes, iluminando o caminho. Não havia mais janelas à medida que nos embrenhávamos por baixo da montanha. Avistei um banheiro e dois quartos, sendo que Dee ocupava um deles. A cama de solteiro deixava o pequeno corpo dela perdido, a respiração superficial, mas constante.

— Ela parece tão nova. Frágil. — Parei ao seu lado, afastando as tranças de seu rosto. — Tão pequena.

— A aparência pode enganar. Ela é mais velha do que você pode imaginar e uma das pessoas mais fortes que conheço. — Ele olhou para ela em admiração. — Ela já passou por tanta coisa, e ainda é a única que mantém a esperança. Acredita no Nick muito além do que ele merece. — Scrooge olhou para fora do quarto. — Mas, ele se preocupa com ela mais do que irá admitir.

— Quem ela era para ele?

— Seu elfo-chefe. — Scrooge se sentou gentilmente na beirada da cama. — Dum era o segundo em comando. Dee comandava tudo, mantinha *Santaland* funcionando perfeitamente. Eles eram muito próximos. Melhores amigos. A Sra. Noel depois sugeriu que algo vulgar estava acontecendo, porque o Nick passava mais tempo com a Dee. Mas o relacionamento deles *nunca* foi dessa maneira. Eles eram família e melhores amigos de verdade. O time perfeito. Tudo que Sra. Noel viu foi a pessoa com quem seu marido passava mais tempo do que com ela, dando mais razão para perseguir a Dee e a torturar. — Um caroço cresceu no fundo da minha garganta.

— A Rainha matou tantos elfos, mas ela manteve a Dee e o Dum vivos de propósito. A crueldade que ela mostrou era intolerável, mas essa menina nunca cedeu. A fé dela no Nick, na bondade das pessoas... — Ele engoliu. — Eles foram a gota d'água. Sra. Noel ultrapassou o limite da escuridão com a Dee e o Dum; o verdadeiro mal veio de seu ódio. O que ela permitia que o Blitzen fizesse... Eu não podia mais... — Sua voz travou, o impedindo de continuar.

Eu não o forcei. Sabendo o que a Dee me contou, eu podia preencher os espaços em branco.

Scrooge pigarreou e se aproximou de Dee, sussurrando para ela beber.

— Isso vai ajudá-la?

— Sim. Não somente isso tem propriedades mágicas, razão por ser banido, como também irá dar para ela os líquidos e calorias necessários para se curar. Não é perfeito, mas é o melhor que podemos fazer por ela.

Pisquei rapidamente ante o pensamento de perdê-la. Quando essas pessoas se tornaram tão inacreditavelmente importantes para mim? Eu sabia que ir embora ainda era meu objetivo final, mas não parecia mais ser tão urgente quanto antes.

Ele pingou um pouco de bebida em sua boca, para que ela não se engasgasse.

— Agora ela precisa descansar e deixar o corpo se recuperar. — Scrooge se levantou, ajeitando os cobertores sobre o corpo inerte. Ele se inclinou, beijando a testa dela. — Nós precisamos de você, Dee. Não se entregue.

Eu sabia que se Dee estivesse acordada, ela teria corado da ponta dos dedos do pé até a raiz do cabelo, desconcertada pelo carinho e beijo do Scrooge.

Porra, eu estava corando, e ele nem tinha me beijado.

Ele deixou o resto do copo na mesa de cabeceira dela, deixando uma luminária acesa no canto caso ela acordasse assustada e confusa.

— Dá para ver que você tinha um filho. — Deixei escapar, e cobri a boca com a mão, mortificada. — Merda. Me desculpa. Eu não estava pensando.

Ele não respondeu, saindo do quarto.

CAINDO NA LOUCURA

— Scrooge, eu sinto muito. — Eu o segui.

Ele se virou, fechando a porta suavemente atrás de mim, o olhar penetrante me mantendo cativa.

— Não se preocupe, Srta. Liddell.

— Nós voltamos para isso.

— Voltamos para o quê? — Seu corpo estava tão perto que sua calça roçava nas minhas coxas, e sua mão passou pelo meu quadril quando ele a retirou da maçaneta.

— *Srta. Liddell.* — Obriguei-me a dizer. — Você faz isso quando está me mantendo distante.

— Eu nasci em um tempo de decoro e regras sociais. É difícil abandoná-los.

— Não é isso. Você já me chamou de Alice. Geralmente quando estamos prestes a morrer. Ou quando... — Engoli em seco.

— Ou quando o quê? — Ele se inclinou mais perto, mas nem um grama de emoção transparecia em seu rosto; sua estatura imensa me fazendo parecer pequena contra a porta.

Devido à minha natureza impulsiva e à boca que nunca se cansava de se adiantar aos meus pensamentos coerentes, encarei seus olhos e disse:

— Quando você quer me foder. — *Merda. Merda. Eu disse isso em voz alta? Cristo, Alice.* Fale sobre a *falta* de decoro.

Ele inspirou fundo pelo nariz, as sobrancelhas arqueadas em surpresa, e soltou um pequeno bufo. No entanto, ele não respondeu, deixando-me mais nervosa ainda.

— Desculpa. — Fechei os olhos com força. — Às vezes minha boca age antes que eu possa impedi-la. — Reabri as pálpebras e podia jurar que ele chegou mais perto.

— Por que você está se desculpando? — Sua voz estava rouca e baixa.

— Porque não tenho modos. Minha mãe fala isso o tempo todo. Eu nunca penso antes de falar. Isso causou alguns encontros *desconfortáveis*.

— Nunca se desculpe por ser quem você é. — Ele apoiou a mão contra a porta, acima da minha cabeça; seu hálito quente soprando no meu pescoço.

— Mesmo assim, a maioria das pessoas me acha rude. — Meu peito se moveu com a proximidade dele.

— Mas não errada — murmurou, o corpo inteiro agora pressionado ao meu; o torso desnudo roçando meu corpo quase todo exposto. Minha respiração falhou, meus músculos tremendo de desejo. O que havia nele que me fazia sentir como uma viciada em drogas? O jeito que ele fazia meu corpo responder só por estar perto era algo que nunca senti antes.

Transei muito ao longo dos anos, principalmente depois de me mudar para Nova York, a ponto de poder me gabar de tanto sexo. Mas ele parecia multiplicar isso por mil... com *apenas* um toque. Meu desejo por ele fazia meus ossos doerem.

— O que você está dizendo? — Respirei fundo, uma timidez súbita refletida em minha pergunta.

— Acho que você não precisa que eu responda a isso. — A mão livre dele segurou meu quadril, me empurrando contra a porta, me incendiando. Sua perna se enfiou entre minhas coxas.

— Não. — Engoli em seco. — Mas acho que você precisa me mostrar. Ele riu, e a intensidade quase me fez perder o fôlego.

— Com prazer, *Alice.*

Seus dedos subiram pelo interior da minha coxa, esfregando por cima da calcinha; minha barriga contraiu à medida que os arrepios explodiram pela minha pele. A mão máscula subiu pela minha cintura até o seio, e cada terminação nervosa minha vibrava com o desejo desesperador, gerando um gemido embaraçoso que escapuliu da minha boca.

Scrooge respirou fundo, os olhos brilhando. Voraz. Primitivo.

— A comida está pronta! — Lebre gritou do final do corredor, me cortando como uma adaga. Fechei os olhos, irritada, e escutei Scrooge praguejar baixinho.

— Você está de sacanagem comigo — murmurei.

— A sincronia deles é impecável.

— Nós poderíamos ignorá-los? — Estendi a mão para ele novamente, meu corpo vibrando pelo seu toque.

— Srta. Alice? Sr. Scrooge? — Pinguim andou pelo corredor na nossa direção, sacudindo as asas em excitação.

— Lá se vai nossa chance de ignorá-los — ele resmungou, dando um passo para trás.

— Comida. Deliciosa comida preparada pelo Lebre. Sr. Scrooge, você deveria aproveitar.

— Eu estava planejando isso. — O olhar do Scrooge se concentrou no meu. — Obrigado, Pin — ele adicionou, ríspido.

— Ah, de nada. Venham! Venham! O Lebre faz uma comida tão deliciosa. — Pin gesticulou para irmos à frente, completamente alheio à situ-

CAINDO NA LOUCURA

ação com que havia se deparado. — Você tem que comer enquanto ainda está quente.

— Novamente, isso estava nos meus planos. — Scrooge me encarou quando disse aquilo. Das minhas bochechas até as coxas, corei com a sua insinuação.

— Vá. — Ele apontou com o queixo para que eu seguisse o Pin, que nos esperava.

— E você?

— Eu preciso de um momento. — Ele colocou as mãos nos quadris, expirando fundo.

— Ah. — Tentei disfarçar o sorriso, olhando para sua calça e ciente de que era por minha causa.

No entanto, quando levei Pin de volta para a cozinha, as piadas do Lebre a respeito do longo tempo em que Scrooge esteve com alguém, voltaram a me assombrar, criando uma rede de inseguranças. Havia sido sua esposa a última mulher com quem ele esteve junto? Era isso tudo que eu era, um corpo feminino para acabar com a seca? Eu fui essa garota antes. Por mais atraída que estivesse pelo Scrooge – o que era muito –, eu, ainda assim, não me tornaria essa mulher novamente. Isso só fazia com que eu me sentisse vazia e triste.

Mas o pensamento de abandoná-lo, de nunca mais tocá-lo, esvaziava minha alma em um abismo. De qualquer modo, parecia que quem sairia perdendo era eu.

CAPÍTULO 25

— Estou tão satisfeita. — Reclinei contra a cadeira, esfregando a barriga com um grunhido.

— Você quase não comeu. — Lebre gesticulou para o meu prato, enfiando outro *muffin* na boca. — É você que come como um coelho.

Fazia tanto tempo desde que eu havia comido, que meu estômago se saciou rapidamente. A comida do Lebre era deliciosa, porém rica e pesada. Meu estômago murmurou satisfeito com sua porção de rabanadas e *muffin*, além da deliciosa bebida que Nick chamava de hidromel.

Os rapazes não diminuíram o ritmo nem um pouco, comendo como se o estômago deles não tivesse fundo e a fome não pudesse ser saciada. Nick era o pior. Ele nem se preocupou em mastigar enquanto grunhia e gemia como se não tivesse ingerido comida de verdade há muito tempo. Havia uma grande chance disso. Nada em sua geladeira parecia uma refeição, somente ingredientes.

Pin estava de pé na cadeira ao meu lado, cantarolando uma música de Natal, dançando e se balançando enquanto comia. A vida era tão boa que ele não conseguia conter a felicidade e a agitação de seu corpo. Dum estava ao lado dele. Ele dava uma mordida e aleatoriamente gritava:

— Delicinha na minha barriguinha... — Então corria em volta da mesa como se tivesse que gastar a energia extra.

Scrooge, Lebre e Nick comiam como se fosse a única missão deles, pegando o próximo item antes de terminar o primeiro. Por um tempo, tudo que pude fazer foi ficar sentada observando-os, maravilhada.

Agora que o meu estômago estava cheio, minhas roupas imundas se arrastavam contra mim. A sujeira que me cobria coçava tanto que minha vontade era arrancar a pele fora.

— Tem um chuveiro ou banheira que eu possa usar? — perguntei ao Nick.

Ele grunhiu, enfiando um pedaço de rabanada na boca, a cabeça inclinando para o corredor, sem perder o foco no monte de comida em seu prato.

— Primeira porta à direita. — Scrooge me encarou por baixo do cílios, pegando outro *muffin*.

— Obrigada. — Saí da mesa com uma missão própria. A necessidade de ficar limpa quase me fez querer chorar.

O banheiro era simples com uma estética rústica. Paredes de madeira com uma pia feita em bronze, sem espelho acima, um chuveiro e uma banheira perto da janela, vaso sanitário, e prateleiras cheias de toalhas felpudas, e surpreendentemente, produtos de higiene. Lembrava muito as coisas que você receberia em um hotel barato na Terra: barbeadores descartáveis, escova de dentes, pasta, xampu e condicionadores genéricos, e pequenas barras de sabonete. Produtos aos quais eu, provavelmente, torceria o nariz, mas que encheram meus olhos de lágrimas.

Tirando a camisa social do Scrooge e minha calcinha e sutiã, entrei embaixo do chuveiro, pronta para suspirar de satisfação.

— Merda! Caralho! — Soltei um grito, sentindo como se neve estivesse saindo da ducha, espetando minha pele. — Santo visco! — Certo. Sem água quente. Esqueça isso. Somente em Winterland a neve *não* seria gelada, mas a água vinda dela *seria* gelo puro. — Nada pode fazer sentido aqui?

Rapidamente, lavei a camada de sujeira do meu corpo e do meu cabelo antes que os meus ossos trêmulos não pudessem mais aguentar. Eu me enrolei numa toalha imensa, deliciando-me com a sensação cálida.

Eu não tinha roupas para vestir, e sem chance de eu entrar novamente naqueles trajes imundos. Amarrei a toalha o mais firme possível ao redor dos seios, passando os dedos pelos nós do meu cabelo comprido e embaraçado. Escovando os dentes, achei extremamente estranho não ter espelhos aqui. Era intencional?

Uma fraca batida na porta veio em seguida.

— Srta. Liddell?

Ao ouvir sua voz, meu estômago deu um nó. Ele estava querendo entrar? Para terminar o que começamos mais cedo? Minha atitude firme já estava cambaleando ante a ideia de deixá-lo entrar, para que pudesse me jogar na bancada e me aquecer. Entreabri a porta, sem confiar em mim mesma, olhando para fora.

Ele estava em pé ali, sem camisa e sujo, com um leve sorriso malandro curvando o canto de sua boca e um material empilhado em suas mãos.

— Não tem muitas escolhas. Isso foi tudo que pude encontrar no armário. — Ele as mostrou para mim. — Nick não é fã de roupas, como você provavelmente notou.

— Sim, infelizmente, eu notei. Minha terapeuta vai fazer valer o preço da sessão quando eu voltar para casa.

Scrooge colocou os itens na minha mão, me observando por um momento e então se afastou dali.

Decepção pesou sobre meus ombros quando fechei a porta. *Não, Alice, essa foi a decisão certa. Obviamente, ele é o único pensando de um jeito racional.* Uma gargalhada escapou da minha boca com a noção de ter colocado o Scrooge como o sensato. Esse lugar estava realmente começando a me afetar.

Na pilha de roupas havia um imenso par de calças masculinas de algodão vermelho e com cordão, provavelmente do Nick. Ela ficava pendurada no meu corpo, então enrolei o tecido e apertei o máximo que pude para segurar tudo no lugar. A camiseta regata branca era tão curta e apertada, que ficava acima da minha cintura, e eu estava convencida de que pertencia a um elfo.

— Fique feliz, poderia ser ao contrário — murmurei para mim mesma, olhando para baixo, torcendo para a camiseta não ser indecentemente transparente.

Eu estava alimentada e limpa, o que não podia mais ser subestimado. Honestamente, eu não podia me lembrar a última vez que me senti tão bem com sabonete barato, água congelante e xampu da promoção.

Eu saí no corredor, não ouvindo nada na sala de estar.

— Minha vez. — Scrooge me encontrou no caminho, e tudo dentro de mim respondeu com uma descarga de adrenalina percorrendo minhas veias. Nunca vi ninguém ficar tão agitada e nervosa perto de um cara. Eu, geralmente, era direta, mas quando o vi andando na minha direção, com o olhar profundo e penetrante, senti o calor aquecer minhas bochechas e dissolver as palavras em minha língua.

Scrooge chegou bem perto de mim, os dedos dos pés tocado os meus.

— Todo mundo foi para a cama.

— Oh? — Foi tudo que meu cérebro conseguiu pensar.

— Dum foi ficar com a irmã no quarto de hóspedes, o Pin também. Lebre subiu para o *loft*, então só restou nós dois aqui.

Engoli em seco, tentando controlar a respiração.

— E onde isso nos deixa?

— Na sala — ele respondeu, suavemente. — Deixei alguns cobertores no sofá para você.

— O-onde você vai dormir? — *Comigo? Por favor?*

— O tapete está ótimo.

— Ah. — A sílaba ficou entalada na garganta.

Seu olhar desceu pelo meu corpo, parando nos meus seios; a água que escorria do meu cabelo deixava a camiseta branca ainda mais transparente.

— Srta. Liddell? — ele disse meu nome tão lenta e profundamente que fui capaz de sentir por todo o meu corpo.

— Sim? — respondi, rouca.

— Você está bloqueando meu caminho. — Ele arqueou uma sobrancelha.

— Ah. Desculpa. Merda. Certo. — Sacudi a cabeça e saí do meio do corredor. Um brilho divertido iluminou seus olhos quando me viu tropeçar. Ele passou por mim para entrar no banheiro e seu braço roçou contra o meu.

A porta se fechou e o ar saiu dos meus pulmões, então cobri meu rosto com as mãos.

— É. Eu também estaria envergonhado. Isso foi bem triste. — A voz do Lebre me fez levantar a cabeça. Ele estava recostado no início do corredor onde as escadas levavam para o *loft*, usando a ponta de um pirulito de bengala afiado para limpar os dentes. — Sério, eu nunca vi uma pessoa se embaralhar desse jeito.

— Cala a boca — rosnei para ele.

— Ei. — Ele levantou os braços, em rendição. — Só falo como vi.

— Você não estava indo para a cama?

Lebre sorriu.

— Sim. Mas lembre-se de que estou logo acima, então, se vocês puderem manter as brincadeiras em um volume baixo, eu ficaria muito grato. — Lebre piscou antes de subir os degraus. — Ah, e de nada pelo jantar.

Resmunguei de um jeito relutante:

— Obrigada. — Ele realmente era um *chef* maravilhoso.

A risada diabólica do Lebre subiu pelas escadas.

Fui dar uma olhada na Dee. Ela dormia pacificamente, seu rosto agora um pouco mais corado. Beijei sua testa e coloquei o cobertor em volta do Dum, que dormia no pé da cama como um animal de estimação dedicado. Pinguim roncava de um lugar no chão no outro lado da cama. O carinha estava esticado sobre um cobertor, as asas se movendo para cima e para baixo, criando anjos de neve em seus sonhos.

O ronco do Nick ecoava nas paredes de seu quarto enquanto eu voltava para a sala de estar. Como Scrooge havia dito, um cobertor e travesseiro estavam no sofá desgastado para mim. Eu os peguei, mas ao invés de me deitar no treco desconfortável, decidi me acomodar no tapete fofo, ao lado da lareira, me esticando de barriga para baixo.

Eu estava cochilando quando senti a presença dele, mais do que escutei. Abri os olhos, sentindo sua presença me arrepiar de cima a baixo. Foi um equívoco.

— Você não quer o sofá? — Sua voz grossa fez com que eu o encarasse por cima do ombro.

Franzi os lábios, na mesma hora. Ele vestia a mesma calça vermelha que eu, mas era só. No entanto, eu *nunca* reclamaria quando esse homem estivesse sem camisa. Seu corpo brilhava com as gotículas de água; a calça mais baixa nos quadris, mostrando o V em seu abdômen. As gotas escorriam pela pele, desaparecendo no cós. A tatuagem sobre seu coração e ombro pulsava sob os músculos. Ele ficou bastante tempo sem camisa, mas eu nunca havia reparado no desenho. Isso é o que acontece quando estamos fugindo para salvar nossas vidas. Uma vaga lembrança dos meus dedos traçando as linhas, quando estava com o cérebro enevoado e confuso fez com que meu corpo formigasse.

Santo quentão batizado das calcinhas em chamas.

— Não. — Eu tossi, virando para o fogo. — Você pode ficar com ele.

Scrooge não respondeu, mas foi até a geladeira, pegou uma garrafa pela metade do mágico hidromel, e retornou para o sofá. Ele desabou no estofado, dando um longo gole, sua mão inconscientemente esfregando a tatuagem em seu peito, com o olhar perdido.

— Nick não tem uma camisa? — Eu me sentei, gesticulando para o tórax desnudo.

O olhar de Scrooge encontrou o meu lentamente.

— Eu estou te incomodando, Srta. Liddell?

— Não. Eu só... não. — Tropecei e caí de cara em qualquer inteligência que eu pudesse ter.

— Duvido que eu ficaria bem em uma camiseta de elfo. — O olhar dele desceu, e tentei ignorar a sensação dos meus mamilos reagindo. O desejo pelo seu toque me cobriu como uma corrente de água.

Virando de volta para o fogo, eu me apoiei no sofá. Eu estava tão perto que sua perna roçava no meu braço. Sem conseguir me controlar, lancei

CAINDO NA LOUCURA

alguns olhares de esguelha para ele. Dessa vez, levei mais tempo investigando a tatuagem, notando que por fora da frase *"É sempre hora do chá"*, escrita em letra cursiva, havia um bule derramando chá em uma cartola de cabeça para baixo com um cachecol vermelho esvoaçante amarrado em volta.

Nós ficamos em silêncio por alguns momentos. Ele olhando para o fogo, ingerindo mais da bebida, perdido em pensamento, a mão ainda esfregando as tatuagens.

— O que isso significa? — A pergunta passou pela minha língua, a curiosidade sempre pulando na frente da razão.

A mão dele parou ao perceber que a estava tocando. Seus punhos cerraram, então ele abaixou os braços, franzindo a testa com irritação. Sua boca se fechou e os olhos estreitaram, mas seu olhar não se desviou em momento algum das chamas.

Era óbvio que eu havia tocado em um assunto bem pessoal e delicado.

— Esquece. — Sacudi a cabeça. — Desculpa, não é da minha conta. — No entanto, eu estava ainda mais intrigada sobre a história da tatuagem. Sobre ele.

— Não tenho certeza se estou bêbado o suficiente para essa conversa, Srta. Liddell — Scrooge bufou, dando uma golada.

Ele ficou quieto por tanto tempo, que nem imaginei que responderia, mas sua voz grave trouxe um arrepio à minha nuca:

— Era a frase favorita da minha esposa. — Ele olhou para a frente, dando um gole. — Não importa o que estava acontecendo, se ela estava com raiva, desesperada, ou com medo, ela pegava a chaleira e começava a fazer um chá, sempre fazendo questão de dizer isso. Como se chá fosse resolver tudo. — Ele sacudiu a cabeça, uma risada amarga saindo dos lábios. — Eu acho que ela fazia isso pensando que iria me acalmar, mas só me deixava com mais raiva. Ela e aquela porcaria de chaleira. — Scrooge enfiou os dedos no cabelo, se ajeitando no sofá. — Agora eu daria tudo para escutá-la me dizer isso novamente.

No mesmo instante, um nó se alojou na minha garganta, uma mistura de ciúmes e tristeza retorcendo meu esôfago. Em seguida, veio a vergonha. Foi por apenas um momento que senti aquele embrulho nauseante. Ouvi-lo falar sobre a esposa, o fato que, obviamente, ele ainda a amava. Ele desejaria que eu desaparecesse em um segundo, se ele pudesse tê-la sentada aqui ao invés de mim. Eu sabia que deveria desejar isso para ele também, mas meu instinto possessivo rugiu.

— Meu filho amava se vestir como eu, usar chapéus quando eram grandes demais para ele. — Ele engoliu em seco, seu polegar deslizando pelo gargalo da garrafa. — Desde que nasceu, sua saúde era debilitada... sempre tão pequeno... tão frio. Um Natal, dei a ele uma cartola igual a minha e um grosso cachecol vermelho. Ele nunca os tirava. Os usou todos os dias até... — Ele interrompeu a frase, piscando rápido para abafar as lágrimas que marejaram seus olhos.

Até ele morrer.

— Você realmente o matou? — sussurrei, me recriminando pela curiosidade prevalecer sobre o decoro. Ainda era difícil pensar que o Scrooge matou o próprio filho. Por quê? E como você poderia viver consigo mesmo depois de fazer uma coisa dessas? Eu tinha muitas outras questões borbulhando dentro de mim, mas nenhuma delas saiu da minha boca.

O silêncio transbordou no cômodo, tirando todo o ar; seus músculos se contraíam como uma cobra pronta para atacar. Ele tomou um longo gole da garrafa.

— Eu sinto muito. — Esfreguei a cabeça. O amor dele pelo filho era nítido. O que levou à morte do filho devia ser algo completamente dolorido e horrendo. — Eu não posso imaginar pelo que você passou.

— Não. — Sua voz tensa expressava hostilidade. — Você não pode.

A cada segundo que se passava, a tensão aumentava ao redor. O vento batia contra as janelas e a porta, ainda tentando nos alertar. Depois de um longo tempo, eu me obriguei a dizer, mantendo o olhar fixo na lareira:

— Eu sinto muito pela sua perda. Por ambos.

Algumas batidas passaram antes de uma garrafa aparecer na minha visão periférica, e minha atenção se concentrou nele quando me ofereceu o hidromel. Aceitei a oferta, acreditando que essa era sua maneira de declarar uma trégua. O som do líquido se agitou quando uma golada desceu pela garganta. Eu era incapaz de desviar o olhar dele.

Sentindo meu escrutínio, Scrooge cerrou o maxilar, 'gritando' para que eu não tocasse no assunto outra vez. Eu não toquei, mas o que saiu da minha boca em seguida foi tão ruim quanto.

— Ela foi a última pessoa com quem você ficou? — *Que porra é essa?* Eu realmente perguntei isso para ele? E então tornei tudo pior: — Quero dizer, não duvido que você tenha recebido propostas... *muitas*... Quero dizer, olhe para você. — Gesticulei para seu glorioso tórax. — Você provavelmente teve garotas se jogando em você... não que você tenha dormido

CAINDO NA LOUCURA 183

com todo mundo que se ofereceu... Quero dizer, eu teria, totalmente. Nada de errado se você dormiu.

Cala. A. Boca. Alice.

Fechei a boca, franzindo o cenho para a garrafa na minha mão. *O que foi isso?* Mas eu sabia que não era nada com o álcool. Scrooge me transformava numa idiota desajeitada.

Ele inclinou a cabeça para o lado, o olhar se movendo sobre mim devagar, como se quisesse me esmiuçar, descobrir o que eu era e se pertencia à mesma espécie.

— Você realmente quer saber, Srta. Liddell? — Rouca e grave, sua resposta evocou arrepios pelo meu corpo.

— Não. — Sim. — Sim. — *Não.* Minha mente girava diante da curiosidade pela resposta, mas meu instinto queria outra coisa.

— Qual é a sua escolha? — Ele arqueou uma sobrancelha escura. — Você quer saber das incontáveis mulheres e homens que me fizeram propostas?

— Não. — Sacudi a cabeça. — Isso não é da minha conta. Por favor, esqueça que perguntei isso.

Ele riu, e seu olhar era tão intenso que chegou a me fazer perder o fôlego.

— Boa noite, Srta. Liddell.

— Boa noite. — Tomei mais alguns goles antes de colocar a garrafa na mesa de centro. Deitando-me sobre a pele de carneiro, os eventos dos últimos dias cobraram seu preço. Eu estava exausta, e não consegui mais lutar contra a calidez do fogo ou contra o tapete felpudo que me puxava ainda mais para sua maciez. Acomodei a cabeça no travesseiro e me aninhei no tapete, observando as chamas e deslumbrada com o poder delas. Os roncos suaves do Lebre desciam do *loft*.

Amanhã seria um novo dia. Lidar com o que estava à frente, mas por agora, nós precisávamos descansar.

O vento sacudia a janela, as vozes sibilantes se juntando em um uivo. O som de couro roçando em alguma coisa ressoou às minhas costas, e achei que o Scrooge estava se ajeitando para uma noite de sono.

— Chega para o lado, Srta. Liddell — uma voz rouca e grave falou atrás de mim, fazendo meus olhos cansados se abrirem por completo.

— O quê? — Eu me virei e deparei com ele descendo do sofá para se acomodar às minhas costas, os olhos tão escuros quanto a noite na penumbra.

— Você tem o único travesseiro e cobertor. — Seu olhar percorreu meu corpo. Bruto. Selvagem. Senti na mesma hora um frio na barriga. Eu me sentei, reerguendo minha guarda. — Além disso, o sofá é extremamente desconfortável. Por isso te coloquei nele. — Um canto de seus lábios se curvou, os olhos penetrantes me incendiando.

— Tão gentil. — Eu tentei encará-lo com irritação, mas meu resmungo saiu trêmulo.

— Nunca fui acusado disso antes.

— Não era para ser um elogio.

— Eu sempre estive na lista dos malvados. — Ele riu, ignorando minha declaração. Milhares de arrepios percorreram minhas coxas.

Entreabri os lábios, vendo-o se enfiar debaixo do cobertor, comigo, e todos os músculos em seu peito se flexionaram, instilando desejo e calor nas minhas veias.

— O q-que você está fazendo?

— Não é como se não tivéssemos dormido um ao lado do outro antes. — Sensualidade escorria de cada palavra, me deixando com a boca seca.

Ele deitou a cabeça no travesseiro, olhando para mim.

— Eu não estava completamente sã daquela vez. — Respirei fundo, sentindo um aperto no peito.

— E você está agora, Srta. Liddell?

Não. Não mesmo.

Ele arqueou uma sobrancelha, de um jeito muito sexy. Ele me fazia sentir como uma adolescente desajeitada, sem a mínima ideia do que fazer com ele. O que ele tinha que fazia cada terminação nervosa pegar fogo, fazendo meu estômago girar?

Ele bateu a mão no espaço no chão, acenando com a cabeça para eu me deitar.

— Você precisa dormir. Eu não vou tocá-la, se é isso o que a preocupa.

O problema era que eu não estava preocupada ou com medo. Era mais a ideia de que ele não me tocaria. *Porra, Alice. Você não pode deixá-lo mexer assim com você.*

— Não importa o quanto você me implore. *Novamente.* — Ele piscou, me enchendo de vergonha e tesão.

— Não existe a menor chance de isso acontecer, eu prometo.

Ele colocou um braço embaixo do travesseiro, confiante para cacete.

— Não prometa algo que não pode cumprir. Então sua palavra não

CAINDO NA LOUCURA

terá valor algum. — A verdade de sua afirmação fez com que meu rosto corasse em humilhação.

— Se enxerga. — Franzi o cenho, virando para o outro lado. Deitei-me, ficando o mais longe que podia, utilizando apenas uma pontinha do travesseiro. Puxando o cobertor até os ombros, tentei ignorar a sensação de seu corpo quente lambendo minha pele e da ideia de tê-lo ao meu lado. Seu quadril e coxa roçavam minha bunda e pernas.

Era inútil. Cada fibra do meu ser estava em sintonia com ele, se esticando, desesperada e ansiando, enquanto meu peito se enchia de medo. Se ele me tocasse ou respirasse perto de mim, ele veria o quão rápido eu desmoronaria. Um castelo de cartas construído na areia.

Vários minutos se passaram, e eu fingia que seria capaz de dormir, no entanto, senti quando ele se virou de lado; as pernas se encostando às minhas. Cada nervo gritava como uma fã histérica e prestes a desmaiar. Apertei o travesseiro e cerrei os olhos com força. Meu corpo quase virou um fóssil na posição fetal, e eu mal respirava.

Uma mão deslizou pelo meu quadril. Gemi por dentro, mas não demonstrei a reação, sentindo meu corpo fervilhar como se ácido percorresse as minhas veias.

— Alice. — Praticamente inaudível, meu nome pulsou contra minha nuca, espalhando arrepios pela minha pele.

Os dedos fortes se arrastaram pela curva do meu quadril, parando no início da camiseta. Cada vez que ele me tocava, eletricidade se alastrava pelos meus músculos. Fogo e gelo. Canela e menta. Quente e gelado. Apimentado e refrescante. A sensação espalhava prazer em meus ossos. Mordi o lábio inferior, reprimindo um gemido.

— Alice... — ele murmurou novamente, fazendo meu coração saltar uma batida. Eu não movi, nem me afastei. Estava com medo da minha reação. De me permitir olhar para ele. De me entregar ao que queria mais do que qualquer coisa.

Ele segurou meu quadril com mais força, me fazendo virar de costas. Apoiado no cotovelo, ele me encarou, os olhos azuis cálidos e brilhantes pelo desejo consumidor. Suas mãos deslizaram da lateral do meu corpo para minha barriga, deixando-me com falta de ar.

— Achei que você não me tocaria, mesmo se eu implorasse. — Respirei fundo, olhando bem dentro de seus olhos. — O que aconteceu com a sua palavra valer alguma coisa?

— Eu disse a *sua* palavra. Todo mundo sabe que a minha não vale porra nenhuma. — Ele se inclinou sobre mim, o peito pressionado ao meu. Suas narinas dilataram quando meus mamilos intumesceram com o contato. Ele segurou meu rosto. — Existe uma razão para eu estar na lista dos travessos.

Sua boca desceu sobre a minha. Devorando. Violenta. Exigente. Estilhaçou qualquer decisão que eu pudesse ter. Faíscas de calor rasgaram minhas veias.

Finalmente.

A sensação de sua boca contra a minha explodiu cada nervo, me submergindo em sensações arrebatadoras. Eu respondi com um desejo selvagem que me amedrontou. Não existia doçura ou momento desajeitado de um tentando conhecer o outro; nossas bocas estavam famintas e carentes.

Bruto. Desesperado.

Ele se moveu e se encaixou entre minhas coxas, sua dureza me pressionando a cada arremetida de seus quadris contra os meus. Um gemido estrangulado escapou quando enlacei sua cintura com as pernas puxando-o para mais perto. Minhas mãos se arrastaram pelas costas musculosas e desnudas, e se enfiaram por baixo da calça, agarrando a bunda firme.

Não existia um lento desenvolvimento conosco, nossa atração reprimida estava crescendo abaixo da superfície desde o momento em que nos conhecemos. Pelo menos para mim. E era por isso que eu tinha medo de seu toque. Eu sabia que quando me tocasse, não ficaria satisfeita até ele me possuir por completo.

Ele grunhiu, a língua entrando mais fundo em minha boca. Explorando. Uma mão segurava meu cabelo molhado quase que dolorosamente, incitando adrenalina e desejo. A outra mão desceu para a bainha da camiseta. Ele levantou o corpo por um momento, arrancando a camiseta, desnudando meus seios. Meus braços foram para cima da cabeça no tapete macio, as costas arqueando quando seus dedos desceram do meu cabelo para o pescoço, e então deslizaram entre os seios.

Ele parou, olhando para mim com tanta intensidade que um gemido me escapou. Mordi o lábio, e levantei os quadris, me esfregando nele.

— Por favor, não pare.

— Alice. — Ele fechou os olhos com força, como se estivesse relutando, mas seu corpo respondeu. Pulsante e duro, seu calor me escaldou através das camadas de tecido; os quadris movendo em sincronia com os meus, friccionando ao ponto de ambos soltarem um gemido. Quando seus olhos abriram novamente, tudo que vi foi o animal feroz que observei abaixo da superfície quando o conheci.

Se ele planejava parar ou diminuir o ritmo, a ideia foi jogada pelo penhasco nevado.

Sua mão abarcou o meu seio enquanto sua boca devorava a minha, seu desejo selvagem e brutal. Mordiscando. Mordendo. Sugando. Ele me beijava tão intensamente, que eu podia sentir cada célula desligando meu cérebro do mundo ao redor, afogando o vento que uivava pela chaminé abaixo.

Seus lábios desceram pelo meu pescoço, mordendo minha pele. Arqueei, as costas no segundo em que sua boca se fechou em volta do mamilo, aquecendo-o com sua língua.

— Ah, meu Deus. — Arranhei suas costas, perdida no prazer. Ele deu a mesma atenção ao outro seio. Eu pulsava com um desejo faminto. Molhada, eu estava desesperada para senti-lo. Puxei o cordão de sua calça. Assim que senti o tecido ceder, enfiei as mãos e as desci pelo quadril estreito. Em seguida, agarrei seu membro em um punho firme. *Santa meia natalina recheada.*

— Caralho — ele grunhiu, impulsionando-se em minha mão, mordiscando o lábio inferior como se não pudesse se controlar. Agora eu estava realmente curiosa com seu tempo de abstinência. Quantas outras mulheres o tocaram, experimentado a sensação de quão gostoso ele era desde a morte dela?

O pensamento remoeu meus ciúmes, e minha mão se moveu para cima e para baixo contra a pele quente. *Meu.* O pensamento despertou no fundo da minha mente. Eu o queria dentro de mim, deslizando para dentro e para fora, me reivindicando. Meus músculos tremiam de desejo. Eu precisava tanto dele que chegava a doer.

No fundo, eu sabia que essa era uma linha que não devia cruzar, por várias razões. Mesmo sua esposa não estando mais viva, não significava que ela não estava presente. Como poderia não estar? Ele a perdeu de uma maneira horrível. Como ele poderia superar aquilo? Ser feliz com outra pessoa? Ele provavelmente a amaria para sempre. Sua memória. Ninguém poderia competir com isso.

Eu era, provavelmente, nada mais que um corpo quente. Um escape para seu desejo básico. Nada mais. Mas eu nunca me recuperaria dele. Ele iria comparar todas as mulheres com a Belle, e eu sempre compararia todos os homens com ele.

Isso deveria ter me feito parar, mas não fez. O pensamento de nunca mais sentir o seu toque ou experimentar a sensação de sua boca contra a minha me assustava mais do que tudo.

Seus dedos desfaziam o laço do meu cós. Levantei os quadris e ele puxou a calça para baixo.

— Alice... — ele sibilou, seu olhar percorrendo meu corpo nu, a palma se abrindo na parte inferior da minha barriga e descendo devagar, os dedos deslizando por mim.

Um gemido aflito me escapou. Inclinei a cabeça para trás, as chamas do fogo refletindo em minha pele quando me abri mais para ele, sentindo-me queimar mais do que as labaredas.

— Tem tantas coisas que quero fazer com você — ele rosnou, seu dedão rolando sobre mim, meus quadris respondendo à carícia, querendo mais. — Você não sabe o quanto quero te foder.

— Por favor. Faça tudo. — Minha voz suplicava, não ligando mais para quem estava na casa. — *Por favor.* — Eu vi um momento de hesitação em seus olhos, provavelmente considerando os outros no pequeno chalé, mas sumiu quando adicionei: — Eu preciso de você dentro de mim. Preciso que me foda.

Seus olhos brilharam, as íris se tornando mais escuras com o desejo. Um rosnado vibrou pelo peito forte e reverberou pelo meu corpo. Ele se moveu acima e sua ereção deslizou contra minha entrada, friccionando e me fazendo cravar as unhas em sua pele.

— Alice... — sussurrou em meu ouvido, roçando os dentes no meu pescoço, deslizando por mim novamente.

— Agora. *Por favor.* — Respirei asperamente, as pernas o apertando em desespero ante a sensação avassaladora.

Bang.

Uma batida sacudiu a porta em suas dobradiças, me fazendo gritar de medo. *Isso foi o vento?* Scrooge se levantou apressadamente, as costas curvadas em defesa.

Boom. Boom. Boom.

A porta tremeu novamente, as batidas soando mais fracas do que antes. Eu me agachei e me cobri com o cobertor enquanto encarava a porta, apavorada.

— Isso não é o vento — murmurei.

— Não. Não é. — O olhar de Scrooge estava travado na porta, como se ele estivesse esperando ver através da madeira.

CAINDO NA LOUCURA

Quem estaria ali atrás? Os soldados da Rainha nos encontraram? Blitzen nos rastreou?

— Que porra é essa? — A voz do Lebre desceu do *loft*, fazendo-me virar a cabeça. Ele chegou no corrimão, esfregando os olhos. Outra batida atingiu a madeira. — Merda. — Seu olhar de desviou da porta e recaiu sobre nós. Ele arregalou os olhos enquanto nos observava. Segurei o cobertor mais apertado em volta de mim.

— Sério? — Ele sacudiu a cabeça. — Agora você decidiu deixar ela lamber seu bastão de menta?

— Cala a boca, Lebre. — Scrooge levantou a calça.

— Onde estava o meu convite para a festa de nudez sexy? Pelo menos vocês podiam ter me convidado, já que eu estava praticamente no mesmo cômodo.

Scrooge encarou o amigo, furioso, antes de se concentrar na entrada.

— Vamos dizer que já era tempo. Mas sério... Eu estava logo aqui. Essa é a regra.

— Essa não é uma regra.

Ele abriu os abraços.

— Bom, deveria ser.

— Não é a hora, Lebre — Scrooge rosnou, chegando mais perto da porta. A porta não tinha uma janela de vidro ou olho mágico. Subi a calça por baixo do cobertor e vesti a camiseta tão rápido que ela estava do avesso e ao contrário.

Lebre desceu as escadas, pegando a garrafa vazia de hidromel na mesa, e a segurando como um bastão.

— *Alice...* — um fiapo de voz masculina murmurou para mim em desespero pelo outro lado, acionando meus instintos. Como se uma teia invisível se esticasse entre mim e o visitante, eu me levantei, escutando o apelo irresistível.

Lebre e Scrooge viraram as cabeças para mim, entrecerrando os olhos.

— Srta. Liddell? — A advertência veio em tom baixo, mas não pude me conter e passei pelos dois. Em direção à voz.

Um barulho alto atingiu a porta, o som de algo como garras deslizando pela madeira.

— *A-li-ce...*

— Acorde o Nick — Scrooge ordenou o Lebre.

— Sem necessidade. — A voz do Santa veio por trás, nos fazendo virar. Ele estava pelado, sem nem ao menos um robe dessa vez, segurando uma espingarda; sua barba, felizmente, cobria a maior parte de sua nudez.

Por favor, não vire de costas. Ver a bunda do Papai Noel seria outro item adicionado à lista para a minha terapeuta.

— No-el... — Eu poderia jurar que ouvi a pessoa do outro lado respirar. Se eles fossem soldados, eles quebrariam a porta ou nos chamariam para fora. Os *gremlins* iriam atacar. Quem estava lá fora me conhecia. Sabia que o Noel estava aqui.

Curioso, muito curioso.

Meus pés se moveram na direção da porta, meu instinto me dizendo para ir... para seguir o chamado.

— Alice! — Scrooge gritou, estendendo a mão para agarrar o meu pulso. — O que você está fazendo?

Ignorando-o, segurei a maçaneta e a girei, abrindo a porta com um rangido. Um corpo caiu dentro da casa assim que a abri, me fazendo dar um pulo para trás com um grito.

— Ai, meu Deus! — Cobri a boca com a mão, horrorizada, ao encarar a figura.

Ensanguentado, quebrado, e tão espancado que seu rosto mal podia ser reconhecido. Seus olhos castanhos bondosos me encaravam através de pálpebras inchadas, e um sorriso angustiado se abriu em sua boca estraçalhada, líquido vermelho cobrindo seus dentes.

— Alice, eu encontrei você — ele disse, arrastado, os cílios fechando.

Ele ficou deitado aos meus pés, meus dedos encharcados com seu sangue.

Mas ele estava vivo.

— Rudolph...

CAINDO NA LOUCURA

CAPÍTULO 26

— Merda. Rudy. — Scrooge correu para o amigo, se agachando ao lado dele enquanto checava o homem destroçado. — Rudy? — Ele bateu no rosto dele, tentando acordá-lo.

Lebre se moveu à minha volta para o outro lado, abaixando as longas orelhas sobre o peito mutilado e ensanguentado de Rudolph. Ele esperou por alguns momentos, as orelhas se mexendo. Escutando. Então, levantou a cabeça.

— Merda, Scrooge, ele tem um pulmão perfurado. Ele mal está se aguentando.

Scrooge agiu sem hesitação, enfiando os braços embaixo do corpo desfalecido da rena, grunhindo ao erguer o imenso homem-cervo. A cabeça do Rudy tombou para trás, seus chifres quebrados batendo na perna do Scrooge.

— Ferva um pouco de água, localize linha e agulha se puder, e lençol — ele ordenou para o Lebre, o seu olhar agora se concentrando no meu. — Pegue o hidromel. Tudo.

— O quê? — Nick se virou diante das palavras de Scrooge, medo dominando suas feições. — *Todo* o hidromel? Com o que nós iremos sobreviver?

— Tudo, Srta. Liddell. — Scrooge empurrou o homem barbado para que saísse do caminho e disparou pelo corredor.

— Que porra é essa que você está fazendo? Esse quarto é meu! — Nick esbravejou e o seguiu. — Você já se tornou um estorvo aqui. — Scrooge entrou no quarto de Nick, ignorando-o por completo. — Não! Eu disse, não! Isto é *meu*! Este quarto é meu. Minha casa! Não se atreva... — As bochechas do velho estavam vermelhas de raiva, seus pés martelando o chão enquanto ainda gritava.

Naquele instante, percebi que Scrooge estava certo. O Papai Noel estava morto. O ídolo de milhares de crianças espalhadas pelo mundo, que o conheciam por diferentes nomes, mas que o amavam de igual maneira, não estava mais aqui.

Papai Noel era gentil, alegre, altruísta, generoso e amável. Nick era egoísta, grosso e insensível. A Rainha havia vencido, afinal. Ela destruiu a única coisa que ainda era pura e bela neste mundo.

Corri até a cozinha junto com Lebre, dirigindo-me diretamente para o armário onde vi Scrooge pegar as garrafas de hidromel. Ouvi quando o coelho colocou as panelas no fogão, ligando as chamas na potência máxima.

Lebre murmurava para si mesmo enquanto se movia pela cozinha:

— Não consigo acreditar que ele está vivo.

— O quê? — Peguei uma cadeira e a usei para subir e alcançar o armário mais alto, em busca de algumas garrafas guardadas no fundo.

— Os jogos da Renas. — Ele abriu uma gaveta e apanhou uma porção de panos de prato. Jogando-os sobre a mesa, continuou vasculhando outros armários. — Eles são disputados até a *morte*. Ele não deveria estar vivo.

— Talvez Blitzen tenha pensado que ele morreu. — Pulei da cadeira com quatro garrafas entre os braços.

— Até a morte... — Ele virou a cabeça, agora de perfil para mim, e sua expressão enviou um arrepio pelo meu corpo. — Os machos derrotados são tratados como troféus, ou seja, a cabeça de Rudy estaria pendurada na parede da Rainha. Ela já tem duas dessas lá. Ele seria um prêmio. Uma enorme perda para o nosso lado.

— O quê? — Fiquei boquiaberta e as garrafas começaram a escorregar das minhas mãos suadas.

— Ei! Essa mercadoria é preciosa. — Lebre as tomou de mim.

— Como assim a Rainha já tem duas? — Meu coração começou a martelar no peito, ciente do que suas palavras significavam.

— Dancer e Prancer. — Lebre colocou as garrafas sobre a mesa e se virou para conferir a água que fervia no fogão.

— As duas estão mortas?

Ele arrastou a cadeira que usei para alcançar os armários e saltou sobre ela. Lebre não respondeu minha pergunta, mas nem precisava, de qualquer jeito.

— Todas as renas, com exceção de Blitzen, permaneceram fiéis ao Noel, com a esperança de que o homem que foi ainda estivesse ali dentro. — Lebre começou a seguir para o corredor. — Mas Blitzen foi atrás de Dancer

CAINDO NA LOUCURA
193

e Prancer, especificamente. Eles os caçou como se fossem monstros. E os transformou em um exemplo para todos os outros.

— Por quê? — Engoli em seco.

Lebre me encarou por cima do ombro, o ar tristonho agitando seus bigodes.

— Eles eram amantes.

Pisquei, confusa.

— Antes da Rainha, não havia regras a respeito desse tipo de coisa. Noel acreditava em toda sorte de amor. O amor era lindo. Puro. De qualquer maneira. Ódio e preconceito eram horríveis. Malignos. Este lugar era baseado em alegria e amor por *todos*, embora Blitzen sempre estivesse tecendo comentários maldosos e zombando deles por conta de seu relacionamento. Ele se aproveitou da liderança que a Rainha lhe deu, fazendo-a enxergar aquilo como algo errado. Desprezível. Eles mereciam ser tratados como bestas. Mortos e pendurados como troféus.

— Ah, meu Deus. — Meu estômago embrulhou, e agarrei com mais força os gargalos das garrafas, tamanha minha angústia.

— Com a desculpa de matar todos os seguidores de Noel, ela permitiu, com o maior prazer, que Blitzen prosseguisse com seu plano. — Lebre voltou e encarou a água que borbulhava na panela. — Aqueles dois eram caras bacanas. Sempre felizes e querendo enxergar o melhor nas pessoas.

— Vocês eram amigos?

Lebre deu de ombros.

— Todos nós costumávamos ser amigos aqui antigamente. Mas isso foi há muuuuito tempo. A escuridão da humanidade desceu sobre nós, transformando a todos. — Ele desligou a boca do fogão, para que a água pudesse esfriar um pouquinho. Mundanos! Vocês amam o ódio, intolerância e preconceito mais do que se importam com as pessoas e tudo o que há no mundo.

Eu queria rebater sua afirmação, defender meu lar, mas ele estava certo. A feiura começou a crescer como ervas-daninhas, sufocando toda empatia e gentileza. Desde que não os afetasse, eles não se importam com nada mais.

— Lebre! Srta. Liddell! — Scrooge berrou do corredor. — Por que diabos vocês estão demorando tanto?

Peguei todos os itens e corri até o quarto de Nick, adentrando o aposento mal-iluminado. O velho andava de um lado ao outro do aposento, nervoso, passando a mão pelo cabelo longo e a barba branca, murmurando para si mesmo. Ao ver a bunda desnuda do homem, automaticamente me concentrei na figura que se contorcia deitada na cama. Uma única lâmpada na mesinha de cabeceira iluminava o local. Scrooge havia retirado o edredom e rasgado os farrapos que cobria o corpo injuriado de Rudy.

Marcas de dentadas, sangue e pele exposta cobria cada centímetros de sua pele, mas sua nudez me fez recuar, surpresa.

— *Santa guirlanda...* — murmurei.

Tuuuudo bem... então cada homem desse lugar era bem saudável... *muuuito saudável*. Rudy não era circuncidado, mas Scrooge, sim. E eu sabia disso em primeira mão... sem trocadilhos. Parecia que era uma prática mais humana a se fazer, não algo que as renas de Winterland tivessem o hábito.

— Srta. Liddell? — Scrooge estendeu a mão, uma sobrancelha arqueada, exigido minha atenção de volta a ele. Senti meu rosto vermelho na mesma hora.

— Ah, sim. Desculpa. — Pigarreei, entregando as garrafas e panos. Ele as colocou em cima da mesa de cabeceira, abrindo um dos jarros.

— Despeje um pouco na boca dele, bem devagar para que não se engasgue. — Ele me entregou o frasco. — Teremos que encher a banheira com o restante. Seu corpo vai precisar ficar imerso depois que eu suturar seus ferimentos.

— Não, não e não! Puta que pariu, de jeito nenhum! — Nick bateu os pés, mas o ignoramos da mesma forma que faríamos com uma criança birrenta. — É minha última remessa.

Assenti para o Scrooge e fiz o que instruiu. Eu ainda estava surpresa com toda aquela comoção, Dum e Pin sequer se aventuraram pelo quarto. Eles, provavelmente, estavam muito cansados.

Scrooge umedeceu uma toalha com álcool e começou a limpar os ferimentos de Rudy.

— Água potável. — Lebre entrou no quarto, espirrando o líquido pelas bordas da vasilha.

— Obrigado. Encontrou alguma agulha e linha?

— Não, e procurei por toda a parte. — Lebre se virou para Nick. — Você vai dar uma ajudinha aqui ou vai ficar aí parado como uma jujuba podre?

— Ajudar? Vocês vieram para a minha casa e trouxeram confusão. Eu estava muito feliz sem ninguém. Todos vocês são invasores. Eu não queria ninguém aqui e não vou ajudar merda nenhuma.

CAINDO NA LOUCURA   195

— Ei! — Scrooge gritou tão alto que cheguei a me assustar. Sua expressão era um mix de desgosto e raiva, o olhar fixo em Nick. — Cala a porra da sua boca ou dê o fora daqui. Rudolph nunca, e digo, nunca, deixou de ser fiel a você. Um *amigo*. Um que você não merece — rosnou. — Você se esqueceu do que isso significa? Perdeu toda a capacidade de pensar em outra coisa além de si mesmo?

— Como você se atreve... — Nick bufou. Eu podia jurar que ele aumentou de tamanho quando estufou o peito com indignação.

— Você acha que é o único que sofreu nas mãos dela? — Cólera escorria pelo homem sexy e tranquilo por baixo da superfície, dando lugar à besta furiosa. — Você acha que é o único a quem ela reduziu a nada, de quem tirou tudo? Olhe ao seu redor. Você não é. — Suas narinas estavam dilatadas. — A diferença entre você e nós, é que você a deixou ganhar. Você desistiu... escondendo-se nesse buraco de merda só porque é mais fácil, enquanto outras pessoas ainda estão lá fora, lutando e morrendo em seu nome. Você não merece a adoração que sentem. — Scrooge respirou fundo. — Agora, dá o fora daqui, porra, antes que eu perca a paciência.

Essa era a versão dele sem que tivesse perdido a paciência? Como ele agiria quando realmente surtasse?

Nick o encarou com raiva por alguns segundos, antes de sair pisando duro do quarto, resmungando e agitando os braços.

— Porra, cara... isto foi meio arriscado. O homem é completamente louco. Poderia ter rolado o que aconteceu da última vez. — Lebre exalou o ar com força.

— É, seu sei — Scrooge retrucou, voltando a se concentrar em Rudy. — Dessa vez eu me contive e não dei uma surra nele.

— Já é um progresso — Lebre zombou. — Embora eu ache que ele te venceu da última vez quando colocou um balaço no teu traseiro.

Scrooge enrugou o nariz.

— Vá encher a banheira, Lebre.

— Com o maior prazer. — Ele recolheu as garrafas.

— Não se atreva a beber.

— Cacete, você é realmente rabugento. — O coelho se dirigiu ao banheiro, deixando-nos a sós com o paciente.

— Nick atirou em você?

— Sim. — Ele franziu o cenho, tratando dos ferimentos no tórax de Rudy com gentileza. — Tivemos uma pequena diferença de opiniões da última vez em que nos vimos.

— Uma pequena? — caçoei.

Scrooge rasgou um pedaço de tecido, mergulhou na água quente e me entregou a outra metade. Sem mais nenhuma palavras, nós dois limpamos o melhor que podíamos o sangue seco e a sujeira ao redor das lesões. Eu mordia meu lábio com força, tentando não demonstrar a náusea que sentia diante das veias expostas, pele, ossos e músculos dilacerados.

A cada respiração sibilante de Rudolph, era como se o pulmão não perfurado estivesse tentando trabalhar dobrado.

— Ele precisa de cirurgia. Esses ferimentos não importam. Ele não vai sobreviver com um pulmão só. É bem provável que esteja com hemorragia interna também. — Eu não era médica nem nada, mas era nítido que a vida dele estava por um fio.

— As coisas funcionam de um jeito diferente aqui. Nós não temos hospitais como vocês, da Terra, têm.

— E o que vocês têm? — Peguei uma garrafa de hidromel e esfreguei um bocado do líquido em seus lábios e pouco abaixo das narinas.

— Isto aqui — Scrooge retirou a garrafa da minha mão e tomou um gole, os ombros relaxando um pouco — tem propriedades mágicas.

— Vai curá-lo por dentro? — Eu sabia que havia ajudado a Dee, mas os ferimentos de Rudy pareciam muito mais graves.

— Ele tem que ficar imerso, para que sua pele e corrente sanguínea absorvam o líquido. — Ele me devolveu a bebida e eu também tomei um gole, para me acalmar. Não era desse jeito que imaginei que a noite acabaria.

Scrooge me encarou como se tivesse ouvido meus pensamentos, antes de pegar o homem-cervo novamente, levando-o para o banheiro. O corpo inerte de Rudolph se balançava em seus braços, como Dee estivera mais cedo.

— E se não funcionar?

— Então ele vai morrer.

Mergulhando uma toalha no líquido, rocei o tecido sobre a testa de Rudy, o rosto ainda inchado e duramente espancado, mas o hidromel já mostrava sinais de que ele estava melhorando. Suas bochechas agora estavam coradas, os cortes profundos e abertos começando a fechar. Eu não podia dizer o mesmo sobre os danos internos. Ele ainda tinha muita dificuldade para respirar, sibilando com o esforço.

Mexi os ombros, tentando alongar um pouco os músculos e ossos doloridos por conta da posição curvada por tanto tempo. Eu não fazia a menor ideia de há quanto tempo estávamos aqui, observando-o como um falcão, temendo que seu único pulmão entrasse em falência.

Seus chifres quebrados estavam pendurados de ambos os lados da banheira, impedindo que ele afundasse e se afogasse no líquido marrom, mas seu corpo machucado estava todo submerso.

Contra todas as Leis da Física que eu conhecia, as quatro garrafas encheram a banheira por inteiro, de alguma forma calculando a quantidade necessária e multiplicando a quantidade.

Eu já havia desistido de tentar entender as coisas por aqui.

Depois de posicionarmos Rudy na banheira, assegurando que ele estava bem e ainda respirando, mandei Scrooge e Lebre descansarem um pouco. Não precisávamos ficar os três ali, fazendo guarda. Por alguma razão, eu não conseguia sair do lado dele. A estranha conexão que eu sentia entre nós desde o início, zumbia em minhas veias, necessitando estar onde ele estivesse. Desde o instante em que o vi do lado de fora do chalé do Papai Noel, na fazenda, fui atraída por ele. Pode-se dizer que fui incapaz de deixar de segui-lo até o buraco do coelho.

— Você precisa descansar, Srta. Liddell. — Scrooge estava de cara feia, seu olhar se alternando entre mim e Rudy.

— Você também, *Sr. Scrooge*. — Cruzei os braços, irritada pela formalidade comigo. Não havíamos passado dessa etapa? — Eu vou ficar com ele.

— Tudo bem — grunhiu. Seus ombros estavam retesados de raiva. Sem mais nenhuma palavra, ele arrastou uma cadeira para que eu me sentasse, antes de me deixar ali tomando conta de Rudy.

— Acorde-me em algumas horas, e eu assumo os cuidados. — Ele acenou para Rudy, sem conectar o olhar ao meu e com o tom de voz irritado.

— Claro. — Eu também não podia encará-lo, sentindo a tensão aumentar entre nós.

Estivemos prestes a transar, e agora tudo parecia desconfortável e tenso.

Na verdade, era pior... Ele estava agindo como se nada houvesse acontecido entre nós. Com indiferença. Ele ficou feliz pela súbita aparição de

Rudy ter nos interrompido? Esfregando a testa com força, afastei o infame Ebenezer Scrooge da minha mente, concentrando-me no homem à beira da morte à frente.

Decidi não acordar Scrooge para o posto de vigilância, preferindo deixá-lo dormir até que acordasse por conta própria. Não era como se desse para saber o horário aqui, já que não havia luz do sol para indicar um novo dia. O que eu sabia era que não conseguiria dormir de todo jeito. Encarando Rudy, meu estômago embrulhou diante da preocupação e o desespero em saber se ele ficaria bem.

— Por favor, você tem que sobreviver — sussurrei, esfregando gentilmente a toalhinha encharcada pelos ferimentos de seu rosto, encolhendo-me a cada vez que o ruído em seu peito vacilava.

O silêncio apenas infundia mais dúvidas em mim. Por que fui capaz de vê-lo? Por que o segui até aqui? Todos aqui achavam que isso era impossível, mesmo que vivessem em uma terra onde tudo poderia acontecer. Se havia uma proibição mágica em Winterland, que alegava que humanos não podiam entrar, por que eu entrei? E como faço para sair? Será que eu voltaria para casa? Será que veria meus pais e minha irmã outra vez?

Minha mente dava voltas e voltas, sem encontrar uma única solução. Esfreguei a nuca, precisando me movimentar um pouco. Fiquei de pé e alonguei os braços acima da cabeça, ouvindo as articulações estalando. Eu podia jurar que meu corpo estava pau da vida comigo por ter ficado sem o prazer prometido horas atrás. Embora tivesse acontecido há um tempo, o fogo ainda rastejava pela minha pele. Na defensiva, tentei adotar a mesma postura do Scrooge – indiferente –, sem muito sucesso, no entanto.

Fui até a pia e joguei um pouco de água no rosto, o líquido congelante enviando uma onda de arrepios de tremer os ossos. Por força do hábito, espiei meu reflexo no espelho, mas só havia madeira me encarando de volta. Era tão bizarro não ter um espelho no banheiro, não poder ver as olheiras nos meus olhos fatigados, os hematomas no meu rosto, ou ver o tanto que meu cabelo estava desgrenhado.

Com um suspiro fundo, dei umas palmadinhas com uma toalha no meu rosto.

— Al-lice... — A voz rouca ressoou no total silêncio.

Arfei e virei a cabeça de supetão, seguindo o chamado.

— Alice... — Rudy disse o meu nome como um sussurro soprado ao vento.

CAINDO NA LOUCURA

Eu me virei e senti a esperança borbulhar no peito, meus joelhos se chocando contra as vigas do pavimento quando me ajoelhei ao nível de seus olhos.

— Estou aqui — respondi, observando seu rosto. Uma pálpebra ainda estava fechada pelo inchaço, e a outra se abriu apenas o suficiente para que eu pudesse ver a íris em um tom castanho-escuro me encarando, como se precisasse saber que eu era real.

Um suspiro profundo sibilou de sua garganta.

— É você de verdade.

— Sim. Sou eu. Estou bem aqui. — Mergulhei o braço dentro do hidromel encorpado, e agarrei sua mão. — Não vou te deixar.

Ele abriu a boca, como se estivesse sentindo dificuldade em se expressar.

— Não... — Apertei sua mão. — Apenas descanse. Você está a salvo agora.

— Mas...

— Mais tarde.

Ele franziu o cenho, sem querer esperar mais tempo.

— Descanse. — Toquei seu rosto com a outra mão. — Estarei bem aqui quando você acordar.

Ele me encarou por um longo momento antes de fechar o olho, cedendo ao sono. Ele deu um suspiro agudo que estranhamente soou como se estivesse dizendo 'Frosty', antes de ficar inconsciente.

— Ele parece ter uma queda por você. — Uma voz profunda veio por trás, fazendo meu coração quase saltar pela boca.

— Merda! — Virei a cabeça e coloquei a mão no peito. Seja pelo medo ou pelo fato de que o homem me fazia perder o fôlego por ser sexy pra cacete, comecei a me tremer diante da figura recostada no umbral. Seus braços estavam cruzados, o cabelo bagunçado, as calças baixas nos quadris. *Puta que pariu.* — Você me assustou pra caralho.

— Pensamento bem agradável. — Ele me encarou, o tom de voz indicando o humor em que se encontrava.

— Você não pode agir desse jeito sorrateiro com uma garota — bufei, dando palmadinhas no peito em uma tentativa de me acalmar.

— Eu não me esgueirei — ele respondeu com rispidez. — Você estava tão envolvida na sua paquera que não me ouviu entrar.

— Paquera? — debochei. Não consegui impedir que meus olhos varressem cada centímetro do seu corpo.

— Você não me acordou. — Afastando-se do umbral, ele veio na minha direção com o maxilar contraído. A intensidade de seu olhar se arrastou pela minha pele. Olhei de volta para a banheira, respirando fundo quando me levantei.

— Achei que seria legal que você tivesse uma boa noite de sono, já que você não dormiu nada na noite passada.

— Não estou nem aí. Eu te dei instruções par...

— Opa! — Virei-me para ficar frente a frente, as farpas estalando de mim como se eu fosse um peixe baiacu. — Você só pode estar de sacanagem. — Inclinei a cabeça, as narinas dilatadas. — Em primeiro lugar, ninguém me dá instruções ou ordens para fazer qualquer coisa, especialmente um tipinho machista. Segundo, não sou seu soldado, lacaio ou uma garotinha submissa que recebe ordens de todo mundo. Sou perfeitamente capaz de tomar minhas próprias decisões e cuidar de mim mesma. — Espetei meu dedo indicador em seu tórax. Anos trabalhando com homens sexistas, condescendentes e com uma lógica masculina tosca, se agitaram no meu peito, chicoteando o cara à minha frente.

Seu olhar pousou no meu dedo que o cutucava, então de volta para mim por trás de seus cílios escuros.

— Eu *sei* o quão perfeitamente capaz você é, Srta. Liddell. Mais do que capaz, se não me engano. — O significado de suas palavras se alastraram pelo meu corpo, sua proximidade pulsando pela pele. — Mas você não terá serventia nenhuma para mim se estiver dormindo em pé amanhã.

— Serventia? — Eu ainda não havia afastado a mão de seu peito. — Que utilidade eu teria para você?

A sombra de um sorriso curvou um canto de sua boca, seu olhar focado em mim, cortando e atravessando meus pulmões como as hélices de um helicóptero.

— Tenho *inúmeras* ideias de como eu poderia te usar.

Eu ainda estava respirando, certo?

— Dee e Rudy são extremamente importantes para mim. Eu preciso de você aqui, com eles. Também quero que você comece a se preparar para treinar um... exército.

— Treinar um exército? — Recuei um passo.

— Você já provou ser capaz de manejar uma arma e a si mesma. Você tem uma pontaria excepcional. Luta bem, pensa rápido e é ágil, além de entrar de cabeça na hora de assumir a liderança. Muitos poderão precisar disso. Da sua liderança.

CAINDO NA LOUCURA

— Do que você está falando?

— Vim aqui com a vã esperança de encontrar o Noel dentro dele e ver se poderia nos ajudar em nossa luta contra a Rainha. — Scrooge coçou a mandíbula coberta pela barba. — Ela o destruiu, de verdade. Ele se foi, e está perdido na terra dos esquecidos e despedaçados. — Ele colocou as mãos nos quadris. — Seja como for, não podemos lutar contra ela sozinhos. Há muitos por aí afora que estão se escondendo e são fiéis ao Noel. Lebre conhece aqueles a quem devemos contatar. Se espalharmos a notícia de que ele está de volta, pronto para retomar seu reino, então eles virão.

— Você quer dizer se *mentirmos*.

— Mentir é um termo muito restrito. Eu prefiro pensar que estou sendo otimista à frente da verdade.

Bufei uma risada, sacudindo a cabeça.

— Agora entendo porque você está na lista dos travessos.

— Você ainda nem começou a ver o porquê. — Ele me encarou, penetrando minha pele, como se visse através de mim.

Quase como uma bomba d'água extraindo água dos meus pulmões, fiquei com a boca seca. Foquei meus dedos dos pés, observando-os se curvar contra o piso.

— E o que você vai fazer enquanto estou suspostamente treinando um exército inexistente para que lutem por um homem que já não está mais presente?

— Eu vou sumir.

— O quê? — Levantei a cabeça de supetão. — O que você quer dizer com *vou sumir*?

— Exatamente o que eu disse. Eu vou embora.

— Você vai embora? — Minha voz reverberou pelas paredes, estridente. — Sério? Você vai nos abandonar? — Não deixei que respondesse antes de direcionar minha raiva a ele. — Ah, já entendi. Você é do tipo que quando as coisas apertam, desaparece. Nada mais que um covarde em uma pele de lobo. — Empurrei seu peito, obrigando-o a recuar até que ele se chocou contra a pia.

— Srta. Liddell. — Ele tentou segurar minhas mãos. — Alice.

— Não! Você não pode usar meu primeiro nome agora! Não dá pra acreditar que você quer ir embora. Seu bundão sem caráter! Você tem noção do tanto que eles te adoram? — Indiquei a porta. — Lebre, Pin, Dum e Dee? Até mesmo o Rudolph! Todos eles acreditam em *você*. Eles não estão seguindo o Noel... estão seguindo *você*! E você vai abandoná-los? Vai *me* abandonar? — Eu o empurrei outra vez, sentindo a raiva fervilhar meu sangue. — Acho que o Frosty estava certo a seu respeito — disparei, encarando-o como se ele fosse um inseto. — Um desertor mentiroso que ficou assistindo sua esposa e filho morrerem. Ou você os matou? — Assim que as palavras saíram da minha boca, desejei que nunca tivesse dito aquilo.

Em um piscar de olhos, Scrooge segurou meus pulsos em uma mão só e me empurrou contra a parede, tirando meu fôlego. Sua mão livre se enrolou ao redor do meu pescoço. Seu corpo pressionou o meu, os olhos flamejando com a ira.

— Acredite no quiser ao meu respeito. É óbvio que você já decidiu o que pensar sobre o meu caráter. — Ele me empurrou com força contra a parede, a voz baixa e ameaçadora. — Mas *não ouse* trazer a memória do meu filho às suas suposições terrivelmente equivocadas. Você não tem a menor ideia do que aconteceu. O que *ele* enfrentou. O que *eu* passei.

Sua mão mal pressionava minha garganta, mas minhas desculpas não saíam de qualquer forma. Eu sabia que havia errado. Que fui longe demais. Eu não conseguia acreditar, mas era comum minha boca me colocar em apuros antes que minha mente pudesse impedir.

Meus pulmões se comprimiam no meu peito, meus mamilos agora intumescidos por conta da fricção. Sua mão no meu pescoço e o corpo contra o meu apenas transformaram meu medo em um desejo brutal. Suas pupilas estavam dilatadas quando seu polegar inclinou minha cabeça para trás, nossos olhares conectados.

— E não vou deixá-los. — Fúria zumbia no ar, seu corpo colado ao meu; a sensação de seu membro quente e pesado contra a minha barriga quase me fez soltar um gemido. — Ou a você.

— Mas...

Seu polegar esfregou meus lábios, impedindo-me de continuar.

— A Terra dos Perdidos e Despedaçados... é um lugar. — Ele estava tão perto que cada palavra roçava minha boca, bombeando mais adrenalina pelo meu corpo e confundindo minha mente. Eu já nem me importava se havia mais alguém no cômodo. Meu corpo queria aquilo do que foi privado antes. — É para onde os objetos vão quando são descartados, perdidos ou esquecidos.

— Como o quê? — Engoli em seco contra sua palma, o polegar esfregando a minha garganta.

CAINDO NA LOUCURA

— Brinquedos, jogos, presentes.

— Ainda não estou entendendo. O que você precisa que tem lá? — Vergonha pela reação do meu corpo a ele aqueceu minhas bochechas. Eu também não podia negar a onda de alívio.

— Noel.

Entrecerrei os olhos e indaguei:

— Noel?

— É onde *todas* as coisas vão quando estão perdidas e destruídas. — Ele se afastou de mim, e cada uma das minhas células gritou em protesto. Caminhando até a porta, acenou em direção ao Rudy, por cima do ombro.

— Ele precisa de você nesse exato momento.

Eu o encarei, totalmente confusa.

— Sairei assim que ajeitar todas as coisas por aqui.

— Você vai voltar, não é? — Medo se instalou por dentro, embrulhando meu estômago.

— Eu vou tentar. — Parou à porta, olhando para mim.

— O quê? — Sobressaltada, dei alguns passos à frente. — Tentar? O que você quer dizer com tentar?

— É a Terra dos Perdidos e Despedaçados, Srta. Liddell. — Suas sobrancelhas arquearam. — Você não pode ir até lá e esperar que não se perca no processo.

CAPÍTULO 27

— Não! — Lebre gritou do corredor, me acordando.

Meus músculos doeram na mesma hora pela forma desajeitada como me lancei para frente. Pisquei rapidamente, esfregando a nuca, e olhei para o Rudy para me assegurar de que ele ainda estava vivo. Sua respiração estável me deixou mais relaxada, mas todas as minhas articulações rangeram quando me levantei depois de horas vigiando seu sono. Eu não me lembrava de ter adormecido, mas pelo cheiro que vinha da cozinha, deve ter sido há bastante tempo.

O cheiro delicioso de canela e pão assado se infiltraram pelo ar, e meu estômago rugiu com a fome. O som de panelas, associado com Pin e Dum cantando em total desafino, *"Coisas que eu amo"*, do musical A Noviça Rebelde, ecoou até mim. Caminhei pelo corredor e avistei todo mundo sentado à mesa. Pin rodopiava no espaldar da cadeira, enquanto Dum corria ao redor da mesa. Nick estava sentado em uma ponta, ainda pelado, apesar do par de botas pretas. Ele devorava sua comida sem dar atenção a qualquer um ali.

— Lebre. — Scrooge se postou de pé entre as cadeiras de Dum e Pin. Ele havia encontrado uma camisa branca que, com certeza, devia pertencer ao Nick. Era folgada, mas, ainda assim, seus músculos definidos podiam ser vistos pelo tecido. Vestido com a calça vermelha do Noel, e os coturnos pretos, ele parecia já estar pronto para ir embora.

— Sinto muito, você não me ouviu direito? — Ele colocou uma panela de pãezinhos de canela com força sobre a mesa. — Era um maldito não, seguido de um não, porra.

O coelho usava um avental cheio de babados com desenhos natalinos, e luvas combinando, e bateu com o pé na cadeira mais próxima, encarando Scrooge.

— Eu não pedi a sua opinião. — Scrooge estendeu a mão para pegar um pãozinho grudento, mas recebeu um golpe de espátula de Lebre. — Ai!

— Você não vai comer os pãezinhos de canela. — Ele golpeou a mão de Scrooge mais uma vez, completamente irritado. — É inútil uma pessoa comê-los quando não vai se lembrar de quão deliciosos eles são, ou sequer se recordar de nós, ou até de si *mesmo*.

— Lebre. — Scrooge suspirou, sentou-se contra os calcanhares. Lançou um olhar de soslaio na mesa ao homem que devorava os *muffins* que sobraram na noite passada, sem dar ouvidos a eles. — Você sabe que é nossa única alternativa.

— Pãezinhos de canela! Pãezinhos de canela! — Pin agitou suas asas para cima e para baixo. Dum desabou em sua cadeira, cantarolando com o pinguim.

— Não. Não é. — Lebre ignorou os apelos de Pin e Dum. — É suicídio.

— Estamos sendo um pouco dramáticos, não é mesmo? — Scrooge zombou. Enfiando a mão por baixo da espátula, ele pegou um pãzinho e colocou no prato de Pin, cortando em pequenos pedaços para ele. Alegre, o pinguim gritava e dançava em sua cadeira, esperando que Scrooge terminasse. Aquele homem era tão gentil e amável com ele; dava para ver como ele deve ter sido amoroso como pai. Ele pode ter perdido seu filho, mas era nítido que considerava Pin como alguém de sua família. Todos eles eram.

— Você é um idiota. — Lebre colocou um pãozinho gigante no prato de Dum, e o elfo enfiou a cara na guloseima grudenta. Quando ergueu a cabeça, o glacê pingou de seu rosto com a risada histérica.

— Todos vocês são idiotas do caralho — Nick murmurou. — E ladrões! Saiam daqui hoje. Todos vocês. Quero que deem o fora da minha casa.

— Definitivamente, nada de pãezinhos pra você — Lebre rosnou para o velho, voltando a encarar Scrooge. — Você contou sobre o seu plano maravilhoso à Alice?

Scrooge retesou o corpo, a boca agora curvada em irritação.

— O que ela tem a ver com isso?

— Ah, pelo amor de qualquer coisa. — Lebre revirou os olhos. — Você realmente vai agir como se não se importasse?

— *Não* me importo com a Srta. Liddell ou com a opinião que ela tenha sobre o assunto.

Seu tom áspero percorreu meu corpo. Suas palavras foram tão gélidas que me deixaram congelada no lugar.

206   **STACEY MARIE BROWN**

— Então, a deslizada pela chaminé na noite passada não significou nada?

— Não aconteceu nada. — Scrooge contraiu a mandíbula. — De qualquer maneira, foi um erro.

Ai. Essa doeu.

— Você só fala merda. — Lebre sacudiu a cabeça.

— Ela não pertence a este lugar.

Outra flechada no meu peito.

— Ela vai voltar para o seu mundo assim que puder, o que será melhor para todos. Ela não tem uma história aqui.

— Você também não tinha... — Lebre largou a espátula, cruzando os braços.

Scrooge levantou a cabeça, com o maxilar cerrado.

— Já tomei minha decisão. Estou indo embora. Você pode agir como minha esposa e me encher o saco o quanto quiser. Esta é a única maneira de trazê-lo de volta. — Ele acenou para Nick.

O velho pegou três pãezinhos, claramente ocupado se empanturrando enquanto murmurava, entre uma mordida e outra, que queria todos fora de sua casa.

— É óbvio que alguém tem que te encher o saco. Você não entende o que vai acontecer?

— Sim. Estou mais do que ciente.

— Aquilo vai reivindicar você.

— Eu não vou permitir.

— Você já está a meio caminho andado de lá, de qualquer forma.

— Lebre. Isso *não* está em negociação. Eu sou o único que pode fazer isso, e *precisamos* dele para lutar contra ela. Ele é o único que detém o poder suficiente. Aquele por quem eles lutarão com todas as forças.

Lebre balançou a cabeça, em negação, o coto do que antes foi seu pé batendo com mais força na cadeira.

— Tudo bem. Mas eu vou com você.

— Não. Você. Não. Vai.

— O quê?! — O grito do coelho retumbou pela sala.

— Eu preciso de você aqui. Para protegê-los. — Scrooge olhou para Dum e Pin. — Dee e Rudy estão em péssimo estado e precisam de cuidados constantes. A qualquer momento esse lugar pode ser encontrado. E você sabe que ele não vai mexer um dedo. — Apontou com o queixo para Nick. — A Srta. Liddell não deveria ficar responsável por tudo. Eu preciso

CAINDO NA LOUCURA

de você aqui mais do que ninguém. E não posso te perder. Se você for comigo, há uma grande chance de nenhum de nós voltar.

Lebre fez uma careta, mas não disse mais nada, ciente de que Scrooge estava certo. Ebenezer acenou com a cabeça ao perceber que o amigo entendeu. Ele esfregou as cabeças de Dum e Pin, e piscou os olhos com força, mas se afastou com rapidez.

— Tome conta deles, Lebre.

— Ela vai tentar te impedir. — Lebre se virou na cadeira. — Se ela soubesse a verdade, ela o deteria.

— Então não vamos contar a verdade a ela. — Ele pegou uma mochila perto da porta, deslizou uma faca de cozinha em seu coturno e deixou o rifle apoiado no canto da parede.

— Scrooge.

— Lebre, isso precisa ser feito. Três dias. Quatro, no máximo. — Ele inspirou fundo, enrijecendo a postura. — Se eu não voltar até lá…

— Sim. Eu sei.

— Não perca tempo comigo. Vá direto até *ele*.

— Scrooge…

— Prometa-me, Lebre — Scrooge exigiu. — E não diga nada a ela até que eu esteja muito longe. Ela não precisa saber.

— Eu não posso — Lebre grunhiu, balançando a cabeça.

— Prometa-me — ele repetiu.

Lebre baixou a cabeça, dando uma resposta quase inaudível:

— Tá, tudo bem. Eu prometo.

— Obrigado. — Scrooge acenou, colocando a mochila sobre os ombros.

— O que você não quer que eu saiba? — soltei, saindo detrás das sombras. Eu estava pau da vida não somente por ele estar escondendo algo de mim, mas também por estar indo embora sem se despedir.

Todas as cabeças se viraram para mim, exceto a de Nick, que lambia o glacê de seu prato como um cachorro.

— Srta. Alice! Srta. Alice! — Pin gritou com a boca cheia de pão, saltando na cadeira e me pedindo colo. Dum limpou a cobertura em volta dos olhos, lambendo os dedos antes de acenar para mim, enquanto Lebre e Scrooge me encaravam como se fossem estátuas de pedra.

— Nada com que você precise se preocupar. — Scrooge segurou a maçaneta da porta, sem olhar para mim. — Eu vou ficar bem. As pessoas aqui precisam muito mais de você.

Lebre abriu a boca, mas Scrooge balançou a cabeça.

— Você ia sair sem se despedir? — Cruzei os braços e adentrei mais a sala.

Scrooge contraiu a mandíbula diversas vezes, até dizer:

— Adeus, Srta. Liddell.

Cerrei os lábios com força, lutando contra as lágrimas queimando por trás das pálpebras e da garganta. Pigarreei e respondi:

— Adeus, Sr. Scrooge. — Não permiti que nenhuma emoção tocasse meus sentimentos, usando as palavras ásperas que ele disse a respeito de mim como um muro de proteção. — Boa sorte em sua aventura.

Ele deu um aceno de cabeça e abriu a porta. Fazendo uma pausa, Scrooge olhou de volta para sua família antes de se concentrar em mim. Ele abriu a boca para dizer alguma coisa, mas a fechou e saiu, sumindo na escuridão.

Trancado agora do lado de fora, senti tudo dentro de mim se revirar como um peixe em um lago seco.

— Idiota. Estúpido. Babaca insano — murmurou Lebre, parecendo tão perdido e triste quanto eu.

Franzi os lábios, e esfreguei meu peito, para afastar a sensação de vazio.

— O que ele não queria que eu soubesse?

— Eu não deveria te dizer.

— Mas vai.

— Os loucos são muito sensatos para ir à Terra dos Perdidos e Despedaçados. — O coelho se virou para mim. — Apenas pessoas sãs podem entrar. — Ele puxou uma das orelhas. — E elas não ficam assim por muito tempo.

— O quê?! — exclamei.

— É onde existem os perdidos e os despedaçados. Isso pode destruir a mente mais racional. — Ele inclinou a cabeça para mim. — O que você acha que acontecerá com alguém que já está perdido e despedaçado?

A necessidade de me ocupar para não pensar em Scrooge, era o que me mantinha em constante movimento. Dando uma olhadinha em Dee, limpei e refiz o curativo em algumas de suas feridas enquanto ela continuava a dormir. Ela parecia muito melhor e a respiração estável sugeria que estava fora de perigo imediato. A garota era resistente, e eu não tinha a menor dúvida de que ela se recuperaria.

Rudy, por outro lado, já era outra história. O fato de estar submerso no hidromel ajudou na cura de suas feridas superficiais, mas eu não fazia a menor ideia sobre as internas. Eu não era enfermeira ou médica. E não sabia ao certo o que realmente fazer, a não ser ficar ali em sua companhia. Ao longo das horas, o líquido lentamente começou a se esvair da banheira, e quando chegou à parte inferior do torso de Rudy, decidi que era hora de movê-lo para a cama.

Infelizmente, a única cama que restava era a de Nick.

— Não! — o velho rabugento rugiu, as botas pesadas quase esmagando meus dedos quando ele estufou o peito na minha direção. — De jeito nenhum! Ele já deixou meus lençóis ensanguentados e a merda do cheiro ficou impregnado pela noite toda. Ele não pode ficar com a cama no outro quarto?

— É uma cama de solteiro; ele tem o dobro do tamanho do colchão. Além disso, Dee ainda precisa se curar e descansar.

— Então coloque-o no sofá ou num catre... Cacete, coloque-o no celeiro. Ele é uma rena, porra. Provavelmente vai gostar mais de lá e se sentir em casa. — Nick estendeu um braço e o robe flutuou com o movimento. — Vocês já ficaram aqui mais do que deviam.

— Por não termos sido bem-vindos, isso realmente não significa muito. — Coloquei as mãos em meus quadris, em uma pose beligerante. Ele era mais alto do que eu e pesava centenas de quilos, mas pratiquei inúmeras aulas de autodefesa e aprendi como usar o peso do oponente contra ele mesmo. Quanto maiores eram, mais bruscas eram as quedas.

— Você vai me ajudar a tirá-lo da banheira e colocá-lo em sua cama sem dar um pio. — Eu me aproximei dele, rangendo os dentes. — Você está me entendendo?

— Não. Não estou, *garota* — retrucou. — Quem diabos é você para entrar marchando em minha casa e fazer exigências? — Nick se inclinou contra mim, rosnando. Mantive a posição. Por mais zangado que estivesse, era difícil levar a sério um Papai Noel pelado e usando um robe florido.

— Eu sou Alice Liddell e sou a garota que caiu em um buraco e se tornou parte desse grupo, desta jornada. Parte desta guerra.

— Alice — Nick zombou. Suas bochechas estavam vermelhas pela raiva. — Não há histórias sobre você. Não há nenhuma Alice em Winterland.

— Você já disse isso antes. Mas agora... há uma Alice bem aqui na sua frente! — A declaração ecoou com tanta força que um calafrio se espalhou pela minha pele. Como uma gota de tinta pingando na água, um zumbido se espalhou, expandindo-se como uma verdade absoluta na atmosfera.

Ele fechou a boca, como se ele também tivesse sentido aquilo. Olhando para mim, o velho piscou, e por um segundo uma consciência aguda clareou seus olhos castanhos, em uma espécie de sussurro de algo que não consegui identificar. Rapidamente, ele piscou outra vez e tudo desapareceu. A fúria e o ressentimento voltaram, fazendo-o cerrar os punhos.

— Dê. O. Fora!

— É melhor fazer logo isso, ou não vou cozinhar para você de novo — esbravejou o Lebre, intercedendo. Ele parou ao meu lado, em uma atitude solidária. — Chega de biscoitos, *muffins*, *scones*, batatas doces ou até mesmo do cheiro de presunto ao mel. Nada. É isso que você quer? Voltar para as torradas queimadas? — Lebre balançou a cabeça. — E pense... pode ser que eu saiba a receita do hidromel, mas só faço para bons meninos obedientes.

Comprimi meus lábios, tentando segurar a risada ao ver Lebre repreendendo o velho como se ele fosse uma criança.

— O q-quê? — Nick gaguejou. — Você tem a receita do hidromel?

— Taaalveeez... — Lebre deu de ombros. — Faça o que ela está mandando e quem sabe eu não a encontro pra você...

Nick olhou para trás e para frente entre mim e Lebre, antes de se virar e ir buscar Rudy no banheiro.

— Prontinho — Lebre bufou, orgulhoso. — É só saber os botões certos para apertar.

— Você realmente tem a receita de hidromel? — perguntei, empolgada. Lebre me encarou.

— Ah, eu tenho a receita. — Ele deu um tapinha na cabeça, e em seguida piscou. — Mas os ingredientes e meios para fazer isso? Não. Essa parte eu não disse que tinha.

— Aaah, seu malandro — murmurei, boquiaberta.

— Prefiro pensar em mim como um sobrevivente. É dessa forma que nos mantemos vivos em Winterland.

Arregalei mais ainda os olhos quando vi um Nick carrancudo carregar Rudy do banheiro para o quarto. Em momento algum, ele reclamou.

— Viu só? — Lebre me cutucou com o cotovelo, rindo da minha expressão confusa. — Encontre a fraqueza de alguém e você conseguirá que eles façam qualquer coisa.

CAINDO NA LOUCURA

CAPÍTULO 28

Minhas mãos estavam doendo do tanto que esfreguei a pilha de roupas na banheira com uma escova e sabão. Com toda a magia que existia naquele lugar, algumas coisas, pelo jeito, ainda se mantinham no período do século dezoito. Lebre disse que algumas aldeias possuíam um sistema mais avançado, mas a vida no campo era bem básica.

Suspirei fundo e me sentei nos calcanhares, alongando os músculos doloridos. Pin estava sentado ao meu lado, cantando e brincando com os pacotes de sabonete como se fossem carrinhos de brinquedo. Ele simulava um aparelho de som, mas o zumbido constante mal conseguia distrair meus pensamentos.

Quatro noites longas e maldormidas já haviam se passado. Ou dias. Quem sabe? Minha tensão aumentava a cada tique-taque de um relógio invisível. Senti que estava prestes a ter um ataque de ansiedade a qualquer segundo, como uma avalanche esmagando as últimas fagulhas do meu otimismo.

Cada som, cada advertência que o vento soprava, fazia com que meu coração subisse à garganta, na esperança de que Scrooge tivesse retornado. A decepção que se seguia, ao perceber que estava errada, sugava meu ar como se eu fosse um balão murchando.

Lebre e eu trabalhamos em equipe, mantendo o local seguro e funcionando como se fôssemos uma dupla de sentinelas. O coelho cozinhava e limpava, o que parecia ser uma tarefa ininterrupta com esse grupo. Ele já estava começando a racionar nossos suprimentos de comida. Passei metade do tempo gritando com Pin e Dum para extravasarem um pouco da animação lá fora. A energia e cantoria dos dois já havia deixado de ser algo fofo, e me deixavam cada vez mais nervosa. Nick se arrastava para todo lado ou dava acessos de histeria a respeito de coisas que eu não entendia.

Na noite anterior, ele acordou toda a casa com um terror noturno.

— Nãããão! — O grito rouco estilhaçou meu sonho, então me levantei de repente do tapete, apavorada. Peguei a faca que mantinha perto de mim enquanto a casa dormia.

— Não! Por favor, pare! — Nick se mexeu, sentando-se no sofá, seus gritos sacudindo a casa. — Não faça isso. Jessie...

— Que diabos? — Lebre pairou sobre o corrimão, a pata agarrando com firmeza uma faca de açougueiro. Seus olhos estavam arregalados, e ele respirava com dificuldade devido ao despertar súbito.

— Jessie! Jeeeeessiie! — Os berros estavam envoltos em tanto sofrimento e dor que eu podia sentir a agonia rasgar meu peito.

— Nick? — chamei em voz alta.

Ele virou a cabeça na minha direção, mas ele não estava ali. Os olhos vidrados se arregalaram ao me ver.

— Jessie?

— Nick, acorde.

— Não! Eu farei qualquer coisa. Simplesmente, pare. Não faça isso! — O terror profundo ecoou, uma máscara de aflição em seu rosto.

— Santa jujuba, o que está acontecendo? — Dum correu para a sala direto para mim com Pin em seu encalço.

— Srta. Alice! Srta. Alice! — Pin cambaleou até mim, pulando para cima e para baixo aos meus pés.

A cabeça de Nick se moveu, encarando um determinado ponto da sala. Eu sabia que tudo o que ele via não estava aqui. Sua boca se abriu e um lamento penetrante e angustiante me fez tremer de cima a baixo.

Pin começou a gritar enquanto Dum pulava com um pé só, andando em círculos, esmurrando a própria cabeça e ganindo em uníssono com a ave. Os sons estridentes e o caos esticaram meus músculos como as cordas de um violão, arrepiando minha alma.

— Lebre! Me ajude! — Eu não sabia o que fazer ou a quem deveria acalmar primeiro. Meu instinto era o de confortar Pin, mas ninguém sossegaria até que a fonte do tumulto o fizesse. Sentei-me no sofá, e a angústia de Nick deixou todos os meus cabelos em pé. Meu coração martelava no peito. Ele olhou para mim com uma dor tão insondável que senti a garganta dando um nó.

— Nick, acorde. Você está bem — tentei acalmá-lo, mas só fez com que sua ira aumentasse. Ele bateu em minhas mãos, proferindo palavras indistinguíveis por entre os gritos. — Shhh... Está tudo bem. Foi apenas um sonho.

CAINDO NA LOUCURA

Pin e Dum uivaram mais alto. Mordi meu lábio, sentindo-me totalmente inútil. Durante momentos de crise, Dinah sempre era a voz da razão. Ela saberia o que fazer, enquanto eu seria aquela que andaria de um lado ao outro, gritando.

Dinah não estava aqui. Eu, sim. Vamos, Alice. Pense em alguma coisa...

Meu olhar aterrissou sobre os objetos na mesa de café, e acabei agarrando um em desespero.

Paft!

A garrafa vazia em minha mão vibrou ao se chocar contra a têmpora de Nick. Seus gritos cessaram na mesma hora; seus olhos se arregalaram em choque antes de se fecharem e seu corpo desabar no sofá. Houve uma pausa antes que ele voltasse a respirar normalmente.

A sala ficou em silêncio enquanto meu batimento cardíaco zumbia em meus ouvidos. Cacete... Eu realmente estaria na lista dos travessos por causa disso.

— Puuuuta Meeeeerda! — Lebre exclamou, fazendo-me virar. Seus olhos e boca estavam arregalados, em total descrença. Olhei para Dum e Pin, que também estavam boquiabertos para mim, agora imóveis.

— E-eu sei... sinto muito... não sabia mais o que fazer. — Larguei a garrafa no chão, ouvindo o baque surdo quando caiu no tapete. A vergonha aqueceu minhas bochechas e agitou minhas entranhas.

— Você está de sacanagem? — Lebre ergueu os braços.

— Me desc...

— Isso foi genial pra caralho.

— Acabei de bater no Papai Noel.

— Não, você bateu em Nick, que é equivalente a um maluco das ideias. Difícil, terrível, ofensivo e alguém que ninguém quer por perto. — Lebre balançou a cabeça. — Estou um pouco enciumado por não ter pensado nisso antes. Há anos desejo socar esse cara. — Lebre saltou até mim. — Você pode acordá-lo para que eu possa fazer isso também?

— Não. — Fiz uma careta para ele. — De jeito nenhum.

— O quê? Você fica com toda a diversão? Ah, qual é... só uma vez. — Lebre piscou os cílios e uniu as patas, em súplica. — Só uma pancadinha?

— Lebre...

— Tá bom. Mas na próxima vez — ele gesticulou para o Nick —, eu que farei isso.

— Vamos torcer para que não haja uma próxima vez. — Olhei para Pin e Dum. —Vocês estão bem? — perguntei, me abaixando para eles.

— Sim, Srta. Alice — Pin soluçou, mergulhando em direção ao meu torso, as nadadeiras se curvando pela lateral do meu corpo, em um abraço. Dum passou os braços em volta do meu pescoço, enfiando a cabeça no meu cabelo, precisando de um momento de conforto. Suspirei, sentindo o estresse diminuir gradualmente enquanto seus abraços me acalmavam.

— Venham, vamos voltar para a cama. — Eu os conduzi para o quarto de hóspedes. Dee estava dormindo, mas agora estava deitada de lado, o que significava que estava recobrando a consciência aos poucos. Eu os coloquei de volta na cama e Pin cantarolou uma canção de Natal até adormecer, enquanto Dum se enrolava ao redor de sua irmã, dormindo quase que na mesma hora.

No percurso até a sala, dei uma espiada em Rudy. Ele estava mais corado, os ferimentos superficiais já quase todos curados, no entanto, sua respiração ainda era ofegante, sugerindo que seus pulmões não estavam totalmente recuperados. Talvez eles nunca mais se recuperassem. Devia haver um limite para o que esse visco com infusão de hidromel mágico fazia, que era o ingrediente mais importante do hidromel. E o visco não crescia em lugar nenhum por aqui. Nick ainda estava chateado com isso.

Meu olhar se concentrou na figura delineada na cama, pela luz fraca do fogo da lareira. Uma fresta de olhos castanhos me encarou de volta, encobertos pelas pálpebras que tentavam se abrir.

— A-alice. — Meu nome ecoou pelo quarto escuro.

— Você está acordado — arfei, surpresa, sentindo a felicidade aquecer meu peito como calda de chocolate quente.

Ele ergueu a mão de um jeito frágil, procurando por mim. Semelhante à linha de um anzol, meu corpo foi sendo puxado para o homem-cervo.

— Como você está se sentindo? — Sentei-me devagar na beirada da cama, segurando sua mão.

— Vivo — disse com uma voz trêmula.

— Isso é, definitivamente, uma coisa boa.

— Ver você fez com que tudo valesse a pena. — O esforço concentrado em suas palavras, seu olhar fixo em mim, fez com que eu engolisse o nó na garganta.

— Você precisa descansar. Seu corpo ainda está se recuperando. — Comecei a me levantar.

— Não. — Ele apertou minha mão, e me encarou com os olhos entrecerrados. — Ainda não.

CAINDO NA LOUCURA

— Você precisa de alguma coisa? Algo para comer ou beber? — Tentei liberar minha mão de seu agarre firme para pegar o copo da mesinha de cabeceira.

— Não. — Ele a segurou com mais força. — Eu só quero você.

Uma flecha de adrenalina perfurou meu peito e nossos olhares se encontraram.

— Alice... — Umedeceu os lábios ressecados. — Eu sei porque você está aqui.

— O quê? — Inclinei a cabeça para trás.

— Precisei estar à beira da morte para enxergar o óbvio. Agora eu entendi.

— Do que você está falando?

— Você me viu... — Ele sentiu dificuldade para respirar a cada palavra. — Nenhum humano, especialmente um adulto, deveria ter sido capaz de me ver, mas você me viu. A atração que a fez me seguir...? Foi o mesmo que senti ao chegar até você aqui.

Engoli em seco o imenso nó que se formou na garganta. O medo crescente foi diferente de antes, mas meu coração estava acelerado do mesmo jeito.

— Rudy, você precisa descansar. Nós podemos falar sobre isso mais tarde. — Mexi os dedos para afrouxar seu agarre.

— Eu tenho que dizer isso agora. Você é tudo com que tenho sonhado — respondeu de uma forma objetiva, como se fossem fatos ao invés de emoções. — Sua voz me trouxe até aqui e me manteve vivo. Você me ouviu sem palavras, assim como eu a ouvi. — Suas pálpebras se fecharam, e era nítido o esforço que ele fazia para continuar. Ele suspirou profundamente e sussurrou: — Alice. Você é ela... — Ele parou, relaxou os músculos e seus chifres se afundaram contra o travesseiro.

— Espere — eu disse, precisando saber mais. Sacudi seus ombros, tentando acordá-lo. — O que você quer dizer com: *eu sou ela?* Rudy? — Tentei despertá-lo, mas foi inútil. O repouso o reivindicou como se fosse seu mestre, estalando um chicote em uma espécie de feitiço.

Embora eu o estivesse checando de hora em hora, ele ainda não havia acordado desde sua estranha revelação.

STACEY MARIE BROWN

— Srta. Alice? — A voz de Pinguim me tirou do devaneio em que me encontrava, trazendo-me de volta ao presente: para a roupa suja na minha mão; para o meu corpo dolorido e meu coração ferido. — Onde está o Sr. Scrooge? — Pin empurrou seu sabonete no chão para que ele se chocasse com outro. — Sinto falta dele. Ele nunca nos deixa por tanto tempo.

— Eu não sei, Pin. — Afastei alguns fios do meu cabelo do rosto, sentindo os tornozelos doloridos por ter ficado tanto tempo ajoelhada no piso de madeira. O vento sacudiu a janela, assobiando pelas frestas. Isso acontecia o tempo todo, então me acostumei a ignorar seus gemidos e falsos alertas de uma destruição vindoura. No entanto, hoje parecia ainda mais dramático do que o normal. — Tenho certeza de que ele sente sua falta também e está louco para voltar para vocês.

— E pra você, Srta. Alice. — Pin deixou o sabonete de lado e se levantou. — Ele me disse para não te contar, mas eu sei, Srta. Alice. Eu vejo como ele olha para você.

— O quê?

— Como se você fosse um pedaço de bolo. — Pin deu uma risadinha, saltitando de empolgação. — O rocambole mais macio, enroladinho, achocolatado e mais louco de todos os tempos.

— Concordo com essa coisa de 'mais louco' — murmurei para mim mesma, ficando de pé com um gemido.

— Humm, talvez Lebre faça um para nós. Os dele são os melhores.

— Fiquei sabendo disso. — Pin fazia questão de repetir essa informação.

— Lebre! Lebre! — Pin agitou as asas, cambaleando para a porta.

— Pin, nós já jantamos... e comemos sobremesa.

— E daí? — Ele abriu a porta, piscando para mim em confusão.

Sem forças para brigar com ele, acabei deixando-o disparar pelo corredor, aos gritos. Se a paternidade era assim, então eu até entendia o motivo de muitos pais beberem. Eu gostaria, de verdade, que Lebre tivesse os ingredientes para o hidromel. Inúmeras vezes desejei que as fadas do Natal me ouvissem e entregassem o azevinho em um frasco para nós. Mas, *aparentemente*, isso não era vida ou morte. O que eu discordava...

Não era apenas visco que não tínhamos por ali, além do fato de nada crescer tão distante na montanha. O que me preocupava era a falta dos suprimentos e como faríamos para conseguir mais deles. Não havia uma loja na esquina.

— Pin... vá se ferrar! — Lebre resmungou enquanto eu seguia pelo

CAINDO NA LOUCURA

217

corredor até a sala de estar. Como um pai sobrecarregado, ele desabou em uma cadeira e colocou as pernas em cima da mesa, bebendo chocolate e, provavelmente, desejando uma boa quantidade de uísque nele. — Não vou fazer bolo de Natal, *muffin* de Natal ou um biscoito de Natal.

— Aah... e que tal um *Scone* de Natal?

Lebre respirou fundo, contraindo os bigodes e já prestes a perder a paciência. Trancados nesta casa há dias, estávamos nos afundando ainda mais na loucura. Ou seria na sanidade se todos nós fôssemos malucos de qualquer maneira?

— Pin, vá brincar com Dum. — Fiz com que ele se encaminhasse para a mesinha de centro, onde Nick e Dum jogavam buraco e apostando alto. Por mais que Nick estivesse resmungando o tempo todo e dando chilique, era nítido que o elfo estava ganhando de lavada.

Nenhum de nós havia conversado sobre a noite anterior. Quando tentei trazer o assunto à tona, Nick atirou tudo o que estava sobre a mesa no chão, e derrubou as cadeiras antes de sair. Ele desapareceu por horas e, por fim, voltou exigindo o jantar. Não dirigi uma palavra a ele desde então.

Desabei em uma cadeira de frente ao Lebre, e seu olhar exausto encontrou o meu. Ele deslizou seu chocolate para mim sem dizer uma palavra e eu tomei um gole. Estava delicioso, mas eu ansiava por alguma coisa salgada. Algo saboroso. Todos os pratos doces estavam fazendo meu estômago embrulhar e meus dentes doerem.

— Você consegue desejar um desses frascos? — Lebre cruzou os braços sobre o avental cheio de babados.

— Eu tentei. — Parecia que Lebre e eu estávamos em sintonia. — Parece que não funciona desse jeito. — Coloquei a xícara sobre a mesa, afundando ainda mais na cadeira. — Os frascos só aparecem para mim quando minha vida está em jogo.

— Sem problema... Eu posso te esfaquear e te deixar ao léu para morrer.

— Nossa, que legal.

— O quê? A coisa vai te curar, de qualquer jeito, e nós vamos conseguir o que queremos.

— Com a minha sorte, será apenas um biscoito de gengibre, e então eu, realmente, vou te pedir para me matar.

— Se eu passar mais uma noite aqui, *eu* é que vou te *implorar* para fazer isso. — Ele inclinou a cabeça para trás.

Ficamos em silêncio por um momento, ouvindo os três jogando baralho às nossas costas.

— Já se passaram quatro dias. — Fiquei encarando a mesa, observando o líquido dentro da caneca.

— Eu sei. — Ele suspirou.

— O que ele quis dizer quando falou no máximo quatro dias? O que acontece em quatro dias?

Lebre se mexeu na cadeira, inquieto.

— Conte-me. — Sentei-me ereta, cerrando os punhos. Tentei conversar com Lebre várias vezes a respeito daquela última conversa com Scrooge, mas ele sempre dava um jeito de fugir. — Diga-me *agora*, Lebre.

— Ele me fez prometer que não o faria.

— Por favor, sua palavra não é melhor que a dele. Os sobreviventes não agem com honestidades. Não há espaço para a moral quando você está tentando permanecer vivo.

A boca de Lebre se contraiu com malícia.

— Você aprendeu muito aqui.

— Então me diga.

Tirando as pernas de cima da mesa, ele se endireitou.

— Quatro dias significa que ele falhou.

— O quê? — Gelo se alojou na minha garganta, congelando tudo por dentro.

— Não dá pra ficar lá por tanto tempo, sem que isso acabe te afetando por completo. — Seus ombros cederam e ele apoiou as patas sobre a mesa. — A maioria não consegue nem mesmo entrar lá sem se perder. Em três dias, a pessoa mais forte seria despedaçada. Em quatro... cinco... não sobraria nada.

— Lebre... — Engoli em seco, lutando contra o medo que brotava como ervas-daninhas, enrolando ao redor das minhas costelas e estrangulando meus pulmões. — Por favor, me diga que você está mentindo.

— Por que mentir quando a verdade é muito mais cruel?

Levantei-me de supetão da cadeira, derrubando-a no chão.

— Não. — Lebre saltou sobre a mesa. — Nem pense nisso.

— Tarde demais — retruquei, meu corpo e mente girando em um círculo, sem saber o que deveria fazer primeiro. Tudo o que eu sabia era que precisava chegar até ele.

— Você não pode ir atrás dele. Ele me fez prometer que a manteria segura.

CAINDO NA LOUCURA

219

— Não estou nem aí para o que você prometeu a ele — gritei. — Ele precisa de nós. Eu não vou deixá-lo morrer lá.

— Ele não está morto.

— O quê? — Parei, encarando-o. — O que você quer dizer? Ele está bem?

— Não. Ele está longe de estar bem. Estar lá é pior do que a morte. A morte é pelo menos gentil. — Lebre se aproximou de mim em um pulo, nivelando nossos olhares. — Sua forma ainda estará lá, mas o homem, não. O lugar não mata seu corpo, mas despedaça sua mente. Sua alma. Seu espírito. Não sobrará nada do Scrooge que você ou eu conhecemos.

— Então traremos sua alma, seu espírito de volta. Do jeito que ele está fazendo pelo Nick.

— Talvez, mas...

— Eu não entendo. Nós podemos recuperá-lo. É o que ele foi fazer, certo? Recuperar o Papai Noel e voltar, não é?

— Isso foi uma doce ilusão.

— Ainda há uma chance, não é?

— Além disso, ninguém aqui é capaz de ir atrás dele. — Ele indicou o grupo em volta da mesinha, bem como a si mesmo. — Aquele lugar não renuncia a algo sem receber outra coisa em troca.

Afastei-me dele, tentando processar o que ele estava dizendo.

— Um brinquedo por outro brinquedo. Um presente por um presente.

— Uma alma por uma alma — sussurrei ao compreender.

Lebre fez um aceno afirmativo com a cabeça.

— O lugar se alimenta de coisas quebradas. Ele já estava destruído e em pedaços. Há poucas chances de sua alma ser forte o suficiente para lutar.

— Como você pôde deixá-lo ir? — esbravejei, agitando os braços conforme a agonia dilacerava meu coração. — Se você sabia que ele não tinha chance, como pôde deixá-lo fazer isso?

— Eu não o *deixo* fazer qualquer coisa — Lebre gritou de volta. — Se você não percebeu, ele tem vontade própria. É teimoso! Você acha que eu queria que ele fosse? Que queria perder meu melhor amigo assim? Eu fico olhando para a porta a cada ruído, a cada fiapo de vento. — Ele socou o peito como se estivesse doendo por dentro.

— Você poderia tê-lo impedido.

— Você não acha que me odeio por não ter me oposto com mais veemência? No entanto, eu o conheço quando decide alguma coisa. Nada poderia detê-lo — exclamou. — E ele sabia... ele sabia que era nossa única chance.

— Por quê? Por que ele era a única chance? Por que não outra pessoa?

— Porquê, sim!

— Mas, por quê?

— Somente aqueles que não são deste mundo podem entrar lá.

Perdi o fôlego na mesma hora e recuei um passo, perplexa.

— O quê?

— Caralho... — Lebre abaixou a cabeça, esfregando a testa.

— O que você quis dizer com isso? Como o Scrooge conseguiu entrar?

Ele ergueu a cabeça, com o maxilar cerrado.

— Lebre? — adverti.

— Scrooge não é originalmente deste mundo — o Pinguim informou, ao invés do Lebre. Virei a cabeça e o encarei perto da mesinha de café. — Ele é do seu.

— D-do meu m-mundo? — gaguejei, olhando novamente para o Lebre.

— Pin... — Lebre inclinou a cabeça para trás e encarou o teto, exasperado.

— Ele é da Terra? — Eu ainda estava de queixo caído.

— Era uma vez... — Lebre baixou a cabeça, olhando para mim. — Há muito, muito tempo... ele veio aqui. Mas isso é tudo que direi a respeito. Sua história não é minha para ser contada. — Ele olhou por cima do meu ombro. — Também não é a sua, Pin. Feche o bico!

A ave se estatelou no chão com um beicinho, cantarolando baixinho.

Foi difícil deixar o assunto de lado, bem como a vontade de espremê--los para que me contassem mais, porém eu sabia que era um caso perdido. Eles não me diriam mais nada.

Tique. Taque. O pêndulo do relógio imaginário escorregou dos meus dedos.

— O que você está dizendo é que *eu* posso entrar lá. — Apontei para mim mesma.

— Sim, mas não. — Ele balançou a cabeça. — Não vou te deixar ir de jeito nenhum. Ele me mataria!

— Bem, ele não está aqui, está? E ele pode nunca mais voltar. — Agarrei suas patas. — Você não daria tudo para que ele estivesse aqui só para ser capaz de te matar?

Lebre bufou, mas ele engoliu em seco diante do sofrimento contido. Seus olhos estavam marejados.

— Eu posso tirá-lo de lá. Tenho certeza disso. Então me ajude, Lebre.

CAINDO NA LOUCURA

Ajude-me a trazer Scrooge de volta para nós. Como faço para chegar lá?

Ele abriu a boca para me responder.

Bang. Bang. Bang.

A porta começou a rachar como se estivesse sendo atingida por pedras, injetando medo em minhas veias. Logo em seguida, surgiu uma esperança exultante.

— Scrooge? — Dei um passo em direção à entrada.

— Não é ele. — Lebre agarrou meu braço, me puxando para trás. Suas orelhas e bigodes se agitavam enquanto ele ouvia com atenção e farejava o ar. — Não sinto cheiro de nada, e eu conheço o cheiro dele.

Engoli em seco, encarando a fina barricada que mantinha o intruso do lado de fora.

— Onde está minha arma? — Nick se levantou.

Avistei o rifle no mesmo lugar onde Scrooge a havia deixado, no canto da porta. Eu o peguei e soltei a trava de segurança.

— Ei! Esse rifle é meu. Que diabos? Vocês não conseguem entender o conceito de *meu*?

— Agora não é hora disso, Nick — murmurei, avançando lentamente em direção à porta, levantando a arma.

A porta sacudiu novamente, um assobio sinistro deslizou pelas frestas da madeira, e dessa vez, o causador não era o vento.

— Pin. Dum. — Sinalizei para que ficassem atrás de mim. Eu sabia que eles não eram crianças e podiam lutar, mas não tínhamos armas além de um único rifle e algumas facas de cozinha. Sem outros tipos de armamento, como bolas de neve ou pirulitos em formato de bengalas, eles realmente eram alvos vulneráveis.

O assobio se tornou mais alto, assustador e descontraído ao mesmo tempo, como se alguém estivesse educadamente aguardando para nos matar.

— Ah, não. Ah, não — Pin guinchou, recuando às minhas costas. Dum pegou uma almofada do sofá, segurando-a como se fosse um porrete. Lebre portava uma frigideira em uma mão e sua faca na outra.

Ele acenou para mim com a cabeça e dei um passo em direção à porta.

— Que comportamento grosseiro em não receber um convidado em tempo hábil, meus amigos — uma voz cantarolou, enviando arrepios pelo meu corpo. Um alarme disparou em meu cérebro. A voz era familiar. — Tentar encontrar sentido em uma casa de insanidade só vai te deixar insanamente são — declarou, novamente.

— Santa rolinha! — sibilei como um palavrão, abrindo a porta de supetão e já sabendo quem estava do outro lado.

— Santa rolinha? Certamente não sou isso, minha querida. Você perdeu o juízo por completo.

— Frosty — rosnei, mantendo o cano da arma apontado para ele. Provavelmente era inútil contra um cone de neve.

O sorriso de carvão curvou-se em seu rosto, enquanto o boneco de neve pairava na base dos degraus. As bolas de neve que ele havia jogado contra a porta estavam espalhadas pelo tapete de entrada. Ele ergueu o chapéu, inclinando-o para mim em saudação, seus olhos de carvão nunca se desviando de mim.

— É bom te ver de novo, Srta. Alice.

— Não posso dizer o mesmo.

— Eu entendo. Você deve me achar horrível.

— Não só acho, como tenho certeza — explodi, sentindo a pele aquecer diante da raiva.

— O que você acha... E o que é verdade. Qual das duas opções é real? Apenas aos olhos de quem vê isso é verdade.

— Cala. A. Boca. — Segurei a arma em minha mão, meu olhar varrendo a extensão de terra às suas costas, como se estivesse à espera da tropa de soldados. — Onde estão os lacaios? Pensei que você não fosse a lugar nenhum sem eles.

— Nada parece ser o que parece... pelo jeito. — Seu sorriso se expandiu.

— Pare com esses enigmas estúpidos! — gritei. — Por que você está aqui?

— Para ajudar, é claro.

— Não precisamos do seu tipo de ajuda.

— Mas você precisa, sim. — Os galhos que formavam seus braços gesticularam em direção à arma em minha mão. — Você pode muito bem deixar isso de lado, já que não me afetará de forma alguma.

Droga. Bem que imaginei...

— Sabe de uma coisa que vai te afetar? — Todos os meus medos e frustrações ao longo da semana congelaram e moldaram minha próxima atitude. Girei e coloquei o rifle nas mãos de Nick, então agarrei uma vassoura recostada à parede e enfiei as cerdas na lareira.

Caramba! As chamas avidamente agarraram-se aos gravetos secos, explodindo de alegria com a refeição. Ninguém disse uma palavra quando saí pela porta e desci as escadas em direção ao boneco de neve.

— Ei! Ei! — Frosty deslizou para trás, os braços finos à frente, como se pudessem protegê-lo, o que me faz dar uma risada de escárnio. Aqueles

CAINDO NA LOUCURA

gravetos seriam um aperitivo para meu amigo ardente.

— Derreta esse babaca como um marshmallow! — Lebre vibrou às minhas costas, à medida que eu cambaleava para a bola de neve gigante.

— Srta. Alice, você não quer fazer isso. — Frosty patinou para longe de mim.

— Aaah, sim. Eu quero, sim. — Cada fibra do meu ser estava firme em seu propósito: derretê-lo até que se transformasse em uma poça, descartando seus restos no vaso sanitário.

Eu estava pronta para matar Frosty, o boneco de neve.

— Alice! — Meu nome ecoou em um grito por trás de mim, mas o ignorei, já partindo para a ação. Eu sabia que a voz não pertencia ao Lebre ou Nick, mas a bloqueei, focada na minha missão.

— Depois que eu derreter sua alma feliz e saltitante, vou cozinhar esse sabugo de milho que usa como um cachimbo para comer no jantar e costurar o seu nariz na minha camisa, já que está faltando um botão. — Pisquei, segurando a vassoura em chamas, prestes a enfiá-la em sua barriga. — Então vou usar seus olhos como carvão para incendiar o palácio da Rainha.

— Alice! — A voz aguda arrepiou minha pele, me impedindo de seguir em frente. — Pare!

Virei a cabeça na direção de onde o grito veio.

Rudolph estava na varanda, usando uma calça verde e larga, os ombros curvados de dor. Ele segurava a barriga como se um de seus ferimentos tivesse rompido os pontos, mas os olhos castanhos incendiavam os meus, cheios de espírito. — Não o machuque. — Ele deu um passo e pisou na neve, vindo até mim como se eu fosse um animal selvagem.

— Por quê? — resmunguei, precisando de vingança e sentindo a fúria estremecer meu corpo. — Eu quase morri por causa dele. Scrooge e eu fomos capturados por ele, em nome da Rainha. Ele trabalha para ela. E suas tropas, provavelmente, já estão vindo para cá. Ele nos mataria de bom grado enquanto estivéssemos dormindo.

— Não. — Rudy segurou meu pulso, afastando a vassoura ardente de Frosty. — Ele trabalha comigo.

— Como é que é? Do que você está falando?

— Blitzen teria me matado. — Rudy se aproximou de mim. — Frosty salvou minha vida. E salvou a *sua* também.

CAPÍTULO 29

Faíscas dançavam nos olhos castanho-escuros de Rudy. Sua perspectiva mostrava toda a sua sinceridade em salvar uma vida, bem como a minha crueldade em tirar uma.

— O quê? — Analisei sua expressão, desejando encontrar uma mentira em sua alegação. Uma alucinação em seu cérebro febril. — O que você quer dizer com ele salvando minha vida? Foi você quem me salvou. Você me deu a dica para pedir ajuda. Só escapei da guilhotina por sua causa, enquanto ele nos conduziu até lá.

— Uma performance deve ser genuína para que o público aceite a realidade do absurdo. — Os braços de Frosty balançaram como se ele estivesse revelando um truque de mágica.

— Ah, claro... — debochei. — Você estava agindo contra a Rainha esse tempo todo? Certo. Foi por isso que meu pescoço foi esticado naquele bloco de cimento?

— Eu disponibilizei a pessoa que a ajudou em sua fuga. Uma vez lá em cima, minha querida, as coisas estavam fora de minhas mãos. Confiei em Rudy para cumprir sua missão. Se houver algum culpado aqui, deve ser você. Foi você quem se colocou lá.

— Do que ele está falando? — Enfrentei Rudy, a vassoura em chamas crepitando na minha mão.

— Lembra-se de quando me viu pela primeira vez? — Rudy esperou que eu assentisse. — É para lá que eu estava indo... para o palácio. — Sua voz estava estável e neutra, mas o aperto em meu braço denotava sua emoção. Gentil, mas firme, seu polegar esfregou meu pulso como se ele fosse o elo que me mantinha neste reino. — A história estava sendo escrita, sem que nenhum de nós soubesse que era a sua vida que eu estaria salvando. — Ele se aproximou de mim. — Mas estou feliz que tenha sido.

— Ora, ora... — O sorriso de carvão de Frosty se alargou em seu rosto. — Interessante. Você, minha querida, tem mais *magnitude* do que imaginei. Pretendentes despertados como os dos contos de fadas.

Revirando os olhos, ignorei sua insinuação enquanto minha mente tentava dar sentido às coisas.

— Mas como pode ser isso? — Franzi o cenho. — Eu nem tinha conhecido o Scrooge ou qualquer um deles ainda. — Gesticulei em direção ao Lebre e Dum, na varanda. — Você estava indo para o evento antes mesmo de eu chegar aqui. Como isso é possível?

— Você vai enlouquecer tentando transformar sensatez em algo que só faz sentido porque não faz.

Senti minha veia latejar no meio da testa, diante da lógica ridícula do Frosty, exatamente porque uma parte minha compreendeu o que ele queria dizer.

Embrulhos de Natal...

Eu não sabia se era uma coisa boa ou ruim o fato de vir parar neste lugar maluco.

— Eu fui capaz de salvar você e Scrooge apenas por causa do plano dele. Consegui envolver Lebre, Dee e Dum nisso. — Rudy arrancou a vassoura da minha mão e a jogou no chão coberto pela neve. As cerdas chiaram quando o gelo aniquilou as chamas ainda vivas.

— É verdade. — Lebre desceu um degrau, saltitando com a perna boa. — Eu não sabia sobre Frosty, mas foi o Rudy quem me tirou da gaiola. Todos nós. Foi ele quem explodiu tudo e deu um jeito para que escapássemos.

Sacudi a cabeça e recuei em meus passos, soltando-me do contato com os dedos de Rudy. Eu não queria aceitar que Frosty era um cara bom. Não fazia sentido na minha cabeça. Seu retrato já estava pintado na minha mente, seu caráter já delineado, e era difícil vê-lo de outra forma. Havia também a estranha obrigação que eu sentia pelo Scrooge, em protegê-lo; fora o fato de que ele odiava o Frosty. E eu também não confiava nele.

Eu poderia confiar?

A vaga memória de vê-lo no limiar da floresta quando fugimos do palácio perfurou meu cérebro como um furador de gelo, cutucando minha convicção e esculpindo dúvidas.

— Alice. — Rudy desfez a distância entre nós, os chifres pairando acima de mim. — Ele salvou *minha* vida. Blitzen teria me decapitado e levado de volta para o palácio para colocar minha cabeça ao lado de Dancer e Prancer. — Uma onda de emoção embargou sua voz ao mencionar os amigos. Ele virou a cabeça, me obrigando a desviar para não ser golpeada pelos chifres. — Ele distraiu Blitzen antes que pudesse me matar. Frosty me permitiu escapar. Eu não estaria aqui se não fosse por ele.

Ele oscilou um pouco e segurou minhas mãos. Seu corpo se curvava mais a cada respiração. A dor e o cansaço tentavam derrubá-lo a todo custo.

— Se você não confia nele, então confie em mim. Eu nunca deixaria que nada acontecesse a você.

Ele segurou minha mão com força, se esforçando para permanecer de pé; suas pálpebras estavam semicerradas, mas o olhar ainda se mantinha fixo ao meu. Perdi o fôlego diante da conexão que sentia com ele; a verdade de sua declaração se estabeleceu em meu coração.

— Você tem razão. Não confio nele, mas confio em você. — Firmei o aperto em suas mãos para ajudá-lo a se equilibrar.

— Eu tenho certeza de que vou encontrar o elogio em suas palavras quando você estiver sendo sincera. — Frosty ajeitou o cachecol vermelho, o que me fez lembrar da tatuagem no peito de Scrooge.

— Por que você está aqui? — Ladeei o corpo de Rudy, deixando-o me usar como uma muleta.

— Salvar Rudy significa o meu fim — respondeu Frosty. — Blitzen descobriu que eu o estava distraindo. Ele pode ser ainda mais implacável do que você, minha querida. Agora sou tão fugitivo quanto você.

O peso de Rudy recaiu sobre meus ombros e sua cabeça tombou para frente. Eu podia sentir que a decisão dependia de mim. De alguma forma, me tornei a líder com a saída do Scrooge.

— Tudo bem — respondi a muito contragosto. — Mas um movimento em falso e você será empalado com uma vassoura em chamas.

— Tanta violência em uma garota que certa vez chegou a usar sininhos nos sapatos.

— Eu não sou mais a garota que chegou aqui daquela vez. — Inclinei-me em direção a ele, e a verdade em minhas palavras me golpeou. Eu não era mais a mesma. Sempre achei que fosse forte, onde morava, mas, na verdade, eu não era. Deixei que todo mundo passasse por cima de mim, tomando o que queriam e me descartando em seguida. Chefes, namorados, colegas de trabalho e até mesmo familiares. Eu não era mais a "boba da Alice". — Não me provoque, seu lamacento.

A boca de Frosty se curvou em um sorriso, e ele deu um aceno sutil de cabeça.

— Tenho certeza de que você pode encontrar um lugar para congelar durante a noite, certo? — Voltei para casa arrastando Rudy, que mal se

CAINDO NA LOUCURA   227

movia. Seu peso estava quase me esmagando, e mordi o lábio inferior enquanto o ajudava a subir os degraus.

O jogo havia mudado esta noite, e a única maneira de sobrevivermos era se nos adaptássemos a ele. Depois disso, bastava reavaliar tudo e dar início a um novo planejamento.

Frosty não sabia, mas eu já tinha um plano para ele.

Nick não gostou que outra criatura estivesse invadindo seu território, mas por Frosty não estar ocupando espaço dentro de casa ou comendo sua comida, o velho apenas resmungou do sofá enquanto se esticava sobre ele.

Depois de colocar Rudy de volta na cama, onde ele desmaiou assim que sua cabeça repousou no travesseiro, obriguei Pin e Dum a irem dormir, e verifiquei Dee, sentindo-me como uma espécie de zelador de um zoológico.

Caminhei pelo corredor, esfregando os ombros doloridos. O estresse adicional da chegada de Frosty me deu uma baita crise de coluna e gastrite. A sala estava silenciosa, exceto pelo crepitar do fogo. Nick roncava no sofá, com um cobertor cobrindo sua nudez mal e porcamente. Eca...Tive um calafrio e olhei para a mesa. Lebre estava sentado na cadeira, com o rosto colado na superfície de madeira.

— Você está bem?

— Se estou bem? — pronunciou as palavras abafadas. — Parece que estou bem? — Levantou a cabeça. — Estamos presos em uma pequena cabana com o gêmeo do mal do Papai Noel, ficando sem comida, meu melhor amigo provavelmente está morto, seu inimigo apareceu à porta alegando que é um dos mocinhos, a Rainha está nos caçando, não temos nenhuma arma ou um plano plausível... e estamos sem uma gota de bebida alcóolica.

— Ele bateu a testa contra a mesa. — Sim... estou fantástico pra caralho.

Suspirei, desabando em uma cadeira. O mundo inteiro parecia ter sido colocado sobre os seus ombros e os meus. Em um reino onde eu nem sequer deveria existir, estranhamente eu sentia que cabia a mim, conduzir a história. Para manter todos seguros. Lebre e eu formamos uma boa equipe, mas precisávamos do Scrooge. As pessoas o seguiriam e lutariam por ele.

— Eu tenho um plano. — Coloquei as mãos sobre a mesa. — E você não vai ficar nem um pouco feliz.

Ele lentamente ergueu a cabeça, estreitando as pálpebras e avaliando minha expressão.

— Por que tenho a impressão de que vou odiar isso?

— Porque você vai. — Mordi os lábios e em seguida a parte interna da bochecha. — Mas não há outra maneira.

Lebre recostou-se e o nariz franziu como se pudesse sentir o cheiro da bomba fedorenta que compunha o meu plano.

Eu não confiava totalmente em Frosty, e agora que ele nos achou, a qualquer momento poderíamos ser capturados pelos homens da Rainha. Eu precisava agir agora.

— O que direi a eles? — Ele apontou para o corredor. — Eles não vão gostar se você sair sem se despedir.

Curvei a cabeça, triste, entrelaçando as mãos com força. A ideia de deixá-los me feria mais do que pensei ser possível. Há pouco tempo, tudo o que eu queria era voltar para casa, deixando tudo aquilo ali para trás. Agora eu não sabia mais o que queria.

— Eu voltarei. Eu nunca poderia esquecê-los... e nem a você.

Lebre olhou para o lado, escondendo a centelha de emoção em seu rosto.

— Ele não ia querer isso. — Ele me encarou novamente, puxando o avental.

— Não importa. Eu tenho que fazer isso.

— Eu sei. — Ele balançou a cabeça. — Eu sei. É exatamente o que eu faria se pudesse.

Nós compartilhamos um sorriso triste.

— Você está indo embora agora, não é?

— Eu sinto o tique-taque do relógio. A cada segundo que passo sentada aqui, menos chance teremos.

— Deixe-me pegar alguns suprimentos para o caminho. — Ele deslizou da cadeira e foi até a cozinha, enchendo uma sacola com alguns aperitivos.

Peguei produtos de higiene pessoal e algumas meias, roubando um par de botas de Nick. Elas ficaram enormes em mim, mas eu estava cansada de andar descalça por aí.

Dando uma última olhada nos gêmeos e em Pin, senti meus olhos marejando.

— Eu voltarei. Eu prometo — sussurrei para eles, esperando não quebrar minha palavra.

Lebre esperou por mim, segurando uma sacola e algumas facas de cozinha.

CAINDO NA LOUCURA

— Não confie em nada lá fora. Nem mesmo em si mesma.

Assenti e peguei a mochila, prendendo uma faca em uma bota e a outra na bolsa.

— Obrigada. Por tudo — murmurei, dando-lhe um beijo na cabeça.

Ele não olhou para mim, mas com a voz rouca, disse:

— Vá procurá-lo.

— Eu vou. — Não havia espaço para dúvidas e medos. Não havia plano B.

Sequei as lágrimas e saí de casa em disparada, ciente de que se ficasse ali por mais tempo, encontraria motivos para continuar com eles.

No entanto, *ele* precisava de mim.

— Srta. Alice, eu não esperava desfrutar de companhia de novo tão cedo. — Frosty estava parado no meio da clareira com a vassoura que deixei do lado de fora enrolada entre seus dedos de madeira. Ele a segurava como se fosse o líder de uma banda marcial.

— Deixa de papo furado, boneco de neve. — Aproximei-me dele, colocando a mochila nos ombros. — Você disse que estava aqui para ajudar. Então ajude.

— E que serviço você exige de mim? — Um lado de sua boca se curvou.

— Você vai me levar para a Terra dos Perdidos e Despedaçados.

— Eu vou? — Seu sorriso se alargou mais ainda. — Sabe de uma coisa... O que você perdeu já se encontra extraviado.

— Não quero ouvir um comentário seu. — Eu o empurrei ao passar.

— Que falta de educação da pessoa que procura um lugar que não consegue encontrar sem ajuda. — Ele girou para acompanhar meu movimento.

Parei em meus passos, me virei e marchei de volta até ele.

— Eu disse para você não me provocar. Estou muito mais do que exausta, estressada, irritada e com necessidade urgente de receber uma massagem, um bife, um banho quente, sexo incrível e uma boa bebida forte. — Agarrei seu cachecol, quase colando o nariz ao dele. — Agora me leve onde quero ir, antes que eu te transforme em água do banho.

— Estou avisando, o que você está pedindo não pode ser desfeito uma vez feito.

— Isso é um sim?

— Se Lady Alice o exige, então a história já deve estar escrita. — Ele passou por mim, segurando a vassoura, e começou a andar. — Vamos. Perder a si mesmo requer tempo. E cada minuto é essencial quando você se torna nada mais do que um fragmento desse tempo perdido.

CAPÍTULO 30

— Quão longe é esse lugar? — As botas de Nick chapinhavam na neve espessa, e nem mesmo os dois pares de meias conseguiam mantê-las no lugar. Meu calcanhar estava cheio de bolhas por conta da fricção por horas a fio.

— Nem longe nem perto — respondeu Frosty, acumulando outra camada de irritação nas minhas vértebras. Ele sempre dava essa mesma resposta desde o minuto em que partimos. E toda vez eu sentia vontade de enfiar a vassoura que ele segurava entre seus olhos mortos e feitos com carvão.

Quanto mais subíamos o outro lado da montanha, mais ansiosa eu ficava. A ideia de encontrar *gremlins* ou qualquer outra coisa que ainda não tivesse encontrado me deixou nervosa.

A trilha até o chalé do Nick dificilmente poderia ser considerada como se tivesse sido usada várias vezes, mas este caminho era ainda mais isolado. Os ventos que gostavam de nos advertir nem mesmo se atreveram a aventurar por esta parte, o que me fez reavaliar a decisão estúpida que tomei.

Havia inúmeros trechos com pinheiros agrupados, como se estivessem de costas uns para os outros. Eles eram como eremitas que viviam juntos por necessidade, não porque quisessem, agindo como se não houvesse mais nada ali. Galhos cheios de urtigas bloqueavam a luz da lua, criando sombras pesadas; os olhos das árvores brilhavam como lâmpadas amarelas estranhas e cintilavam para nós enquanto caminhávamos. No entanto, essas árvores não se envolveram com nada mais do que rosnar as palavras "saiam daqui" ou lançar um olhar penetrante e maldoso.

Frosty os ignorou, patinando sem nem mesmo olhar para eles.

— Vamos, Srta. Alice. O tempo está passando.

Teimosia pura era a única coisa que me movia para frente. Minha adrenalina diminuiu mais rápido do que minha energia. Eu mal tinha forças antes, para começar, e a caminhada pela neve, em uma tentativa de seguir o ritmo de Frosty, estava torturando minha mente e corpo.

Você não pode desistir. Ele precisa de você, Alice.

O pensamento de que talvez fosse tarde demais, de que tudo isso seria em vão, roçou meu coração como um projétil roçando minha têmpora. Lutei contra a onda de dor, e afastei o pensamento. Eu iria encontrá-lo. Não havia outra escolha.

— Você realmente sabe para onde está indo? Ou está me guiando direto para um bando de esquilos raivosos que vão me encher de nozes e me assar?

— Esquilos-serelepes.

— O quê?

— Eles são esquilos-serelepes carnívoros. Não raivosos.

Estaquei em meus passos, boquiaberta.

Frosty se virou para mim com um sorriso assustador no rosto.

— Você está brincando, né?

— Não. Como eu disse, sagacidade é para quem não tem nenhuma. — Ele piscou.

— Esquilos-serelepes? Esquilinhos adoráveis e fofos?

— Não se deixe enganar pela aparência. Eles são coisinhas revoltantes quando rasgam a carne... mas fofos pra cacete.

— Impressionante. — Inspirei fundo, procurando as pequenas criaturas ocultas nas árvores.

— Não se preocupe. Não há carne viva suficiente se aventurando por essas bandas que justifique que façam suas casas aqui.

— Adorável. — Franzi os lábios, sentindo as pernas rangerem com o esforço enquanto eu as fazia avançar outro passo.

Uma hora depois, minha língua já estava pronta para solicitar algumas horas de descanso. Cada vez que eu pensava ter atingido meu limite, uma imagem de Scrooge fluía pela minha mente. A sensação de sua boca na minha, seu toque. Então, surgia um lampejo dele ajoelhado, cravando as unhas no couro cabeludo enquanto gritava e balançava para frente e para trás. Essa cena se atropelava na minha cabeça com tanta força que eu chegava a perder o fôlego. Parecia real demais... E isso acelerava meu coração de tal forma, que a energia se renovava para que eu prosseguisse.

Quando Frosty e eu descemos até uma ravina, a lua desapareceu do outro lado do Monte Crumpit, penetrando no desfiladeiro coberto por uma densa névoa e sombras. O ar parecia ter coagulado nos meus pulmões; uma gosma azeda escorria da fenda da rocha como xarope recobre pilha de panquecas, deixando-me com um gosto amargo na boca.

A escuridão impenetrável pôs fim à trilha. O espaço adiante se transformou em um buraco negro sem árvores ou qualquer sinal de vida ao redor. Tudo o que eu podia fazer era sentir. Tristeza. Devastação. Desolação. Uma melancolia fria e opressora pendia das minhas costelas como se fossem enfeites natalinos solitários e tristes. Arrepios percorreram meus braços e minha nuca; meu peito estava apertado e latejava com os sentimentos intensos.

— É aqui que minha história termina, minha querida, e a sua começa. — Frosty acenou com a vassoura em direção ao vazio sombrio.

— O que há aí? — Engoli, dando um passo à frente, sentindo a angústia e o tormento arranhando minha pele.

— O que você está procurando.

— Scrooge está aí? — Apontei, o medo quicando e rodopiando em meu estômago como se fosse um bailarino do Quebra-nozes.

— Se é isso que está perdido. — Ele foi até a fronteira, segurando a vassoura ao lado. — Mas saiba que se o que estiver buscando não estiver mais lá, nada é o que você terá.

Seus quebra-cabeças estavam fazendo minha cabeça latejar, além de duplicar meu aborrecimento.

— Acho que vou entrar aí só para ficar longe de você.

— Estou lisonjeado, minha querida.

Respirando fundo, a escuridão me cobriu e me obriguei a seguir em frente. Cansada, rastejei até a beira da trilha.

Não importa o que aconteça, lembre-se de Scrooge, eu disse em minha cabeça. *Continue dizendo o nome dele.*

— Tudo bem, Alice. Não adianta voltar. Só dá para seguir adiante. — Fechei os olhos. — Scrooge, estou indo atrás de você — murmurei quando dei um passo e entrei.

CAINDO NA LOUCURA 233

Para baixo.

Para cima.

Eu não teria como dizer. Parecia não haver fundo ou topo. Sem fim e sem começo.

Mesmo com os pés no chão, não me sentia mais vinculada a nada. A qualquer momento, eu poderia flutuar para o nada. E me tornar o nada. Era tentador. A tristeza esmagadora e a sensação de estar à deriva dentro do meu corpo me fizeram querer desistir e esquecer a dor.

Lamentos suaves e gritos débeis cantarolavam pelo espaço. Baixos e abafados, eles se registravam em meus ouvidos como uma ópera, cavando minha alma como se estivessem tentando me rachar ao meio.

Olhei ao redor desta terra onde havia pisado. Semelhante a estar na lua sem nenhum sol iluminando, o céu estava escuro como breu enquanto a neve brilhava com milhões de luzes cintilantes por baixo, tornando mais fácil distinguir os objetos flutuantes ao meu redor.

Brinquedos grandes como carrinhos de golfe e pequenos como ervilhas pairavam no ar. Não existia gravidade para eles. Bichos de pelúcia sem braços, bonecos sem olhos, jogos sem peças. Cada cor, tamanho e tipo de brinquedo e jogo de tabuleiro que se poderia imaginar entrelaçavam-se e se agitavam no espaço. Mesmo que houvesse milhões deles, a vastidão da terra os dispersava como estrelas no céu.

Era um cemitério flutuante, fantasmas do que costumávamos zelar e amar, descartados e esquecidos, deixados para que vagassem em busca de seus donos que já não os queriam.

— Scrooge — murmurei seu nome, movendo-me por entre os objetos como se estivesse debaixo d'água. — Não se esqueça da razão pela qual você está aqui, Alice. Encontre Scrooge.

Um urso de pelúcia marrom gigante, emaranhado com um laço vermelho rasgado, roçou meu braço enquanto passava flutuando. No momento em que me tocou, caí de joelhos. Imagens se atropelaram na minha mente, mostrando a vida que ele tinha com sua dona; quando ela cresceu e o jogou em uma lata de lixo, alegando que era um brinquedo de bebê. Ele chorou a noite inteira por ela, pela criança que já não o amava ou precisava dele.

Um soluço borbulhou na garganta quando uma Barbie desmembrada se chocou contra a minha cabeça, cravando mais memórias em mim. Uma menina estava aos prantos enquanto o irmão mais velho arrancava os braços e as pernas da boneca, jogando tudo por cima da cerca com uma risada maligna. A Barbie foi deixada e esquecida quando a menina ganhou uma nova, substituindo aquela que antes fora amada.

— Não — murmurei quando outro brinquedo bateu contra mim. Parecia que melaço estava sendo despejado na minha mente, afogando meus próprios pensamentos sob o líquido espesso. Sufocando. Desaparecendo.

Mais e mais brinquedos caíam, precisando contar sua história, querendo minha ajuda. Cada um que roçou em mim, gerou mais angústia por dentro, rasgando partes da minha alma.

Coloquei as mãos na cabeça, sobrecarregada pelo bombardeio de brinquedos que empurravam suas próprias histórias na minha mente; memórias de como foram parar ali... Tudo repleto de uma tristeza profunda de partir o coração. Havia tanto sofrimento que acabei me dobrando ao meio, ajoelhada ao chão. Um lamento escapou dos meus lábios, mesclando-se com minhas próprias lembranças. Eles estavam roubando pedaços da minha mente. Minha alma. Eu estava esquecendo quem eu era.

Não deixe que eles a toquem, Alice.

— Pare! — gritei, balançando para frente, cravando as unhas no meu couro cabeludo à medida que a enxurrada de imagens se atropelava em minhas têmporas. — Não se esqueça, Alice. Não se esqueça de Scro — No entanto, o nome que vibrava na garganta não subia todo o caminho. *Não! Não se esqueça.* Enterrei a cabeça mais profundamente entre os joelhos, cerrando as pálpebras com força para afastar a angústia. Quando consegui me acalmar, abri os olhos e vislumbrei a calça que vestia. Vermelha. Como a cor de uma maçã.

Sentei-me, olhando para tudo que se movia ao redor com admiração. Quem ou o *que* eu estava tentando encontrar de novo? Há quanto tempo estou aqui? Eu sempre estive aqui? Eu não conseguia mais me lembrar. O tempo não tinha significado para mim. Nada aconteceu. Mas uma voz irritante e enterrada no fundo coçava com a necessidade de se mover. Para recuperar algo. Mas o quê? Eu vim aqui para alguma coisa, não é?

Olhei à minha volta, franzindo o cenho em confusão; a sensação incômoda de localizar um item me fez levantar de novo, avançando. Para onde, o quê e por quê, eu não sabia.

Eu ao menos sabia quem eu era?

— Alice. — Cerrei os punhos, mas a dúvida curvou meus ombros. — Seu nome é ... Alice.

Estaquei em meus passos, a palavra estranha rolando na minha língua

CAINDO NA LOUCURA

235

e soando esquisita aos meus ouvidos. Esse era realmente o meu nome? Isso tinha que significar algo para mim. Uma razão pela qual eu disse isso. Um medo desconhecido me fez apegar ao nome, o último fio que me prendia a alguma coisa.

— Al-ice — pronunciei outra vez, sem conectar-me com ela. — Alice? — Encarei o vazio, confusa. — Quem diabos é Alice? — A pergunta caiu na minha língua enquanto eu golpeava uma boneca muito antiga; seu rosto de porcelana rachado, o olho giratório e um vestido branco-amarelado a fazia se parecer com um zumbi. Sua história contava o segundo em que foi abandonada quando a menina a quem pertencia morreu de tuberculose. Desta vez não senti tristeza, mas raiva. Algo maligno exibiu imagens de chamas lambendo uma casa de fazenda enquanto a boneca observava do arbustos onde havia sido jogada.

O instinto me fez passar correndo pela boneca, precisando me afastar das lembranças malévolas e da espessa gosma de escuridão que se agarrava a ela.

Rodeei uma parede feita com peças aleatórias de Lego. A sensação de ansiedade por estar vivendo no presente, sem memória alguma do passado ou a compreensão do futuro me fez fugir do terror que se tecia em minha cabeça.

Continuei a vagar, o cenário nunca mudando, exceto pelos brinquedos subindo e descendo no céu. Alguns estavam tão tristes que haviam caído na neve, enterrando-se sob o peso. Nada além da mesma melodia lamentável tamborilava em meu peito. A solidão de todos eles arrancaram lágrimas de meus olhos; meu coração se partiu em pedaços e eu caí no chão. Eu não queria existir. A dor era demais para suportar sozinha.

Sozinha. Eu estava sozinha aqui?

— Olá? — sussurrei, roucamente, meus músculos se contraíram com o peso da tristeza e da fadiga. — Tem alguém aqui? — choraminguei, cobrindo o rosto com as mãos. — Estou perdida.

Perdida. A palavra pareceu despertar um sentimento em mim, mais uma vez abrigando a noção de que eu estava procurando por algo. O que eu estava procurando? Um brinquedo? Um jogo?

Não. Era outra coisa. Eu podia sentir como asas de borboleta na minha mente, batendo contra a barreira que bloqueava o pensamento. Empurrando a parede que ocultava a imagem do que estava procurando, grunhi, sentindo como se minhas garras estivessem cavando em meu cérebro.

Eu. Iria. Lembrar.

— Ahhhh! — gritei enquanto continuava a empurrar, cavar e bater na parede em minha cabeça.

Como se ela houvesse realmente estilhaçado, o som de um estalo alto ricocheteou em meu tímpano, fazendo-me olhar para cima. Toda a minha angústia foi embora. Todo o medo e a tristeza. Eu pisquei, boquiaberta com a paisagem à frente.

Curiosa e mais curiosa ainda.

O ambiente havia sido reformado, transformado em um local diferente? Sempre foi assim? Eu simplesmente não lembrei?

Neve brilhante cobria a ravina rasa que me cercava. O gelo congelou as colinas em redemoinhos cremosos. A neve beijava a beira de um lago oval congelado, circulando-o como uma moldura e fazendo-o brilhar como diamantes incrustados. A água sólida enchia todo o fundo do vale. Um nevoeiro rodopiou e pairou sobre a superfície, criando uma cena etérea.

Objetos pairavam no ar sobre o lago, mas eu sabia que não eram brinquedos. Quadrados, ovais, redondos – quanto mais eu me aproximava, mais distinguia o que eram.

Velhos. Novos. Quebrados. Perfeitos. Grandes. Pequenos.

Todos eram um pouco diferentes, exceto pela moldura prateada que reproduzia a neve ao redor do lago, luminosa e deslumbrante.

Pisei no gelo liso, sentindo a forte atração pelo centro ditando minhas atitudes. As botas deslizaram sobre a superfície, duplicando e encurvando-me graciosamente ao meio. Todos os espelhos apontavam para mim.

Girando em um círculo, percebi como cada um deles refletia a névoa e o terreno coberto pela neve, replicando a cena um atrás do outro, encompridando reflexos meus. Encarei os ecos infinitos, girando a cabeça com o efeito estonteante. Tudo aquilo criava uma infinidade de tempo e espaço.

Eternidade incessante.

Sem fim e sem começo.

Minhas numerosas cópias mostravam que eu estava sem fôlego. Quanto mais eu era refletida, menos real ou reconhecível eu me tornava. Cada imitação me afastava mais de mim mesma, a ponto de não conseguir identificar quem era a garota no espelho e quem era o meu eu verdadeiro. Isso se ela ainda existisse.

Minhas vistas turvaram, girando, e, de repente, caí de bunda no chão com um gemido. O nada arranhou minha mente, querendo tirar o último pedaço que me pertencia, arrancando toda a minha sanidade. Náuseas reviraram meu estômago e bile subiu à garganta; caí de costas no gelo, fechando os olhos. Eu estava me perdendo. O pânico esmagava minhas vias respiratórias e lágrimas escorriam do canto dos meus olhos enquanto eu tentava segurar firme.

— Quando você desistir de sua noção estrita do que é prático e lógico, muito mais rápido você entenderá — uma voz profunda sussurrou, mas eu não tinha ideia se era dentro ou fora da minha cabeça. O pensamento veio do nada. Eu não tinha nenhuma lembrança tangível disso, mas de alguma forma eu sabia que já tinha ouvido aquilo antes.

Aquela voz…

— Liberte-se — ele falou, novamente. Desta vez, soou mais alto do que meus pensamentos. — Alice...

A voz fez com que eu erguesse a cabeça e encarasse o espelho. Um grande esboço surgiu nos espelhos, escuro e encoberto. Aproximando-se.

Sentei-me, olhando ao redor, tentando identificá-lo, mas nada, exceto a neve cintilante, podia ser visto pelas frestas dos espelhos.

— Alice... — Um sussurro rouco lambeu meus ouvidos, vindo de todos os lugares e de lugar nenhum.

A forma continuou a avançar no reflexo enquanto eu virava a cabeça e olhava por cima do ombro, tentando localizar a fonte. A figura turva se moveu para perto da minha imagem no vidro, mas nada estava realmente próximo a mim.

Olhos azuis romperam a névoa, a forma do rosto de um homem, usando uma cartola, provocando um suspiro em meu peito e me fazendo levantar. Meu corpo entendeu algo que minha mente não compreendia. Eu não conseguia me lembrar de já tê-lo conhecido, mas, ao mesmo tempo, ele parecia tão familiar quanto o ar que eu respirava. Como se eu tivesse encontrado aquilo que estive procurando.

— Alice. — Uma mão se estendeu para fora dos espelhos. — Venha. Deixe-me mostrar tudo o que você está perdendo.

Franzi as sobrancelhas, desesperada para fazer o que ele pediu, associada a uma necessidade inexplicável de fugir.

— Veja... tudo o que você perdeu. — Ele acenou para trás, a névoa rodopiou e se formou em um cenário onde havia quatro pessoas sentadas ao redor de uma mesa, rindo e jogando um jogo de tabuleiro. Eu me reconheci como uma delas. Uma garota que parecia mais jovem, mas bastante parecida comigo, ergueu os braços, clamando vitória. A mulher e o homem mais velhos resmungaram de brincadeira enquanto eu acusei a garota de trapaça, fazendo com que todos rissem.

— Sua família, Alice. Sua ausência os afetou muito.

A cena mudou no reflexo. Era a mesma sala, mas, desta vez, eles choravam abraçados. Eu não fazia mais parte do grupo. A dor ao vê-los sofrendo arrancou mais lágrimas que desciam sem controle pelo meu rosto.

Sim. Eles eram minha família. Pessoas a quem eu amava.

— Eles são o que você estava procurando. — Ele gesticulou para que eu me aproximasse. — Atravesse o espelho e você não se sentirá mais sozinha ou perdida.

Isso parecia o paraíso. O peso da tristeza e desolação deste lugar feria todos os ossos e músculos do meu corpo. Eu queria alívio. Eu precisava encontrar algo.

Talvez fosse exatamente eles.

— Liberte-se, Alice. Deixe a loucura entrar... — Sua voz embalou meu coração, envolvendo-o com felicidade, algo do qual não conseguia me fartar. Eu não apenas queria... eu *precisava* de mais. — Assim que você deixar entrar... Tudo ficará bem novamente.

Balancei a cabeça e estendi minha mão em direção a ele. Meus dedos trespassaram o vidro como se fosse um espelho d'água, e sua mão envolveu a minha. Um gemido vibrou em meu peito com seu toque, trazendo vida de volta às minhas veias. Então ele me puxou.

Assim que passei totalmente pelo vidro, sua mão desapareceu da minha. O nevoeiro cinzento me envolveu. O pânico explodiu em meu peito, e um grito por socorro entalou na garganta à medida que a névoa cobria minha boca.

A risada perversa de uma mulher ecoou em meus ouvidos antes que tudo escurecesse.

O mundo desapareceu e eu despenquei.

Para baixo.

Em um buraco muito, muito escuro.

CAINDO NA LOUCURA

CAPÍTULO 31

— Alice? — Algo se chocou contra a escuridão do esquecimento, tirando-me de um sono profundo. — Você acordou?

Claridade se infiltrou pelos meus cílios, e abri os olhos para encarar a luz forte. Pestanejei diante da luz radiante que apunhalava minhas pupilas, como se meus olhos não compreendessem a luz do sol.

Os raios solares iluminavam minha cama, colorindo a colcha branca como picos nevados. Estendi a mão para tocar os feixes, e o calor aqueceu minha pele. *Biscoitos natalinos! É tão gostoso. Por que parece que já faz muito tempo que não vejo o sol?*

Eu me sentia zonza e minha cabeça parecia estar preenchida com um pedaço de algodão grosso, como se ele estivesse ocultando meus pensamentos. Levei vários minutos para entender onde estava. Meus sonhos repousavam à beira de minha consciência, apenas do outro lado do véu, e se tentasse alcançá-los, eu poderia empurrá-los para um vazio.

Percorri o espaço familiar com o olhar.

Meu quarto.

Em uma parede havia a porta e uma cômoda com roupas espalhadas pelas gavetas abertas. No lado oposto, encontrava-se uma enorme janela panorâmica com um assento de janela abarrotado de pilhas de livros. À minha frente, de cada lado, havia mais duas portas: um armário e um banheiro. Uma grande escrivaninha com uma máquina de costura situava-se em uma extremidade. A parede violeta estava coberta de chapéus e esboços dos meus projetos. No meio havia um antigo espelho oval; a moldura incrustada brilhava à luz do sol. Como chamas em um incêndio, as joias tremeluziram e faiscaram. Meus olhos ficaram paralisados na moldura brilhante, perdidos em sua beleza decorativa.

— Alice? — a voz da garota me chamou novamente, tirando-me do transe. Minha porta se abriu, e uma figura saltitou para dentro do quarto, carregando uma caneca fumegante. — Que bom. Você já acordou.

Dinah. Seu nome se chocou contra minhas cordas vocais e meu peito se abriu como um abismo, ecoando as palavras:

— *Eu senti tanto a sua falta.*

— Finalmente acordou, né? Já passa do meio-dia. Mamãe queria que eu viesse dar uma olhada em você. — Minha irmã colocou a xícara na minha mesa de cabeceira, e o cheiro de hortelã fez meu nariz franzir.

— Você parece muito melhor. — Os olhos castanhos de Dinah passaram por mim, avaliando.

Ela afastou uma mecha solta de seu cabelo das bochechas coradas. Ela usava roupa de ginástica e o rabo de cavalo indicava que havia acabado de voltar de uma corrida. Ela e eu éramos parecidas, mas seu cabelo era da mesma cor que o do nosso pai – um castanho-claro –, enquanto o meu era igual ao da mamãe – com longos fios da cor de um chocolate escuro. Dinah mantinha o comprimento longo para ser capaz de fazer um rabo, mas curto o bastante para não ter trabalho em cuidar. Prático. Como ela.

Ela era um pouco mais baixa do que eu, e sua personalidade compulsiva vinha à tona quando sentia necessidade de correr sempre que podia, deixando-a sem um grama de gordura em seu corpo. Eu era magra e estava em forma, mas ao lado dela, parecia muito mais curvilínea.

— Ontem à noite pensei que teria que te levar ao hospital ou algo assim. — Ela se jogou na cama ao meu lado. — Gabe me assustou pra cacete.

Eu pisquei para ela. Suas palavras aceleradas congelaram o algodão que recobria minha mente. Por que eu não conseguia me lembrar da noite passada? Por que vê-la me dava vontade de chorar, como se eu não a tivesse visto há anos?

— Alice? Você está bem? — Ela franziu o cenho, colocando a palma da mão na minha testa. — Parece que você não tem mais febre.

— O quê? — coaxei, com a voz rouca.

— Você estava queimando ontem à noite. Eu estava na casa de Scott quando o Gabe me ligou. — Scott era o namorado de Dinah, e eles se relacionavam desde a adolescência e conversavam sobre a vida como se já fossem casados. — Ele estava realmente preocupado com você. Não gostei de saber que você dirigiu para casa se sentindo tão mal. Graças a Deus, parece que foi apenas uma virose de vinte e quatro horas.

CAINDO NA LOUCURA

— Eu estava doente? — Sentei-me e puxei o cobertor contra o peito. Tudo que eu usava era calcinha e sutiã.

— Sim? Você não se lembra? Eu voltei para casa, e você tinha tirado a fantasia e desmaiado de cara no travesseiro, murmurando coisas sem sentido para si mesma sobre as chamas que queimavam sua pele. — Ela apontou para o chão ao lado da cama.

Meu olhar pousou na pilha de roupas com o uniforme de elfo amassado e nas botas curvas e com sininhos pendurados. Minha primeira reação foi surpresa ao ver que as peças estavam lá. Intactas. Elas não estavam esfarrapadas? *Por que eu pensaria que as arruinei?* Esfreguei a cabeça, tentando me lembrar da noite anterior.

— Você ao menos se lembra de dirigir para casa? — Dinah me encarou e deu um grunhido quando neguei com um aceno. — Okay, isso não é assim tão assustador. E no *meu* carro. Gabe disse que você estava agindo de forma estranha. Ele te mandou voltar mais cedo pra casa. Você realmente não se lembra? Ele disse que o movimento estava fraco de qualquer maneira, mas estava preocupado, de verdade, com você. Ele disse que você parecia um pouco louca, falando sozinha.

Louca. A palavra fez minha cabeça inclinar como se fosse uma flecha indo direto para o meu âmago.

Mordi o lábio, tentando clarear a cabeça. Uma lembrança nebulosa passou rapidamente – Gabe e eu no chalé do Papai Noel, que parecia como se tivesse acontecido semanas atrás, não na noite passada. Ele me dizendo para ir para casa, mas era aí que a memória acabava. O resto estava em branco. Eu não conseguia me lembrar do instante em que entrei no carro, dirigi para casa ou cheguei em casa.

— Não diga à mamãe que você não se lembra de ter dirigido para casa. — Dinah balançou a cabeça. — Ela já está pirando sobre você estar doente, além da festa hoje à noite.

— Festa hoje à noite? — Porra, por que eu me sentia tão desorientada, como se tivesse sido drogada por uma semana?

Dinah arqueou as sobrancelhas.

— Você sabe... a festa de Natal... que damos todos os anos? Aquela que mamãe está planejando desde o Halloween?

— É claro. — Forcei um sorriso, fingindo um lapso momentâneo. Carroll Liddell dava festas de Natal anuais como se fosse seu trabalho na vida. Semelhante à minha irmã, ela era uma planejadora e organizadora nata, o que ajudava em seu cargo como bibliotecária. Ela costumava levar nós duas com ela para o trabalho, quando éramos crianças, e eu ia direto para a ala de livros de fantasia, me perdendo em mundos e aventuras. Dinah preferia ajudar mamãe a guardar os livros como se fosse um jogo divertido.

Meu pai, Lewis Liddell, era professor de história na Universidade e era o que tinha mais imaginação entre nós. Ele me contava histórias épicas do passado, levando-me em viagens através do tempo e do espaço, cheias de drama, sofrimento, decepção, espionagem, batalhas, amor, ódio e sobrevivência. Eu ficava sentada com os olhos arregalados ouvindo essas histórias e me perguntando como alguém poderia pensar que aquilo era chato. Nenhum seriado de TV poderia se comparar ao conteúdo que enchia nossos livros de história.

— Bem, mamãe queria que eu desse uma olhada em você para saber se estava se sentindo melhor. Ela vai cozinhar o que você mais ama na vida: panquecas de canela e açúcar.

— Não — grunhi a palavra e balancei a cabeça com veemência.

— Não? — Dinah se inclinou para trás, me lançando uma olhada estranha. — Você está recusando as panquecas da mamãe?

— Nada doce. — Minha boca se moveu sem nem mesmo pensar o motivo. — Ovos. Batatas. Até bife. Qualquer coisa, menos açúcar.

— Okay. — Dinah se levantou e franziu os lábios, perplexa. — Muito diferente do seu estilo habitual... mas tudo bem. — Deu um passo em direção à porta. — Vou tomar uma ducha. Do tanto que você transpirou noite passada, acho que seria uma boa ideia você também fazer isso. É sério. Você está fedendo. — Ela piscou, saindo pela porta com um sorriso atrevido.

Ela tinha apenas dezessete anos, mas sempre agiu como a mais velha, precisando cuidar da irmã irracional. Pobre Alice, sua cabeça sempre nas nuvens.

Isso me frustrava além da conta. Só porque eu não pensava como eles, não conseguia administrar a vida. Okay, para ser justa, eu havia feito um péssimo trabalho até agora, vivendo muito no mundo da fantasia, mas algo parecia diferente em mim. Sempre me senti inferior, de alguma forma, porque não era tão "estudiosa' ou lógica como minha irmã. Não mais. Eu gostava do jeito que eu era. E, estranhamente, da noite para o dia, eu sentia que havia me tornado a mistura certa de uma pessoa sonhadora e razoável.

Eu não iria deixá-los me menosprezar mais. Eu tinha certeza de que eles nem estavam cientes da maneira como zombavam de mim, mas, ainda assim, eu ficava arrasada. Eles não me levaram a sério. Bem como à minha

CAINDO NA LOUCURA

243

chapelaria. Para eles, essa era uma ideia boba, e achavam que eu não levaria adiante. Eles achavam que minha atenção se voltaria para outra coisa em pouco tempo.

Olhei para a parede onde havia inúmeros chapéus desenhados por mim, pendurados. Desci da cama e ignorei o ar gélido do finalzinho da manhã que enviou um arrepio pela pele, seguindo direto até a parede. Estendi a mão e toquei um dos meus projetos. Era um chapéu que uma mulher usaria em uma corrida de cavalos, dessas chiques, com linhas elegantes e envolto em tule e penas. Era bonito, mas nenhum deles realmente pareciam como se eu estivesse *inspirada*.

Todo artista sabe quando sua inspiração vem. Você larga tudo o que está fazendo e a deixa entrar. Era uma coisa meticulosa e que poderia sumir com a mesma rapidez, especialmente se fosse ignorada.

Mais um sentimento do que ideias exatas, minha mente girava com a necessidade de desenhar. A criatividade cercava a fronteira dos meus pensamentos, contraindo meus braços e peito com a energia vibrante.

Sentei-me na cadeira e peguei o lápis, esboçando desenhos de maneira frenética. Perdida em cada detalhe, tentando diferentes formas e tamanhos, minha mão chegou a doer enquanto eu rabiscava meu bloco de desenho. Minha mente estava perdida no momento, sem nem ao menos compreender de onde vinham os conceitos. Outra coisa que nunca deve ser feita: nunca questione a inspiração. Você simplesmente a deixava fazer tudo o que queria até que as ideias acabassem. Eu me sentia possuída, roçando a inspiração dos sonhos ou da minha imaginação – eu não sabia –, mas podia senti-los ali, tentando falar comigo. Para me dizer algo.

Eu estava agoniada. O mundo se tornou um borrão ao meu redor.

— Alice? — Meu nome veio de algum lugar distante, minha atenção concentrada apenas no que estava à minha frente. — Alice!

Uma mão tocou meu braço, me fazendo pular e erguer a cabeça de supetão, confusa. Tempo e espaço eram conceitos em vez de realidade.

— Querida... — Minha mãe olhou para mim, o cabelo castanho-escuro, na altura dos ombros, preso de um lado com um lindo prendedor de azevinho, cujas frutas vermelhas brilhavam sob a luz do meu quarto.

— Idiotas sanguessugas do mal. — Enruguei o nariz ao ver a presilha, sem conseguir me conter. Que porra é essa?

— Como é? — Mamãe franziu a testa, me encarando como se eu fosse um alienígena.

244   **STACEY MARIE BROWN**

— Nada. — Sacudi a cabeça, sem ter a menor ideia de onde aquilo saiu.

— Acho que você precisa de um descanso. Você ficou sentada aqui o dia todo. — Sua careta se aprofundou quando seu olhar deslizou pelo meu corpo malvestido. — Por que você não vai tomar um banho? A festa vai começar em uma hora.

— O quê? — Olhei para a janela, vendo que a noite havia reivindicado o dia. A lâmpada da rua iluminava o quarto no segundo andar, infiltrando-se pela janela. Para onde diabos o dia foi?

Minha mente ainda não havia clareado da doença misteriosa ou da obsessão frenética por meus projetos. Teias de aranha de sonhos e sentimentos me afastavam de mim mesma, criando uma lacuna no tempo que torcia os ponteiros do relógio.

Mamãe franziu mais ainda o cenho, colocando a mão na minha testa, da mesma forma que Dinah fizera antes, como se aquilo fosse a resposta ao meu comportamento estranho.

— Tem certeza de que está se sentindo bem? Você não comeu nada o dia todo. Você precisa de um banho quente e comida.

Meu estômago roncou ao ouvi-la, e percebi que estava faminta.

— Seu pai e Dinah já estão lá embaixo. Quando estiver pronta, desça e junte-se a nós. Os convidados chegarão em breve. — Ela alisou o vestido de seda na altura do joelho.

Vermelho. Da cor de uma maçã.

Ela costumava ter a mesma compleição física de Dinah, mas a idade moldou seu corpo em forma de uma bela ampulheta. Ela cuidava de sua saúde, obrigando meu pai a caminhar todas as noites – com chuva, granizo ou neve.

— Claro — concordei, fixando um sorriso no meu rosto.

Uma sobrancelha arqueou quando ela me deu uma inspeção final, apertando suavemente o meu braço.

— Você nos preocupou ontem à noite.

— Estou bem.

— Ótimo. — Ela olhou para os meus desenhos quando começou a se virar para a porta, e parou. — Esses são lindos, Alice. Diferente dos outros, no entanto.

Encarei meus esboços, vendo as linhas desenhadas em grafite.

— Sim, eles simplesmente vieram até mim. Eu não conseguia parar.

— Eu sei. Dinah e eu tentamos chamar sua atenção o dia todo. — Ela

CAINDO NA LOUCURA

deu um tapinha no meu ombro antes de sair do quarto, deixando-me ali enquanto contemplava minhas criações.

Folheei o caderno, passando página por página preenchidas com um design específico em quase todas. Cartolas. A maioria com diferentes tipos de lenços soltos e que se pareciam a caudas finas e esvoaçantes, ondulando como se estivessem vivos. Sexy. Misterioso. Sombrio.

Havia alguns chapéus em uma página, do estilo usado pelos guardas da Rainha da Inglaterra, mas distorcidos com modificações atrevidas e divertidas. Uma dúzia deles possuía orelhas de coelho e de elfo, bico de pinguim, chifres de rena, bule de chá e uma casa de pão de gengibre.

Bufei uma risada diante dos desenhos malucos. Para ser levada a sério, sempre mantive as linhas clássicas, criando chapéus que eram mais bonitos do que divertidos. Mas estes eram engraçados. Totalmente ousados e extravagantes. No entanto, as cartolas eram diferentes, tecendo atrevimento com uma escuridão sensual. Eu não conseguia definir o que era, mas havia uma atração para o mistério dos chapéus, como se cada um tivesse um segredo sombrio para compartilhar comigo, caso eu os colocasse na cabeça.

Eu adorei todos eles.

Alongando os ombros, percebi quão tensa estive e me levantei da cadeira para seguir em direção ao banheiro.

Não havia como negar que uma inquietação peculiar se agitava por dentro fazendo minha pele formigar. Nada parecia certo, exceto minhas criações. Foi a primeira vez que senti paz e clareza absoluta com o que queria fazer da minha vida.

Trabalhar em um escritório não combinava comigo. Eu nunca fui feita para trabalhar como assistente de alguém em algum arranha-céu no centro de Manhattan.

Eu nasci para ser uma chapeleira. E nada me impediria de me tornar uma.

CAPÍTULO 32

— Você está um arraso — Dinah se dirigiu a mim, me olhando de cima a baixo, e com as mãos repletas de pratos de aperitivos. — Dez vezes melhor do que esta manhã.

— Huum... Obrigada. — Fui direto para o bar que papai instalou na sala de estar.

A casa já fervilhava de gente: amigos, vizinhos, colegas de trabalho, patrões. Os grupinhos espalhados pela sala congestionavam o espaço. Risos, tagarelice e música natalina competiam pela predominância, ricocheteando no teto e nas paredes, como se fosse uma partida de pingue-pongue.

Tudo o que eu queria era voltar para o meu quarto e continuar a desenhar. Foi o único lugar que me fez sentir bem, além do chuveiro. Santa Torta de Mirtilo, um banho quente nunca foi tão deliciosamente extravagante.

— É sério. Estar doente meio que combinou com você. — Dinah colocou um prato de *Crostini de Cranberry* na mesa de centro, virando-se para mim e arqueando uma sobrancelha diante da minha escolha de roupa.

Ela usava uma calça preta, sapatilhas e uma blusa de veludo verde trespassada à frente. Era uma roupa bonita, mas mais conservador do que eu.

Normalmente, eu teria me vestido como Dinah, sem me importar muito com o que eu estava usando. No entanto, a inquietação em mim – para sair da caixa em que me coloquei, indo contra o que costumava fazer – parecia um animal selvagem precisando de liberdade. Escolhi uma saia preta de lantejoulas excepcionalmente curta, que brilhava sob as luzes de Natal penduradas por toda a casa, meia-calça, botas, uma regata com decote em V e um casaco bolero de veludo. Tudo na cor preta. A única cor que destacava era a do lenço vermelho de seda amarrado no pescoço, como uma gravata.

Eu não percebi na hora, mas estava vestida no mesmo estilo que projetei para as cartolas.

Passando batido pelas bebidas doces disponíveis na mesa, fui direto para um copo de uísque, o forte sabor fumegante escorrendo pela garganta.

— Uísque? — Dinah fez uma careta. — Desde quando você gosta de uísque puro? Você adora o quentão que a mamãe faz.

— Acho que desde agora. — Tomei mais um gole, dando uma piscadinha para ela.

— Eu realmente acho que a febre derreteu seus neurônios. — Ela sacudiu a cabeça.

— Alice! — Um braço envolveu os ombros da minha irmã, e um enorme sorriso foi dirigido a mim. — Como você está se sentindo?

— Melhor. Obrigada, Scott. — Retribuí o sorriso do namorado da minha irmã.

Ele era o tipo de cara que qualquer pessoa imaginaria com minha irmã. Não muito mais alto do que ela, com o cabelo castanho perfeitamente alinhado, todo certinho, olhos azuis, rosto bonito e uma aura bem nerd. Ele amava couve e caminhadas, mas podia sentar-se por horas jogando *Dungeons and Dragons* e falar sobre o mais recente produto de tecnologia.

Ele era gentil, e os dois realmente eram felizes. Tudo em que podia pensar era que eu seria capaz de pular de um penhasco se estivesse com um cara como ele. Eu gostava de *bad boys*. A paixão selvagem. Aventura. A química de tirar o fôlego que fazia você querer arrancar as roupas deles assim que os via.

Minha família inteira, principalmente Dinah e mamãe, sempre disse que o que eu queria era uma fantasia criada a partir dos romances que eu costumava ler. Que não existia na vida real. Eu precisava encontrar um homem "legal". Aquele que me trataria como uma rainha.

Como o Scott? Não, obrigada.

Talvez por essa razão eu tenha começado a me relacionar com caras babacas. Procurando por mais...

Mais magnitude.

Minha personalidade não combinava com um Scott, e pronto. Eu não estava arrependida por querer o que eu queria. Por ser diferente e esperar que essa pessoa estivesse por aí ainda. E se ele não estivesse, eu ficaria bem, sozinha.

O que minha irmã disse sobre a febre derretendo meu cérebro pode não estar muito longe. Eu não fazia a menor ideia do que havia mudado em mim desde ontem, mas me sentia uma pessoa diferente. Mais madura. Como se tivesse passado por algo que mudou minha vida. Não permitiria que os outros me tratassem mal, como se eu não fosse boa, inteligente, jovem ou bonita o suficiente.

— Divirtam-se, os dois. Eu vou pegar um pouco de comida. — Bebi o restante do uísque e fui para a cozinha sem esperar por uma resposta. O licor tinha um gosto bom, mas era outra coisa que não preenchia totalmente o anseio por dentro; havia um buraco ali desde que acordei. Eu não sabia o que queria. Tudo que eu sabia era que nada aqui o satisfazia.

Depois de ser abordada várias vezes no caminho, por pessoas conhecidas, finalmente consegui chegar ao local onde a maior parte da comida estava localizada. Mamãe deu tudo de si este ano com o *Buffet*. De guloseimas a petiscos salgados, os balcões e a mesa estavam repletos com pratos típicos.

Enfiei algo na boca com salmão e queijo antes de devorar um pepino recheado com camarão picante. Os sabores explodiram na minha língua com tanto júbilo, que cheguei a gemer de felicidade. Era como se eu tivesse ficado décadas sem comer uma refeição de verdade, tais como vegetais, temperos e carne.

Cheguei a me ver cheirando todos os pratos sobre a mesa até me fartar com os aperitivos saborosos, sentada em uma cadeira enquanto esfregava a barriga estufada e grunhia em desconforto, e essa visão foi real demais.

Passei os dedos pela longa mesa de madeira, procurando meu próximo algo a ser engolido.

Então parei.

Meu olhar se fixou em um prato adoravelmente decorado. Figuras em preto e branco me encararam de volta.

Pinguins.

Feitos com dois tamanhos de azeitonas pretas, *cream cheese* e uma cenoura, os itens comuns eram fofos em uma travessa.

Senti um aperto no peito enquanto contraía os lábios. Peguei um deles e toquei o bico, feito com a cenoura, e uma parte minha chegou a pensar que ele ganharia vida e começaria a cantar para mim. A música de Natal dos alto-falantes ronronou em meu ouvido, apenas amplificando os fantasmas que assombravam por trás da cortina. Eles roçaram minha consciência, não ficando tempo suficiente para que eu concluísse qualquer coisa.

Eu tinha desenhado um chapéu de pinguim... Será que sonhei com eles? Sonhei com um pinguim falante e que cantava o tempo todo?

CAINDO NA LOUCURA

— Você acha que isso aí vai te dar alguma resposta? — A voz de um homem veio por trás, e, sem ver, dei um grito. — Sinto muito, eu te assustei?

— Pai... — arfei, sacudindo a cabeça. — Desculpe. Acho que eu estava sonhando acordada.

Ele sorriu como se não esperasse outra coisa vindo de mim. Enlaçando meus ombros, ele me puxou para mais perto e deu um beijo na minha testa.

— Estou feliz por você estar se sentindo melhor.

— Sim. Eu também — respondi.

— Sua mãe estava com medo de que você perdesse a festa.

— Que tristeza... — Dei um sorriso travesso para o meu pai.

— Ah, qual é... É muito mais divertido envergonhar e se gabar de nossas filhas quando elas estão aqui. Não tire minha alegria. Tudo que me resta é ver vocês duas ficarem vermelhas como pimentões, desejando que o chão se abra e as engula.

— Legal, pai — bufei. — Além disso, Dinah é aquela de quem você se vangloria. Eu sou a que você ama apenas envergonhar. Especialmente quando mamãe tenta me apresentar para qualquer homem solteiro que ela encontrou na loja ou biblioteca, ou mesmo na sua faculdade.

Houve inúmeras vezes que mamãe conheceu um professor-adjunto ou um assistente de professor que ela obrigou papai a arrastar para casa para me apresentar. Ela fazia isso por amor e por achar que eu era incompleta sem um homem, mas, no fundo, acho que ela acreditava que eu era quem precisava de um homem.

Besteira.

— É nisso que você acredita? — Papai retirou o braço e me encarou com seus olhos castanhos por trás dos óculos. Ele era magro, com um rosto meigo e bem-cuidado e possuía cabelos castanho-claros curtos. Ele nunca foi considerado atraente, mas era mais do que um cavalheiro de boa aparência. Sua personalidade gentil era o que o tornava o homem de aparência mais doce do mundo para mim.

Ele usava praticamente a mesma coisa todos os dias para dar aulas: jeans escuro, um paletó clichê de tweed sobre um suéter que ele amava, gravata, camisa de botão e mocassins. O típico uniforme de professor.

Eu podia jurar que toda a ala masculina da universidade recebeu o mesmo memorando. Às vezes, eu tinha dificuldade em encontrar meu pai no meio de todos aqueles paletós de lã. Mamãe fez com que ele largasse o casaco e trocasse por um suéter mais ajeitado e calça social para a festa.

— Alice. — Ele colocou as mãos nos meus ombros. — Você realmente acha que só temos orgulho de Dinah?

— Sei que vocês me amam, mas nunca aprovaram o caminho que escolhi. Não cursei uma faculdade e não tenho emprego, além do mais, só tive relacionamentos fracassados e precisei voltar para casa. — Gesticulei ao redor. — No auge dos meus vinte e cinco.

— Vinte e cinco — zombou. — Você ainda é tão jovem. E não precisa ter tudo planejado. Não posso dizer que fiquei exultante por você ter decidido não fazer uma faculdade, mas hoje posso ver que não era para ser. Você pode não ter tudo planejado como sua irmã, mas isso não a torna inferior a ela. Pelo contrário, acho que te torna muito mais especial.

— Mais? — Levantei a cabeça.

— Dinah, sua mãe e eu... somos parecidos. Queremos tudo estruturado. Garantia. Segurança. E funciona para nós, mas você é aquela que coletará aventuras. Viajar pelo mundo. Experimentar coisas na vida que só vou fantasiar e ler nos livros. Você tem paixão, Alice. Na verdade, estou maravilhado... orgulhoso.

Pisquei rápido, sentindo o nó de emoção se avolumar na garganta. Nunca tinha ouvido meu pai dizer essas coisas sobre mim. Ele sempre pareceu frustrado comigo.

— Não significa que não tenho medo por você. Eu sou pai e sempre quero que minhas filhas estejam seguras, felizes e protegidas. Mas sei que você encontrará seu caminho. Sua felicidade. Seja lá o que for.

— Pai... — Engoli em seco, rangendo os dentes. *Não chore.*

Ele me puxou para um abraço, e por conta das minhas botas, eu estava quase da mesma altura. Seu abraço caloroso me fez sentir, pela primeira vez hoje, que estava no lugar certo.

— No entanto... — Ele suspirou e me soltou.

E o momento se foi...

— O quê? — Meus ombros cederam. — Mamãe armou pra mim e trouxe algum cara, não foi? Você tem um novo assistente? Ou foi algum homem que ela conheceu na fila da farmácia? Não, provavelmente é alguém que ela arrastou para fora da seção de autoajuda...

Ele gargalhou, rindo do meu discurso retórico. Provavelmente porque eu não estava muito errada.

— Na realidade, é um casal.

— Oh, *peru de Natal*... Ela agora está tão desesperada que me transformou em uma poliamorista.

CAINDO NA LOUCURA

— Uma o quê?

— Poliamorista.

— Uma polimotorista?

— Poliamorista.

— Poliflorista?

— Poliamor... um trisal, pai. Um *estimulante* para um casal.

Ele inclinou a cabeça para trás, rindo com vontade.

— Aaah, Alice. — Ele enxugou os olhos. — Essa sua mente... Você me faz rir.

— A palhaça da família, eu sei.

Seu sorriso se desfez.

— Não foi isso o que eu quis dizer.

— Então, onde está esse casal que eu deveria estimular?

— Não quero saber o que isso significa, quero?

— Provavelmente não.

— Eles têm um filho... então, nada de coisas cheias de adrenalina. — Eu ri do uso errado do termo. — Vamos. — Ele fez sinal para que eu o seguisse de volta para a sala de estar.

— Alice! — A voz da mamãe soou acima das vozes e da música, e seu sorriso brilhante e bonito, deslumbrou a sala mais do que as luzes cintilantes na árvore no teto. Eu sabia de onde havia herdado minha aparência. Minha pele morena, o cabelo e os olhos escuros vieram de suas raízes búlgaras. Ela era um espetáculo. As pessoas eram atraídas por ela como uma abelha por uma flor. Ela podia ser controladora e persistente nas coisas, mas eu a adorava. Ela era uma ótima mãe.

Embora essa mania de me armar encontros precisasse parar.

Pelo menos desta vez, eu realmente esperava não ter que conhecer um cara estranho, sendo deixada a sós, sutilmente, pela minha mãe. As coisas tendiam a piorar quando isso acontecia, porque minha boca sem filtro vomitava palavras incontroláveis.

— Venha aqui! Conheça nossos novos vizinhos. — Ela acenou para que eu me aproximasse dela, de Dinah e Scott.

Atravessei a multidão, tentando chegar até eles, vendo-a se virar para que eu me juntasse ao grupo.

— Esta é minha filha mais velha, Alice — ela disse, assim que cheguei ao seu lado. — Alice, conheça a Sra. Winters.

Meu olhar pousou na bela mulher mais velha, e eu abri a boca para cumprimentá-la. No entanto, não saiu nada. Fiquei paralisada, sentindo os calafrios deslizando pela minha coluna, mesmo com o calor aconchegante da sala.

— Prazer em conhecê-la, Alice. — Ela estendeu a mão, e um sorriso curvou os lábios pintados de vermelho. Seu cabelo grisalho liso em um corte Chanel parecia gelo esculpido. Ela usava um vestido vermelho-escuro que enfatizava sua figura pequena e esguia.

A cor do sangue.

Um manto de pele branca estava enrolado em seus ombros... E ao redor do pescoço, em uma corrente, havia um pé de coelho branco. Meu olhar se fixou ao objeto, com raiva; Eu queria arrancar aquilo de sua garganta.

Enquanto você estiver lá, rasgue a garganta dela também. O pensamento passou pela minha mente, me fazendo oscilar.

Santo enfeite natalino... de onde diabos isso veio?

— Alice? — minha mãe sibilou, acertando minhas costelas com o cotovelo.

— Eu... humm — proferi sem sentido, piscando rapidamente. — Hum... Prazer em conhecê-la, Sra. Winters.

— Por favor, me chame de Jessica. — Seus dedos envolveram os meus, a pele fria como cubos de gelo estremecendo minha alma diante do aperto extremamente firme.

— Jessica... — sussurrei de volta.

— Alice está doente. Ela ainda está um pouco fora de si. — Minha mãe riu, tentando encobrir minha reação bizarra dolorosamente óbvia para Jessica. Eu não tinha ideia do porquê estava reagindo daquela maneira, mas um terror indescritível pulsava contra minhas veias.

— Pelo jeito, está se espalhando. Meu marido também acabou de se recuperar de uma doença. — Jessica se virou para a figura enorme andando atrás dela. — Aí está você, querido. Venha conhecer nossos anfitriões *encantadores*, os Liddell.

O homem se aproximou do grupo, a cabeça balançando em uma saudação educada até que seus olhos azuis pousaram em mim. Ele sacudiu a cabeça e nossos olhares colidiram... como o choque de dois trens desgovernados.

Vislumbres de seus lábios se arrastando pelo meu pescoço, mordendo minha pele; minha coluna arqueando quando sua boca tomou meu mamilo, sua língua o lambendo.

Tudo parou.

CAINDO NA LOUCURA

Minha respiração. Minha mente.

O mundo girou em seu eixo, fazendo-me esfregar o peito, como se um boxeador tivesse me dado um soco na barriga. Minha cabeça estava girando tão violentamente que precisei agarrar o braço da minha irmã para não cair.

— Você está bem? — Dinah murmurou para mim.

— Alice? — Mamãe tocou meu outro braço. — Você está se sentindo bem?

— S-sim. — Balancei a cabeça e engoli em seco, as chamas queimando minha garganta e bochechas em uma mistura de vergonha e atração inegável.

Minha resposta a ele foi visceral. Intensa. Brutal. Ele era como um caminhão vindo na minha direção, me transformando em nada além de uma casca oca. As fantasias assaltaram minha mente, mostrando fragmentos de cenas como se eu tivesse feito essas coisas com ele.

Ofegando, encarei meus pés, mortificada pela forma como havia reagido. Eu ainda estava doente... só poderia ser a única razão pela qual eu queria arrastar este homem para o banheiro mais próximo e arrancar suas roupas.

Meu coração trovejante e a pulsação entre minhas coxas apenas me fizeram apertar o braço de Dinah com mais força.

— Ai, Alice. — Ela mexeu o braço. — Isso machuca.

Eu a soltei, respirando fundo.

— Você precisa de algo para comer? — Mamãe colocou uma mecha do meu cabelo comprido atrás da orelha. — Ou talvez prefira ir se deitar um pouco?

— Estou bem. — Respirei fundo novamente, esperando que, quando olhasse para cima, o homem não estivesse mais lá. Que houvesse sido apenas uma invenção da minha mente.

Levantei a cabeça.

Santo enfeite escandaloso e sininhos chacoalhantes...

Seu olhar ainda estava fixo em mim, a mandíbula cerrada, mas nenhuma partícula de emoção transparecia em seu rosto. Este homem era tão sexy que era difícil olhar para ele. Ele tinha um corpo como os daqueles caras que passavam uma quantidade obscena de tempo na academia. Mas era mais do que isso. Ele tinha um "Q" diferente. Como inúmeros cantores, artistas de cinema, modelos e estrelas do esporte possuíam em abundância. Ele arrancava o ar da sala, roubava o foco e exigia sua atenção obcecada sem dizer uma palavra. Tudo nele gritava poder puro. Um predador sob o terno que trajava; um terno todo preto e ajustado que envolvia cada pedacinho do seu corpo e, ao redor de seu pescoço, pendia uma gravata vermelha.

Como se ele tivesse se inspirado nos meus *designs* de cartola.

Ele poderia me foder usando apenas uma cartola, com certeza.

Puta merda... Eu acabei de pensar isso?

— Querido? — Jessica esfregou seu ombro, atraindo o olhar penetrante que ele me dava, para ela.

Ele enrijeceu a postura, ficando mais ereto. Ela era pelo menos vinte anos mais velha que ele. Normalmente, eu pensaria *'é isso aí, garota'*, mas tudo o que eu queria fazer era bater em sua mão para que se afastasse dele, arreganhando os dentes para a rainha do gelo. Talvez fosse isso que os atraiu de início. Ela era neve e ele era fogo.

— Onde estão seus modos?

Sua cabeça sacudiu de leve antes de seus olhos se levantarem de volta para mim, a mão estendida na minha direção.

— É um prazer conhecê-la, Alice. — Sua voz rouca contraiu todos os músculos do meu corpo, indo direto para o meu ventre e o meio das minhas pernas.

Sua mão apertou a minha. Um calor gelado percorreu meus nervos até meu braço, arrancando meu fôlego.

Prazer. Dor.

Cada emoção e sensação me despedaçaram, minhas pernas estremeceram sob os choques elétricos, tão quentes que queimaram frio. As imagens passaram pela minha cabeça tão rápido que não consegui agarrar nenhuma delas, deixando um resíduo pegajoso.

Sua mão se sacudiu na minha, como se ele estivesse experimentando a mesma ocorrência.

— Querido. — Jessica arrancou sua mão da minha, entrelaçando os dedos aos dele e os levou à boca. — Você esteve doente. Melhor não tocar em ninguém — ela disse, enquanto seus lábios roçavam os nós de seus dedos, encarando-o com um olhar sensual e um sorriso tímido em seus lábios vermelhos antes de se voltar para mim.

Um olhar possessivo. Uma advertência.

No entanto, meu estômago e minha cabeça ainda rodavam com sentimentos irreconhecíveis, escavando meu peito. Minha mão doía por ter entrado em contato com a dele, como se eu sentisse falta de seu toque.

CAINDO NA LOUCURA

— Papai! — Um garotinho abriu caminho em meio à multidão, desviando minha atenção do momento bizarro. Ele segurava um biscoito de gengibre confeitado em suas mãos. O menino devia ter apenas cinco ou seis anos. Pequeno, mas, com certeza, uma das crianças mais lindas que já vi. Uma cópia fiel de seu pai, com o mesmo cabelo escuro e pele morena, exceto que os olhos eram da cor de mel. Ele estava vestido dos pés à cabeça de preto, com uma gravata vermelha igual à do pai. Adorável. — Olha! — Ele se enfiou entre os pais, segurando o biscoito como se fosse a maior descoberta de todos os tempos.

— Parece delicioso. — O homem soltou-se do agarre da esposa e, gentilmente, apertou o ombro do filho, olhando para o menino como se ele fosse a coisa mais preciosa do mundo.

Somente em olhar para os dois, senti como se alguém tivesse enfiado um atiçador em brasas no meu coração. Eu não poderia explicar, mas algo parecia fora do lugar, como se este homem não devesse ter um filho... uma esposa...

O que há de errado comigo? Quem pensaria algo assim?

— Este é o nosso pequeno milagre. — A mão de Jessica pousou no outro ombro da criança, porém suas palavras pareciam vazias e falsa para mim. — Timothy.

— Tim. — O garotinho franziu o cenho para a mãe, mas uma sensação incomum irritou minha garganta. Por mais estranho que pudesse ser, o menino não parecia real.

Os olhos azuis gelados de Jessica cintilaram de aborrecimento.

— Ele se considera crescido.

— Ele é. — O marido sorriu para o filho, os olhos quase marejados de amor. Segurando-o no colo, depositou um beijo na bochecha do menino. — Ele é meu garotão.

— Ele se parece com você. — Minha boca se abriu, despejando o comentário. — Com exceção dos olhos, diferentes dos de vocês.

Jessica visivelmente enrijeceu. Era óbvio eu havia tocado em um assunto sensível, o que fez com que um silêncio constrangedor sufocasse o nosso grupo. Eu e minha boca grande.

— E-eu quero d-dizer que isso acontece... às vezes... — *Cale a boca, Alice. Apenas pare de falar.*

— Eu sinto muito. — Dinah riu e deu um passo à frente em direção ao homem sexy, empurrando-me para trás. Como de costume, ela interveio e tentou consertar meu deslize. — Na verdade, não ouvi *seu* nome.

— Claro. — Ele pigarreou e colocou o filho de volta no chão, olhando para o grupo, porém desviando do meu olhar. — Sou Matt Hatter.

— Hatter[10]... — A ironia disso soprou em meus lábios, como se minhas obras lá em cima tivessem ganhado vida, incorporando este homem sexy. — É sério?

Seu olhar encontrou o meu, a intensidade me varrendo como um tsunami. Algo estalou em mim. Eu não podia mais desempenhar este papel ao qual fui forçada a representar ou fingir que estava sã neste mundo louco.

Soltei uma risada estridente, seguida por uma risada ensandecida. Meu riso se tornou mais alto, obrigando-me a cobrir a boca com a mão e curvar meu corpo, sendo dominada pelo humor maníaco.

Todo mundo me encarou, alarmado.

Eu sabia o que eles deviam estar pensando. Pobre Alice.

Finalmente aconteceu. Ela caiu na toca do coelho.

Caiu na loucura completa e absoluta.

FIM

---

10 Hatter, em inglês, significa chapeleiro.

Obrigada a todos os meus leitores. Sua opinião realmente importa para mim e ajuda outros a decidirem se eles querem comprar o meu livro. Se você gostou desse livro, por favor, considere deixar uma resenha no site onde você o comprou. Isso significaria muito para mim. Obrigada.

AGRADECIMENTOS

Kiki & Colleen da Next Step P.R. – Obrigada por todo seu trabalho duro! Eu amo tanto vocês.

Jordan Rosenfeld da Write Livelihood – Cada livro é melhor por sua causa. Eu tenho sua voz constantemente em minha cabeça enquanto escrevo.

Hollie, "a revisora" – Sempre maravilhosa, encorajadora e um sonho de trabalhar em conjunto.

Jay Aheer – Tanta beleza. Eu estou apaixonada pelo seu trabalho!

Mo – Por estar lá desde o início. Seu encorajamento e excitação pelo conto é uma imensa razão por isso ter se tornado uma série inteira! Obrigada!

Judi Funnel da Formatting4U – Sempre rápida e certeira!

Para todos os leitores que me encorajaram: minha gratidão é por tudo que vocês fazem e o quanto ajudam os autores indie pelo seu puro amor de ler.

Para todos os autores independentes e publicados que me inspiram, desafiam, encorajam e me impulsionam a fazer melhor: eu amo vocês!

E para todo mundo que pegou um livro *indie* e deu uma chance para um autor desconhecido. MUITO OBRIGADA!

A The Gift Box é uma editora brasileira, com publicações de autores nacionais e estrangeiros, que surgiu no mercado em janeiro de 2018. Nossos livros estão sempre entre os mais vendidos da Amazon e já receberam diversos destaques em blogs literários e na própria Amazon.

Somos uma empresa jovem, cheia de energia e paixão pela literatura de romance e queremos incentivar cada vez mais a leitura e o crescimento de nossos autores e parceiros.

Acompanhe a The Gift Box nas redes sociais para ficar por dentro de todas as novidades.

 www.thegiftboxbr.com

 /thegiftboxbr.com

 @thegiftboxbr

 @GiftBoxEditora

Impressão e acabamento